TUESD
March 31
MISKATONIC
Leased Wire
Associated Press
Movies as Usual
GRAND
Roswell
Claims Army
RAAF C
On Ra

H.P. LOVECRAFT

CTHULHU MYTHOS IV

克蘇魯神話

IV

恐懼

It was a monstrous constellation of unnatural light, like a glutted swarm of corpse-fed fireflies dancing hellish sarabands. . . . The shaft of phosphorescence from the well grew brighter and brighter, bringing to the minds of the huddled men a sense of doom. . . .

Virgil Finlay (1914–1971), 《Famous Fantastic Mysteries》, Vol. 3, 1941

維吉爾．芬利（1914-1971），《著名奇妙奧祕》卷三，1941 年。

Almost nobody dances sober,
unless they happen to be insane.

- H.P.Lovecraft

幾乎無人清醒著起舞，
除非他們早已瘋狂。

- H.P. 洛夫克萊夫特

各界推崇

史蒂芬．金（故事之王、驚悚小說大師）：

「他是二十世紀恐怖小說最偉大的作家，無人能出其右。」

尼爾．蓋曼（文學傳記辭典十大後現代作家、《美國眾神》作者）：

「他定義了二十世紀恐怖文化的主題和方向。」

喬伊斯．卡羅爾．歐茨（美國當代著名作家）：

「他對後世恐怖小說家施加了無可估量的影響。」

陳浩基（作家）：

「近代不少類型小說、動漫畫以至戲劇都加入了克蘇魯元素，如果您想一窺原文、了解出典，這套書是不二之選。」

Faker 冒業（科幻推理評論人及作者）：

「每篇都使人SAN值急速下跌的《克蘇魯神話》原典，華文讀者總算有幸一一親眼目睹了。這些近百年前對歐美日等普及文化影響深遠的小說本身，就是文化史上的不朽『神話』。」

冬陽（推理評論人）：

「閱讀《克蘇魯神話》，像是經歷一場溯源之旅，曾經看過聽過的許多故事、好奇過恐懼過的紛雜情緒，以及一個接一個宛如家族叢生的各式創作，就是出自這個深具想像啟發的傳奇文本，令人掩卷之餘臣服它的奇魅召喚，自願扮演下一個傳承者。」

何敬堯（奇幻作家、《妖怪臺灣》作者）：

「毛骨悚然的詭音，奇形怪狀的觸手暗影，人們卻豎耳瞪眼，如飢似渴想要理解怪物的玄祕存在，這就是克蘇魯神話的蠱惑魔力。廣袤宇宙之中，人類微不足道，自從H．P．洛夫克萊夫特揭示此項真理，來自遠古的恐怖奇幻於焉降臨。」

馬立軒（中華科幻學會常務理事）：

「一百年前，洛夫克萊夫特奠定克蘇魯神話的基礎，讓讀者得以窺見宇宙中令人恐懼的少數未知；一百年後，收錄二十篇經典作品的《克蘇魯神話》在臺問世，臺灣讀者終於可以看到影響西方創作幾個世代的原典！虛實莫測的夢境、天外異界的生命，超越常理的新發現、突破認知的新研究，未知的驚懼、無名的恐怖……全都在《克蘇魯神話》！」

廖勇超（臺灣大學臺灣文學研究所副教授）：

「詭譎的空間，異樣的神祇，陰翳的邪教，以及瘋狂的人們——這是洛夫克萊夫特筆下的克蘇魯世界觀。克蘇魯世界的毀滅力量，每每在他敘事的層次肌理中惘惘地散發而出，從身體、心理、群體、到最終整個世界的物理準則都不可抗地被其邪誕的宇宙觀拉扯墜入，終究灰飛煙滅，消隱在其宏大的邪物秩序中。簡而言之，克蘇魯神話說的不是人類，而是人類如何從一開始便缺席於這宇宙的故事。」

Div（另一種聲音）（華文靈異天王）、**Miula**（**M**觀點創辦人）、**Nick Eldritch**（克蘇魯神話與肉體異變空間社團創建者）、**POPO**（歐美流行文化分析家）、羽澄（臺灣克蘇魯新銳作家）、阿秋（奇幻圖書館主講人）、氫酸鉀（知名畫家）、等菁（華文靈異天后）、陳郁如（暢銷作家）、雪渦（**d/art**策展人）、龍貓大王（粉絲頁「龍貓大王通信」主人）、譚光磊（版權經紀人）、難攻博士（中華科幻學會會長兼常務監事）各方名人列名推薦！

導讀

〈看一封信，然後夜不成眠的克蘇魯——無以名狀的書信敘事恐怖〉

臺灣克蘇魯新銳作家　羽澄

提及克蘇魯神話或這個神話體系的創造者H・P・洛夫克萊夫特，就會想到「無以名狀的恐懼」這個招牌，在網路社群的時代，已經有不少推廣或科普何謂「克蘇魯」或誰是「H・P・洛夫克萊夫特」的文章了。

我首次正式接觸正宗洛氏克蘇魯神話小說，是網路上的簡體版翻譯，無論是閱讀的方便性或體驗都跟紙本書有極大落差，而近年各大出版社開始注意到了克蘇魯神話與洛氏恐怖這種影響後世創作深遠的題材，儼然是發現了未知的藍海。奇幻基地發行的《克蘇魯神話》系列，也讓我有機會再次細讀過去沒有辦法仔細體驗的正宗洛氏克蘇魯經典作品。

本書最大的突破，在於呈現了克蘇魯神話中很重要的一個元素——書信，為什麼書信在洛氏恐怖是重要的，又或者該問說：為什麼洛氏這麼常用書信來表達恐怖氛圍呢？

洛夫克萊夫特的恐怖文學的調性是「無以名狀的恐懼」，也就是強調未知的事物令人感到恐懼，這在文學當中會使用到相當多的「留白」技巧，即是刻意不做具象化的描寫，任憑讀者的想像力發酵，讀者所能想到多恐怖離奇的樣子，就會成為那個樣子。

我們在進行文學創作時會在許多的面向使用這個技巧，負面的事物如虐待、酷刑、血腥場面或是單純角色間的爭執，刻意不描寫而只在行文脈絡中帶出氣氛，就能讓讀者自行想像事件嚴重的程度，這是一個高段的技巧，寫作者利用讀者本身的想像力，以及文字這個載體本身帶有的「不具象」（不同於圖像、影片那般視覺具象，全仰賴讀者在腦海中想像文字描述之畫面），就可以將留白技巧發揮得淋漓盡致，讓人不寒而慄於無形。

因為洛氏恐怖具有這樣的體質，作品裡有許多「不清不楚」的描寫，而這樣的描寫大多是主敘事者或主角拾獲、收到、讀到某篇文章或是遭遇恐怖事故的當事人所撰寫的信件。故事的敘事者會在信件的內容呈現於讀者面前時達到視角轉換的效果，而作為「一封信」，內容會依照撰寫者書寫當下的精神狀況而有所不同：可能是筆跡顫抖的、可能是精神錯亂不知所云的、也可能異常冷靜到讓人感覺異樣的。更重要的是，除了這種角色轉換帶給讀者幽微又細思極恐閱讀體驗的同時，書信的敘事可以合理地模糊故事的恐怖事件（如：我無法確切告訴你那東西像什麼、我形容不出是什麼在看著我……等等），也就是讓真相蒙上一層神祕的面紗，以這樣的效果烘托出所謂無法名狀的氛圍。

奇幻基地此次的《克蘇魯神話》系列，除了收錄最大量的洛氏作品篇章之外，也在「書信」這個元素以別致的設計做安排，讀者可以在類似信紙的頁面上讀到那些駭人聽聞又無以名狀的可怕事件，真正身歷在洛氏營造的恐怖氣氛當中，我認為這是閱讀體驗上的另一大突破。

克蘇魯神話無疑是影響最多現在奇幻、科幻作品的體系，洛氏是此集大成者，無論在創作靈感、或純粹欣賞，甚至作為學術上、作為比較文本的資料，奇幻基地這一套《克蘇魯神話》都能夠提供足夠份量的素材。

值得一提的是，這部書收錄了洛氏許多著名的經典篇章，除了著名的〈克蘇魯的呼喚〉、〈敦威治恐怖事件〉、〈女巫之屋的噩夢〉等故事外，也收錄了在歐美地區多次改編成漫畫文本的〈神殿〉、〈牆中之鼠〉，第一人稱的敘事角度讓撲朔迷離的劇情顯得謎霧重重，還有前半部由主角跟友人通信的〈黑暗中的低語〉，更是能從信件往返的內容逐一拆解故事描述的恐怖事件，讀完真的會產生冷汗直流的驚悚緊張，相當過癮與暢快。

很高興能夠看見又有一部集結如此大量洛氏作品的套書在臺灣出版，由衷感覺到這個世代的克蘇魯愛好者、恐怖文學讀者是幸運的，這是臺灣的克蘇魯圈、文學創作圈、恐怖文學圈的一大進展，也讓讀者有更多選擇，共同為推廣此類創作和著作而努力。

克蘇魯神話 I～IV 作品執筆寫作年表

1917年7月 大袞 Dagon Ⅰ 短篇小說 發表刊載於1919年11月

1920年1月28日 可怖的老人 The Terrible Old Man
Ⅳ 短篇小說 發表刊載於1921年7月

1920年6月15日 烏撒之貓 The Cats of Ulthar Ⅰ 短篇小說 發表刊載於1920年11月

1920年約6月-11月 神殿 The Temple Ⅰ 短篇小說 發表刊載於1925年9月

1920年11月16日 自彼界而來 From Beyond Ⅰ 短篇小說 發表刊載於1934年6月

1920年約11月前後 奈亞拉托提普 Nyarlathotep
Ⅲ 短篇小說 發表刊載於1920年11月

1920年12月12日 古屋怪畫 The Picture in the House
Ⅳ 短篇小說 發表刊載於1921年夏

1921年3月10日之前 月沼 The Moon-Bog Ⅳ 短篇小說 發表刊載於1926年6月

1921年春-夏 異鄉人 The Outsider Ⅲ 短篇小說 發表刊載於1926年4月

1921年10月-1922年6月 赫伯特・韋斯特——屍體復生者
Herbert West—Reanimator Ⅳ 短篇小說
發表刊載於1922年2月-7月

1921年12月 埃里希・澤恩的音樂 The Music of Erich Zann
Ⅳ 短篇小說 發表刊載於1922年3月

1922年10月 獵犬 The Hound Ⅰ 短篇小說 發表刊載於1924年2月

1922年11月 潛伏的恐懼 The Lurking Fear Ⅲ 短篇小說 發表刊載於1923年1月-4月

1923年約8月-9月 牆中之鼠 The Rats in the Walls
Ⅱ 短篇小說 發表刊載於1924年3月

1923年10月 節日慶典 The Festival Ⅲ 短篇小說 發表刊載於1925年1月

他 He Ⅳ 短篇小說 發表刊載於1926年9月 **1925年8月11日**

寒風 Cool Air Ⅳ 短篇小說 發表刊載於1928年3月 **1926年3月**

克蘇魯的呼喚 The Call of Cthulhu **1926年約8月-9月**
Ⅰ 短篇小說 發表刊載於1928年2月

模特兒 Pickman's Model Ⅲ 短篇小說 發表刊載於1927年10月 **1926年9月**

星之彩 The Colour out of Space Ⅳ 短篇小說 發表刊載於1927年9月 **1927年3月**

敦威治恐怖事件 The Dunwich Horror **1928年8月**
Ⅰ 短篇小說 發表刊載於1929年4月

土丘 The Mound 與吉莉雅・畢夏普合著 **1929年12月-1930年1月**
發表刊載於1940年11月 Ⅲ 未刪減完整版於1989年出版

黑暗中的低語 The Whisperer in Darkness **1930年2月24日-9月26日**
Ⅰ 短篇小說 發表刊載於1931年8月

瘋狂山脈 At the Mountains of Madness **1931年2月24日-3月22日**
Ⅱ 中篇小說 發表刊載於1936年2月-4月

印斯茅斯小鎮的陰霾 The Shadow Over Innsmouth **1931年11月-12月3日**
Ⅱ 中篇小說 發表刊載於1936年4月

女巫之屋的噩夢 The Dreams in the Witch House **1932年2月**
Ⅲ 短篇小說 發表刊載於1933年7月

門外之物 The Thing on the Doorstep **1933年8月21-24日**
Ⅳ 短篇小說 發表刊載於1937年1月

超越時間之影 The Shadow Out of Time **1934年11月10日-1935年2月22日**
Ⅱ 中篇小說 發表刊載於1936年6月

阿隆佐・泰普爾的日記 The Diary of Alonzo Typer **1935年10月**
與威廉・拉姆利合著 Ⅳ 發表刊載於1938年2月

暗魔 The Haunter of the Dark **1935年11月5日-9日**
Ⅲ 短篇小說 發表刊載於1936年12月

夜洋 The Night Ocean 與R. H. 巴洛合著 Ⅳ 發表刊載於1936年冬 **1936年夏**

年表審定：Nick Eldritch

霍華·菲力普·洛夫克萊夫特生平年表

1890年
8月20日出生於美國
羅德島州普羅維登斯

1892年
2歲能朗誦詩歌

1893年
3歲能閱讀
父親因精神崩潰
被送進巴特勒醫院

1895年
5歲閱讀了《一千零一夜》
啟發了他日後寫作中創造出
虛構的《死靈之書》的
作者阿拉伯狂人
阿卜杜·阿爾哈茲萊德

1896年
6歲能寫出完整詩篇

1897年
洛夫克萊夫特留存下來最早的
創作品《尤利西斯之詩》
The Poem of Ulysses

1898年
父親去世
開始接觸到化學與天文學

1899年
製作編輯出版膠版印刷
刊物《科學公報》
The Scientific Gazette

1903年
製作編輯出版
《羅德島天文學期刊》
The Rhode Island Journal of Astronomy
進入當地Hope Street高中就讀

1904年
14歲時外祖父去世
家族陷入財務困境，被迫搬家

1908年
18歲高中畢業之前經歷了
一場「精神崩潰」而輟學
接下來5年開始隱居的生活

1915年
洛夫克萊夫特成為
美國聯合業餘報刊協會的會長
United Amateur Press Association
與正式編輯

1919年
母親精神崩潰
被送往巴特勒醫院

1921年
5月21日母親去世

1923年
開始投稿作品至
紙漿雜誌《詭麗幻譚》
Weird Tales

1924年
34歲時與索尼婭·格林結婚
婚後移居至紐約布魯克林
婚後不久即分居

1926年
返回家鄉普羅維登斯

1929年
離婚

1936年
46歲患腸癌

1937年
3月15日去世

年表審定：Nick Eldritch

CONTENTS

星之彩

阿卡姆以西，峻嶺毫無規律地綿延伸展，山谷裡的幽深樹林不曾遭受過利斧的戕害。有些峽谷陰暗而狹窄，樹木傾斜成奇異的坡度，潺潺流淌的細流從未反射過一絲陽光。比較平緩的山坡上坐落著破敗的多石農場，遍覆苔蘚的低矮農舍永恆而陰鬱地俯瞰埋藏於龐然山梁背後的新英格蘭的古老祕密。但這些農舍都已人去屋空，粗大的煙囪崩裂坍塌，低垂的複斜屋頂底下，木瓦側牆危險地向外凸出。

最初的居民早已遷走，外國佬也不喜歡住在這兒。法裔加拿大人嘗試過，義大利人嘗試過，波蘭人來了又去。原因並不是能夠被看見、聽見或摸到的任何事物，而是人們想像中的某些東西。這地方會引發有害的想像，夜裡也不會帶來安寧的夢境。趕走外國佬的肯定就是這個，因為老阿米·皮爾斯從未向他們提起過他記憶中那段怪異時光中所發生的任何事情。老阿米的腦袋不對勁已經有好些年了，依然會談論那段怪異時光的只有他一個人，事實上也只有他願意開口；他之所以敢這麼做，是因為他的住所非常靠近阿卡姆周圍的開闊地帶和通衢大道。

曾經有一條道路穿越峻嶺和山谷，直接通往如今是焦野(注)的地方，但人們已經不再使用它，而是在遠處新鋪了一條通向南方的蜿蜒道路。舊路回歸野地的懷抱，但你仍舊能在草叢中找到它的痕跡，即便以後新水庫建成，半數窪地被淹沒，部分痕跡無疑依然會存在下去。屆時幽深樹林將被伐倒，水面倒映天空，在陽光下泛起漣漪，焦野沉眠於藍色的水底深處。那段怪異時光的祕密將成為最深奧的一個祕密，與古老海洋的隱祕知識和原始地球的全部祕密作伴。

我深入這些峻嶺和山谷為新水庫勘探地形，他們對我說這個地方很邪惡。他們在阿卡姆對我這麼說：阿卡姆是一座古老的城市，充滿了有關巫術的傳說，因此我認為所謂的邪惡必定是幾百年來老祖母壓低聲音講給兒孫聽的故事。「焦野」的名稱在我看來非常怪異和誇張，我不禁思忖這麼一個詞語如何會融入清教徒人群的民間故事。後來我親眼見到西面那個幽谷與山坡彼此交織的陰森地方，就不再驚異於除它自身的古老奧祕之外的一切事物了。我見到它的時間是上午，然而暗影永遠在那裡出沒。樹木生長得過於茂密，樹幹比新英格蘭任何的健康樹木都要粗壯。樹木之間的晦暗小徑瀰漫著過度的寂靜，潮溼的青苔和積累了無數年的腐殖質使得地面過於柔軟。

主要分布於舊時道路沿線的開闊地上能看見建在山坡上的農場；有些農場的全部建築物都還聳立著，有些還剩一兩幢沒有倒塌，有些只餘下孤零零的一根煙囪或行將被瓦礫填滿的地窖。野草和荊棘耀武揚威，鬼鬼祟祟的野生動物在灌木叢中窸窸窣窣活動。躁動和壓抑如霧靄般籠罩一切，虛幻和怪誕的感覺無處不在，就彷彿透視或明暗對比的

注 焦野（blasted heath），典出莎士比亞《馬克白》第一幕第三場：「為什麼你們要在這焦野用這種預言式的稱呼使我們止步？」彌爾頓在《失樂園》第一卷中引用：「好像被一陣天火燒了的橡樹林和山上的松林，樹頂枯焦，枝幹光禿，卻昂首挺立於焦野。」

薩爾瓦多．羅薩， Salvator Rosa（1615-1613），《Monks Fishing》。

某些關鍵要素發生了扭曲。難怪外國佬不願留下，因為這不是一個適合安眠的好地方。它與薩爾瓦多．羅薩筆下的風景畫大同小異，與恐怖故事中禁忌的版畫如出一轍。

然而比起焦野，以上這些都算不了什麼。我偶然間在一條空曠河谷的底部見到這個地方，第一眼就認出了它，因為不存在其他名稱更適合這麼一個事物，也不存在其他事物更適合這麼一個名稱。就彷彿詩人在目睹這個特定的場所後才生造出了這個詞語。我望著它，心想，這肯定是一場大火的產物；那五英畝的灰色荒蕪土地裸露在天空下，就像樹木和草叢中被酸液侵蝕出的一大塊禿斑，然而上面為何不再有新的植物生長出來呢？它大部分位於古老公路的北側，但在另一側也稍微侵占了一小塊面積。想到要靠近那裡，我產生了怪異的不情願感，只是因為有公務在身才不得不穿越它。那塊寬闊的土地上沒有任何種類的植被，只鋪著一層細細的灰色粉塵或灰燼，風似乎無論如何都吹不走它們。它周圍的樹木病懨懨的，發育不良，邊緣地帶有許多或立或躺的死樹在逐漸朽爛。我快步走過那裡，注意到右邊有舊時煙囪和地窖坍塌後留下的磚塊和石板，荒棄的水井張著黑洞洞的大嘴，凝滯的蒸氣和陽光的色調玩著怪異的把戲。相比之下，連它另一側漫長而幽深的林間坡道都顯得頗為令人愉快了。對於阿卡姆居民壓低嗓門講述的駭人傳聞，我不再感到驚詫。附近沒有房屋或廢墟；即便在過去，這裡也肯定是個孤獨而偏僻的地方。黃昏時分，我不敢再次穿過那個不祥的地點，於是繞遠路走南邊的蜿蜒道路回城。我有幾分盼望烏雲能夠聚集起來，因為頭頂上那深邃虛空造成的某種怪異膽怯悄然爬進了我的靈魂。

傍晚，我向阿卡姆的年長居民打聽焦野，以及許多人閃爍其詞喃喃提到的「怪異時光」究竟是什麼意思。然而我無法得到任何像樣的答案，只有一點除外，那就是我連做夢也沒想到這整個神祕事件竟然發生得如此晚近。它根本不是古老的民間傳說，而是就來自議論者的有生之年。事情發生在十九世紀八〇年代，一家人失蹤或被殺。議論者不肯說得太詳細，全都告訴我別太在意老阿米．皮爾斯的瘋狂故事，但第二天上午我還是去找了他。我聽說他單獨居住在一座搖搖欲墜的古老農舍裡，農舍位於樹林剛剛變得稠密的地方，那是個古老得令人恐懼的場所，已經開始微微散發出矗立太久的房屋特有的腐敗氣息。我堅持不懈地敲門，這才叫醒了年邁的老人，他拖著步子膽怯地出來開門，我看得出他並不樂於見到我。他不像我想像中那麼虛弱，但他的視線以奇特的方式低垂，凌亂的衣著和白色的鬍鬚讓他顯得非常憔悴和陰沉。我不知道該怎麼引出他的那些故事，於是詭稱找他是為了公務；我向他講述我的勘探歷程，針對那個地區提了些模稜兩可的問題。先前我聽說的情況誤導了我，他實際上比我想像的更聰明和有教養，我沒說幾句，他對這個話題的了解就不亞於我在阿卡姆交談過的任何一個人了。比起我在將要建設水庫的區域認識的其他鄉下人，他的反應截然不同。他不反對抹掉那幾英哩見方的古老林地和農田，雖說若是他的家不是落在日後的人工湖界外，他的看法或許就不一樣了。他表現出的只有如釋重負；為他一輩子徜徉其間的古老而幽深的山谷的毀滅而感到如釋重負。「它們最好現在就淹到水底下去——最好從那段怪異時光之後就淹到水底下去。」說完這句開場白，他嘶啞的聲音變得低沉，身體向前佝僂，右手食指顫巍巍地指指點點以加重語氣。

接下來我聽到了這個故事，他漫無邊際地講述，聲音時而變得刺耳，時而壓低成耳語，儘管時值夏日，我依然忍不住一次又一次發抖。我多次打斷他散亂的敘述，從他對那幾位教授的講話鸚鵡學舌的記憶片段中拼湊出科學觀點，在他的邏輯性和連續性斷裂之處鋪橋補全。等他講完，我不再懷疑他的精神為何有點不太正常，而阿卡姆的居民為何不願多說焦野的由來。我在日落前匆忙趕回旅館，不願讓星星再出現於我頭頂的開闊天空上；第二天，我返回波士頓辭職。我永遠不會再次走進古老的森林和山坡構成的晦暗混沌之地，再次面對灰色焦野上殘垣斷壁旁張開黑色巨口的深井。水庫很快就將開工，古老的祕密將安全地埋藏於幽深的水底。然而即便到了那個時候，我也不相信我會願意在夜間造訪那片鄉村，至少不會挑選險惡群星映照天空的時辰；也沒有任何理由能說服我嘗一口阿卡姆城的新水。

老阿米說，一切都起源於那顆隕星。在此之前，自從女巫審判以後，那裡沒有過任何瘋狂的民間傳說，就連西邊的樹林也遠遠不如米斯卡托尼克河上的那座小島讓人害怕，據說小島上有個怪異的石砌祭壇比印第安人更加古老，魔鬼就在那裡開庭受覲。那些樹林不鬧鬼，在怪異時光之前，暮色儘管奇異，但並不可怕。然而就在那天正午，天上出現了白色的雲團，空中傳來一連串爆炸聲，遠處山谷裡的樹林中騰起一根煙柱。到了晚上，所有阿卡姆人都聽說有一塊巨石從天而降，嵌在納鴻．加德納家水井旁的地裡。那幢房屋——納鴻．加德納家那幢整潔的白色房屋，周圍環繞著肥沃的園圃和果樹——所在之處就是未來的焦野。

納鴻進城向人們講述那塊石頭的事情，路上順便造訪阿米．皮爾斯的家。阿米那年四十歲，所有的離奇事情都牢固地銘刻在了他的腦海裡。第二天上午，他和妻子還有三位從米斯卡托尼克大學匆匆趕來的教授前去查看自未知星空降落的怪異客人，他們很詫異地發現，它並沒有前一天納鴻所聲稱的那麼大。在前院古老的井臺旁，納鴻指著比被犁起的地面和燒焦的草皮高出一截的棕色土墩說，它自己縮小了；但教授們說，石塊不會自己縮小。石塊持續不斷地散發熱量，納鴻聲稱它在夜間發出微弱的光芒。教授們用地質錘試了試，發現它異乎尋常的柔軟。事實上，它的柔軟程度接近塑膠。他們挖下而不是鑿下一塊樣本，準備帶回大學做進一步檢驗，隨後從納鴻家的廚房借了個舊水桶，因為即便是這麼一小塊，它也拒絕冷卻下來。回城的路上，他們在阿米家歇腳，皮爾斯夫人注意到那塊樣本不但變小了，而且在桶底燒出了一圈痕跡，他們不禁陷入沉思。說真的，它本來就不大，也許取的樣本比他們所認為的還要小一點。

第二天——這整件事情都發生於一八八二年六月——教授們懷著極大的興奮再次出發。經過阿米家時，他們向他講述了那塊樣本的種種異相，還有他們把它放在玻璃燒杯裡，結果它自行消失得無影無蹤。燒杯也不見了，他們稱怪石對矽有親和性。它在那個設施完善的實驗室裡有令人難以置信的表現：用木炭加熱，它毫無反應，也不散發任何氣體；在硼砂珠試驗中（注），它徹底不為所動；事實很快證明，它在實驗室能夠產生的一切溫度下都絕對沒有揮發性，連氫氧吹管的高溫也不例外。放在鍛砧上，它表現出極高的延展性；在黑暗中，它的發光性非常明顯。它頑固地拒絕冷卻，很快就讓整所大學陷入一種真正的亢奮狀態；加熱後用光譜儀觀察，它呈現出的光帶與普通光譜的任何已知顏色都迥然不同，學者們激動得難以喘息，滿嘴都是新元素、奇特的光學特性和科學工作者在面對未知事物時往往會說的那些話。

儘管石塊本身就很熱了，但他們還是用各種各樣的試劑做了坩堝試驗。水，毫無反應；鹽酸也一樣；硝酸甚至王水遇到它刀槍不入的熾熱表面只是嗤嗤作響，濺起液滴。阿米不太能夠回憶起所有細節了，我按照通常的使用順序複述，他認出了其中的部分溶劑。學者們使用了氨水和苛性鈉、酒精和乙醚、令人作嘔的二氧化硫和另外十幾種化學品，儘管隨著時間的流逝，樣本的重量穩定地逐漸減少，溫度也似乎稍微降低了一點，但溶劑中沒有可見的變化能夠證明它們對樣本中的物質造成了任何影響。毫無疑問，這是一種金屬。首先，它有磁性；浸泡在酸性溶液中，似乎會出現常見於隕鐵中的魏德

注 熔珠試驗的一種，是分析特定金屬成分的傳統試驗，不同金屬各有其特徵性的硼砂珠顏色。

曼花紋的微弱痕跡。樣本冷卻到相當可觀的程度後，實驗在玻璃器皿中繼續進行；他們在工作中將原始樣本切割成許多碎塊，下班時將它們裝進一個玻璃燒杯裡。第二天早晨，樣本碎塊和燒杯都消失得無影無蹤，只在木架上放燒杯的地方留下了灼黑的印痕。

這些都是教授們在阿米家歇腳時告訴他的，他再次陪同他們去看那個來自星際的石頭信使，但這次他妻子沒有一起去。石塊已經顯著地縮小了，連最審慎的教授也無法質疑他們親眼見到的事實。水井旁的棕色團塊變得越來越小，四周出現了一圈空白，地面凹陷了下去；昨天它直徑還有足足7英呎，現在連5英呎都不到了。石塊依然熾熱，學者們好奇地研究它的表面，用鐵錘和鑿子取下又一塊更大的樣本。這次他們挖得很深，撬開樣本時，他們注意到那東西的內核並不均勻。

他們發現了嵌在金屬物質中的一個彩色球狀物的側表面，其顏色類似於隕石的怪異光譜中的某些光帶，幾乎無法用語言形容，他們僅僅是通過類比才稱之為「顏色」。它的質地頗為光滑，敲上去感覺很脆，而且是中空的。一名教授用鐵錘使勁砸了一下，它炸裂了，發出清脆的砰然聲響，但沒有噴發出任何東西。球狀物存在過的一切痕跡隨著破碎而消失得無影無蹤。它留下了一塊直徑約3英吋的球形空間，大家都認為，隨著外層物質的逐漸損耗，他們很可能還會發現其他球狀物。

這個猜測是錯誤的。他們鑽孔取樣，試圖找到更多的球狀物，最終卻徒勞無功。學者們帶著新採集的標本離開，它在實驗室裡表現得和昨天的先驅一樣令人費解。除了質地近乎塑膠、散發熱量、具有磁性、微弱發光、在強酸中略微冷卻、有著未知的光譜光帶、在空氣中持續揮發、攻擊矽元素成分並導致共同湮滅，它沒有表現出任何可供識別其成分的特徵；試驗做到最後，大學教授們被迫承認他們說不清它究竟是什麼。它不屬於這個地球，而是更廣袤的外部世界的一部分，因此它被賦予了外部世界的性質，遵循的也是外部世界的法則。

當晚下了一場雷暴雨，第二天，教授們趕到納鴻家，迎接他們的卻是苦澀和失望。那塊石頭具有磁性，因而肯定擁有某種特別的電學性質，因為按照納鴻的說法，它持續不斷地「吸引閃電」。這位農夫在一小時內見到閃電六次擊中前院的那道犁溝，雷暴雨過後，隕石消失得無影無蹤，古老的井臺旁只剩一個邊緣參差的大坑，已經被塌陷的泥土填滿了一半。挖掘沒有得到任何結果，教授們只得接受隕石已經徹底消失的現實。如此失敗不可謂不徹底，因此他們只得返回實驗室，繼續檢測小心翼翼地保存在鉛容器裡並依然在持續消失的那塊碎片。樣本在一週後消失殆盡，教授們依然未能了解到任何有價值的情況。它消失得很徹底，沒有留下任何殘餘物。過了一段時間，教授們甚至不敢確信他們真的曾經用清醒的眼睛見到了從外部世界無底深淵中逸出的一絲神祕痕跡，接觸了來自其他宇宙和其他物質、作用力和實體所構成領域的獨一無二的怪異使者。

阿卡姆的報紙大多由學院贊助，因此自然極為重視此事，紛紛派遣記者訪問納鴻．

加德納及其家人。波士頓至少有一份日報也派來了新聞記者，納鴻很快成為當地的名人。他五十來歲，身材瘦削，生性親切，與妻子和三個兒子住在山谷裡那個宜人的農場裡。他和阿米時常互相串門，兩者的妻子也一樣；認識了那麼多年，阿米對他除讚許外別無二話。他似乎頗為自豪於他家吸引來的關注，接下來的幾個星期，他開口閉口都是那塊隕石。那年的七月和八月很熱，納鴻在橫跨查普曼溪的十英畝牧場上辛苦地收割乾草；運貨馬車咔嗒咔嗒作響，在陰涼的小路上壓出深深的車轍。他覺得農活比前幾年更加累人，年歲終究還是找上了他。

結果和收穫的日子漸漸到了。梨和蘋果慢慢成熟，納鴻發誓說果園的收成前所未有的好。果實大得無與倫比，帶著不尋常的光澤，見到豐收就在眼前，他多訂購了一些橡木桶，用來盛放採摘下來的水果。然而，隨著果實越發成熟，迎接他的卻是悲痛和失望，因為掛滿枝頭的漂亮果實盡是金玉其外，完全找不到適合入口的。梨和蘋果的香甜味道中混入了某種鬼祟的苦澀和噁心的怪味，僅僅咬上一小口就會誘發長時間的反胃。甜瓜和番茄也一樣，納鴻哀傷地發現今年的作物全都完蛋了。他很快將事情聯繫在一起，宣稱隕石毒害了土壤，謝天謝地，還好其他的莊稼都種在道路旁地勢更高的地方。

冬天來得很早，而且非常寒冷。阿米見到納鴻的次數不如平時那麼頻繁，他注意到納鴻總是顯得憂心忡忡。他家裡的其他人也一樣，似乎變得沉默寡言，也不像從前那樣定期去教堂或參加鄉間各種社交活動。人們找不到這種拘謹或抑鬱的起因，但納鴻全家人都時常坦陳他們身體欠佳，還隱約感到不安。納鴻本人說得比其他人更明確，他聲稱雪地裡某些特定的腳印讓他心神不寧。腳印本身只是紅松鼠、白兔和狐狸在冬天留下的常見痕跡，然而陰鬱的農夫宣稱他在其性質和排列中看出了一些不太對勁的地方。他從沒具體形容過，但似乎認為它們不符合松鼠、兔子和狐狸的典型解剖學特徵和生活習性。阿米心不在焉地聽著，直到一天夜裡，他駕著雪橇從克拉克角鎮回家，途中經過納鴻的住所。明月高懸，一隻兔子跑過路面，這隻兔子的步幅特別大，阿米和他的馬都不怎麼喜歡。事實上，若不是韁繩足夠結實，後者恐怕當場就逃跑了。從那以後，阿米開始重視納鴻說的事情，琢磨加德納家的狗為何每天早晨都畏畏縮縮、顫顫巍巍的，而且漸漸地連吠叫的精神都快沒了。

二月，麥克格雷戈家的孩子從牧場山來這兒打土撥鼠，在離加德納家不遠的地方捕獲了一隻非常特別的樣本。牠的身體比例以難以描述的怪異方式發生了些微的改變，面部帶著人們從未在土撥鼠臉上見到過的表情。孩子們嚇得夠嗆，立刻扔掉了那東西，因此傳到附近居民耳朵裡的只有他們光怪陸離的描述。然而，馬匹接近納鴻家就會驚跳已經成了眾所周知的事實，坊間傳說誕生的全部要素正在快速成形。

人們信誓旦旦地說納鴻家周圍的積雪比其他地方融化得更快，三月初，克拉克角鎮的波特百貨商店裡已經出現了敬畏的討論。斯蒂芬·賴斯在早晨驅車經過加德納家時，發現路對面樹林旁的爛泥地裡長出了臭菘。他從未見過臭菘能夠長到這個尺寸，怪異的

＊新聞標題：至少4個人聲稱親眼目睹紅眼睛的不明生物體

顏色更是無法用語言形容。它們形狀極為駭人，散發出斯蒂芬這輩子都沒聞到過的怪味，刺激得馬直打響鼻。那天下午，幾個人驅車去看反常的怪草，他們全都同意那種植物絕對不會在一個健康的世界裡生根發芽。人們公開談論去年秋天的變味果實，口耳相傳的說法是納鴻家的地裡有毒素。毒素當然來自隕石，幾名農夫想起大學教授們發現那塊石頭是多麼奇異，於是告訴了更多人。

一天，教授們拜訪了納鴻，他們對荒唐傳說和民間故事毫無興趣，因此在做出結論時非常保守。植物確實有些奇怪，但臭菘的形狀、氣味和色澤本來就多多少少不太尋常。石塊裡的某些礦物質或許進入了土壤，但很快就會被雨水沖走。至於動物的腳印和驚嚇的馬匹——隕石這種罕見天象當然很容易引發如此的村野奇談。正經人沒必要在意這些荒誕的閒言，因為迷信的鄉民什麼都會說，什麼都敢信。因此，教授們在那段怪異時光中自始至終都鄙夷地置身事外。只有一位學者在一年半後為警方分析兩份土壤樣本時回想起來，臭菘的怪異顏色很像隕石碎片在大學光譜儀中呈現出的不尋常光帶之一的顏色，也像他們在來自天淵的石塊中發現那個脆質球狀物的顏色。那次分析的樣本剛開始也呈現出相同的奇特光帶，但後來失去了這種性質。

納鴻家周圍的樹木提早發芽，入夜後會在風中不祥地搖曳。納鴻的次子撒迪厄斯那年十五歲，發誓說沒有風的時候樹木同樣會搖曳，但就連愛嚼舌根子的人也不願採信。然而，空氣中自然充滿了不安的感覺。加德納全家都養成了豎著耳朵諦聽的習慣，但他們說不清聽見的究竟是什麼聲音。諦聽的行為起初不過是意識半溜號時的產物。不幸的是，這種時刻一週比一週來得頻繁，到最後成了眾所周知的說法：「納鴻家的人都不太對勁。」早春的虎耳草長出來了，它們帶著另一種怪異的顏色，與臭菘的顏色不盡相同，但顯然有所聯繫，也同樣見所未見。納鴻採了一些花朵帶去阿卡姆，拿給《公報》的編輯看，然而此人只是居高臨下地寫了一篇打趣的文章，有禮貌地揶揄鄉下人的陰鬱恐懼。納鴻犯的錯誤是他向這位感官麻木的城裡人講述時，將瘋長的巨大黃緣蛺蝶的怪異表現和虎尾草聯繫在了一起。

四月給村野居民帶來了某種瘋狂，他們開始棄用經過納鴻家的道路，最終導致這條路被徹底荒置。起因是植物。所有果樹都開出顏色詭異的花朵，院子裡的多石土壤和相鄰的牧場長出奇特的植被，只有訓練有素的植物學家才能將其與本地的固有植物區系聯繫在一起。除了草皮和樹葉的綠色，哪兒也看不見健康而正常的其他顏色，病態而隱晦的原色組成的混亂斑駁如稜鏡分光結果的雜色卻比比皆是，地球上已知的色彩中找不到它們的位置。荷蘭馬褲花（注）成了險惡之物，血根草以其變態本色肆意生長。阿米和加德納一家認為大部分顏色有一種熟悉得令人心悸的感覺，讓人想起隕石裡那個脆質球狀物的顏色。納鴻耕種了那十英畝的草場和高處的田地，但沒去碰住宅周圍的土地。他知道再怎麼費勁都無濟於事，只希望夏季的怪異植物能吸淨土壤裡的毒素。他做好了面對一切壞事的準備，也習慣了身邊有什麼聲音等著被聽見的感覺。鄰居拒絕接近他家自然對他造成了影響，但對他妻子的影響更加嚴重。孩子們每天都去上學，因此情況尚可；但流言依然讓他們感到恐懼。撒迪厄斯是個特別敏感的少年，遭受的折磨也最嚴重。

五月，昆蟲進入活動期，納鴻家成了嗡嗡飛行和蜿蜒爬行之物構成的噩夢。大多數昆蟲的形態和行為似乎都異乎尋常，夜間出沒的生活習性更是違背了納鴻往日的全部經驗。加德納家入夜後開始留神警惕——漫無目標地朝任意一個方向張望，尋找他們自己也說不清的某些事物。到了這時，他們全都承認了撒迪厄斯對樹木的說法是正確的。第二個注意到這個情況的是加德納夫人，她在窗口望著月光下一棵楓樹的腫脹枝條。樹枝確實動了，而且當時沒有風。肯定是樹液造成的。這裡生長的所有東西現在都變得怪異。不過，做出下一個發現的並不是納鴻家的成員，對於周遭變化過於熟悉麻痺了他們的感官。一位靦腆的風車銷售員從波士頓來到本地，他對村野傳說一無所知，在夜裡驅車經過納鴻家，一眼就看見了他們未能注意到的東西。他在阿卡姆講述的故事成了《公報》上的一篇短文，包括納鴻在內的所有農夫這才知道。那天夜裡很黑，車上燈光昏暗，但山谷裡有個農場周圍的黑暗卻沒那麼濃重，聽到他的敘述，人人都知道那只可能是納鴻家。黯淡但確實存在的某種輝光似乎存在於從草皮到樹葉和花朵在內的所有植物器官之中，在某個瞬間，靠近穀倉的院子裡似乎有一小團分離的磷光在鬼鬼祟祟地搖動。

草皮目前似乎還沒遭殃，牛群在房屋附近的草場上自由走動，然而臨近五月末，牛奶開始變質。納鴻於是把牛群趕到高處去，問題隨即消失。沒過多久，草皮和樹葉的改變就連肉眼也能看清楚了。它們顯出一種高度特殊的鬆脆特性，顏色也從青綠變成灰白。現在只剩下阿米還會去他家做客，但次數也變得越來越少。待到放暑假的時候，加德納一家事實上與世界斷絕了來往，只是偶爾請阿米替他們去城裡辦些雜事。他們的身心健康都在令人費解地惡化，加德納夫人發瘋的消息傳開時，沒有人感到驚訝。

注 即兜狀荷包牡丹，因花朵形狀而有此俗名。

這件事發生在六月，隕石墜地一週年前後，可憐的女人嘶喊著說空氣中有一些她無法描述的東西。她的胡話裡連一個特指的名詞都沒有，只有動詞和代詞。東西在挪動、在變化、在撲騰，耳朵在聆聽不完全是聲音的脈衝。什麼東西被取走了——從她身上被吸走的……某種不該存在的東西，附著在她身上，非除掉不可。入夜後沒有任何東西固定不動……牆壁和窗戶不斷變形。納鴻沒有送她去省精神病院，而是讓她在家裡遊蕩，只要她別傷害自己和其他人就行。即便她的表情發生變化，他也沒有採取任何行動。但後來孩子們開始害怕她，她對撒迪厄斯做怪相，他險些被嚇昏，於是決定把她鎖在閣樓上。到了七月，她不再說話，四肢著地爬行，七月行將結束時，納鴻有了個瘋狂的念頭：她在黑暗中會微微發光，和他明明白白地見到的附近植物的情形一樣。

在此之前不久，馬匹發生了驚逃。某種東西在夜間喚醒了牠們，令其在馬廄裡嘶吼和踢騰，鬧出的響動非常可怕。似乎沒有任何辦法能讓牠們安靜下來，納鴻只得打開馬廄門，牠們像受到驚嚇的林鹿一樣四散奔逃。他花了一個星期才尋回全部四匹馬，找到牠們的時候，牠們都變得難以駕馭，毫無用處了。馬匹的腦子裡出了什麼問題，為了牠們好，他不得不開槍逐一將其打死。納鴻向阿米借了一匹馬來運送乾草，卻發現這匹馬不肯靠近穀倉。牠畏縮、慘叫、嗚咽，最後他只好把牠趕進院子，男人們自己出力氣把沉重的貨車推近乾草棚以便裝卸。另一方面，植物全都變得灰白和鬆脆，就連顏色曾經無比怪異的花朵如今也變得灰白，結出來的果實色澤發灰，尺寸顯小，而且缺乏味道。

紫菀和一枝黃開出灰色的變形花朵，前院的玫瑰、百日菊和蜀葵都怪誕得褻瀆神聖，納鴻的大兒子澤納斯乾脆砍光了它們。奇異的腫脹昆蟲也在那段時間前後死亡，連放棄蜂巢、遷居樹林的蜜蜂也不例外。

到了九月，全部植物都迅速崩解成灰白色的粉末，納鴻擔心樹木會在土壤肅清毒素之前死去。他妻子不時會發出一陣陣恐怖的尖叫，他和孩子們的神經永遠緊繃。他們開始避開其他人，開學之後，孩子們也沒有回校。然而還是阿米，他們罕有的訪客之一，首先意識到井水不再適合飲用。它有一種邪惡的味道，不完全是臭味也不完全是鹹味，阿米建議他的朋友去高地另挖一口井，直到土壤恢復正常。但納鴻無視他的警告，因為到了這個時候，他對怪異和令人不快的事物已經變得麻木。他和孩子們繼續使用有怪味的水源，沒精打采、機械地喝水，吃他們烹飪不得法的貧乏餐食，做著費力但無用的單調雜活，過著漫無目標的生活。全家所有人都體現出某種頑固的聽天由命的感覺，就好像一隻腳已經踏入了另一個世界，在無名的衛士行列之間走向必然而熟悉的厄運終點。

九月的一天，撒迪厄斯去打井水，然後就發瘋了。他拎著提桶去，卻空手回來，尖叫著揮舞手臂，時而迸發出一陣痴狂的傻笑，時而壓低聲音說什麼「底下有顏色在移動」。一家瘋了兩個實在很糟糕，但納鴻這時候表現得很勇敢。他讓男孩亂跑了一個星期，直到撒迪厄斯磕磕絆絆傷到了自己，於是他把男孩關進閣樓上的另一個房間，而男孩的母親就待在走廊對面的房間裡。兩人隔著上鎖的房門互相尖叫，那情形非常恐怖，在小默溫心中尤其如此，他認為他們在用某種不屬於地球的可怕語言交談。默溫的想像力變得豐富得可怖，自從和他最要好的哥哥被關起來之後，他越來越煩躁不安。

幾乎與此同時，牲畜開始大量死亡。家禽變成灰白色，死得非常迅速，切開後發現肉發乾且散發惡臭。豬肥胖得異乎尋常，隨即出現令人作嘔、誰也無法解釋的變化。豬肉自然毫無用處，納鴻終於無計可施了。沒有一位鄉村獸醫願意接近他家，阿卡姆城裡的獸醫公開承認無能為力。豬的皮膚變得灰白和鬆脆，在死前崩解為碎塊，眼睛和拱嘴的形態出現了奇特變異。這個情況非常令人費解，因為納鴻家從未餵牠們吃過變質的植物。母牛隨後也出事了。牠們的某些部位甚至整個身體會怪異地萎縮或變癟，極其可怖的崩潰或解體也屢見不鮮。到了最終階段——結果往往是死亡——牠們的身體也會變得灰白和鬆脆，與豬的情況如出一轍。不存在下毒的可能性，因為所有事例都發生在上鎖和無外力干涉的牲口棚裡。齧齒類動物也不可能通過啃咬傳播病菌，因為地球上有什麼動物能穿過如此嚴實的屏障呢？只可能是某種天然疾病在作祟，然而何種疾病能製造出如此結果就無從猜測了。收穫季節來臨，他們家沒有任何動物還存活，家畜和家禽都死了，狗也跑了。狗一共有三隻，在一天夜裡消失得無影無蹤，再也沒有回來過。五隻貓走得比狗還要早，但牠們的離去幾乎無人在意，因為老鼠似乎已經從納鴻家絕跡，更何況只有加德納夫人把這些優雅的貓科動物當寶貝看待。

十月十九日，納鴻跌跌撞撞地闖進阿米家，帶來了駭人的消息。死神找上了被關在閣樓房間裡的可憐蟲撒迪厄斯，而且以某種無法描述的方式降臨。農場背後有一塊圍起來的家族墓地，納鴻在那裡挖了個墳，讓他發現的東西入土為安。房間裡的東西不可能來自外部，因為帶欄杆的窗戶和上鎖的房門都完好無損，而房間裡的慘狀與牲畜棚裡的情況完全相同。阿米和妻子盡可能地安慰這位悲慟的男人，但同時也心驚膽顫。無情的恐怖魔物似乎依附在加德納一家和他們觸碰過的所有東西上，他們家的一名成員出現在屋子裡就彷彿從無名和無可名之領域吹來的一股氣息。儘管一百萬個不情願，但阿米還是送納鴻回家了，然後盡量安慰歇斯底里哭泣的小默溫。澤納斯不需要安慰。他近來漸漸地除了盯著天空什麼都不做，父親叫他幹什麼他就幹什麼，阿米認為這樣的命運反而是一種福氣。默溫的尖叫時而引來閣樓上的微弱回應，阿米用眼神詢問納鴻，納鴻解釋說他妻子已經非常虛弱了。夜幕臨近，阿米總算設法脫身，因為當植物開始微弱發光、樹木即便沒有風也若有若無地暗自搖曳時，就連友誼也無法讓他繼續留在那個地方。阿米的想像力並不豐富，這對他來說實在非常幸運。儘管如此，他的精神還是遭受了些許的扭曲；然而假如他能夠將身邊所有的不祥之兆聯繫在一起並進一步思考，他必然會無可避免地陷入完全的瘋狂。他在暮色中匆忙趕回家，瘋女人和崩潰孩童的尖叫聲在耳畔可怖地迴響。

三天後的清晨時分，納鴻衝進阿米家的廚房，儘管主人不在，他還是結結巴巴地說出了又一個絕望的故事，而皮爾斯夫人只能戰戰兢兢地聽著。這次出事的是小默溫。他失蹤了。昨天深夜他帶著風燈和提桶出去打水，再也沒有回來。他這幾天一直失魂落魄，幾乎不知道自己在幹什麼，還朝著所有東西尖叫。他出去後，院子裡傳來了一聲驚恐的喊叫，但等父親跑到門口，男孩已經不見了。他看不到男孩的風燈的亮光，男孩本身也無影無蹤。當時納鴻以為風燈和提燈也不見了，但天亮後，徹夜在樹林和田地裡尋找兒子的納鴻回到家裡，卻在井邊發現了一些非常奇怪的東西。有一團被壓扁並看似部分熔化的鐵塊，那無疑是風燈的殘骸；它旁邊是一個扭曲的桶身和一截彎曲的鐵環，兩者都半熔化了，看起來曾經是提桶的組成部分。情況就是這樣。皮爾斯夫人嚇呆了，阿米回家後聽說這番變故，也猜不出個所以然來。默溫不見了，去告訴附近的居民毫無意義，他們現在躲著加德納家的所有人走。去告訴阿卡姆市的人同樣沒用，他們喜歡嘲笑一切。撒迪厄斯不在了，現在默溫也不見了。某些東西在悄然潛行，等待著被看見、摸到和聽見。納鴻遲早也會消失，若是他走得比妻子和澤納斯更早，他希望阿米能幫忙照看他們。這必然是某種天罰，但他想不出究竟是為什麼，因為據他所知，他在上帝的道路上向來行得正坐得端。

接下來的兩週，阿米沒有納鴻的任何消息。他擔心朋友會不會遇到了意外，於是克服恐懼，前去拜訪加德納家。粗大的煙囪沒有冒出裊裊青煙，來訪者頓時害怕起來，最壞的情況或許已經發生。整個農場的面貌讓人驚駭——灰白色枯萎的草皮和樹葉覆蓋地面，藤蔓變得鬆脆，從古老的外牆和山牆上脫落，光禿禿的大樹向十一月的灰色天空張牙舞爪，其中蘊含著某種蓄意的刻毒，阿米沒來由地覺得這種感覺來自樹枝傾斜角度的細微變化。不過納鴻還活著。他很虛弱，躺在天花板低垂的廚房裡的一張躺椅上，但意識清醒，能夠向澤納斯發出簡單的指令。房間冷得能凍死人。見到阿米凍得直打哆嗦，主人用沙啞的聲音喊叫，命令澤納斯再拿些木柴來。是的，此時最需要的莫過於木柴了，因為寬大的壁爐裡空空如也，沒有生火，刺骨寒風順著煙囪颳進房間，吹得爐灰四處飛揚。納鴻隨即問阿米，新添的木柴有沒有讓他舒服起來，阿米終於意識到發生了什麼。最結實的繩索終究也有斷裂的一天，悲慟再也無法侵入這位不幸農夫的腦海了。

阿米巧妙地提問，但對澤納斯失蹤一事始終沒能問出個所以然來。「在井裡——他生活在井裡——」精神恍惚的父親只會這麼說。來訪者的腦海裡忽然閃過一個念頭，不知道納鴻發瘋的妻子怎麼樣了，於是改變詢問的方向。「娜比？咦，她就在這兒啊！」可憐的納鴻這麼答道。阿米立刻明白過來，他只能自己去看個究竟了。他把胡言亂語但沒有傷害性的納鴻留在躺椅上，取下掛在門口釘子上的鑰匙，沿著嘎吱作響的樓梯爬向閣樓。閣樓上非常憋悶，散發著惡臭，無論從哪個角落都聽不見任何聲音。他看見了四扇門，只有一扇鎖著，他用鑰匙圈上的鑰匙挨個嘗試。第三把鑰匙打開了鎖，阿米摸索了好一會兒，終於推開了那扇低矮的白色房門。

窗戶很小，粗糙的木欄杆又擋住了一半光線，因此房間裡非常暗，阿米看不見鋪著寬幅木板的地面上有什麼東西。惡臭濃烈得令人無法忍受，他不得不退到另一個房間裡，讓可呼吸的空氣灌滿肺部，然後重新回來。他走進房間，看見角落裡有個黑乎乎的東西，湊到近處，他看得更清楚了，隨即尖叫起來。就在他尖叫的那個瞬間，他覺得一團烏雲短暫地遮住了窗戶，半秒鐘後，他覺得某種可憎的氣流擦身而過。怪異的顏色在眼前舞動，若不是此刻的恐懼已經令他麻木，他肯定會想到隕石裡被地質錘砸碎的球狀物和當年春天萌發的病態植物。然而此刻他腦子裡只有面前這個褻瀆神靈的畸形怪物，荼毒了少年撒迪厄斯和牲畜的無可名狀的厄運顯然也找上了它。關於這個恐怖之物，最可怕之處是它一方面在非常緩慢和明顯地移動，另一方面還在持續不斷地崩解。

阿米不肯向我詳細描述這個場景，但角落裡的東西沒有作為會移動的物體再次出現在他的敘述之中。有些細節不能提及，出於基本人性做出的事情有時候會受到法律的嚴懲。我明白他沒有把那個活物留在閣樓房間裡。扔著那麼一個能夠移動的物體不管，這無疑是極為殘忍的行為，會讓任何一個有擔責能力的人遭受永世的折磨。換了是普通人而不是一位感覺遲鈍的農夫，大概會當場昏厥或發瘋，但阿米神志清醒地走出那扇低矮的房門，把該受詛咒的祕密鎖在身後。現在還有納鴻需要處理。他必須給納鴻吃東西，照顧他，送他去一個能夠醫治他的地方。

阿米開始走下暗沉沉的樓梯，聽見底下響起「砰」的一聲。他甚至覺得他聽見了被忽然掐斷的一聲尖叫，隨即驚恐地回想起在閣樓恐怖房間裡與他擦身而過的那團溼冷蒸氣。他的喊叫和侵入驚醒了一個什麼樣的魔物？難以解釋的恐懼讓他停下腳步，仔細去聽樓下傳來的其他聲音。毫無疑問，底下有沉重的拖拽聲，有某種邪惡和不潔的生物吸吮黏膩液體時發出的最可憎的怪聲。他的聯想能力被刺激到狂熱的巔峰，無法解釋地想到了他在樓上見到的景象。敬愛的上帝啊！他不小心闖進了一個何等可怕的噩夢世界？他不敢向前走也不敢往回走，只能站在逼仄樓梯的黑暗轉彎處瑟瑟發抖。此時場景的每個微小細節都烙刻在他的腦海裡。那些聲音，大難臨頭的驚恐預感，黑暗、狹窄樓梯的陡峭坡度——仁慈的主啊！……視野範圍內，所有木製品都散發著微弱但不容置疑的輝光，無論是樓梯、牆板、裸露的板條還是房梁！

就在這時，室外傳來了阿米那匹馬的驚恐嘶鳴聲，緊接著是噠噠的馬蹄聲，說明牠發狂般地逃跑了。片刻之後，馬帶著馬車跑出了聽力所及的範圍，撇下驚恐的男人在黑洞洞的樓梯上猜測究竟是什麼驚嚇了馬匹。然而這還不算完，外面又傳來了另一種聲音。某種液體潑濺的聲音——水——肯定是那口井。他把馬（名為「英雄」）留在井附近，沒有拴韁繩，肯定是馬車的車輪掃到井圈，把一塊石頭碰了下去。慘白色的磷光依然在可憎的古老木料中閃爍。天哪！這幢屋子太古老了！大部分修建於一六七〇年之前，複斜屋頂也不晚於一七三〇年。

樓下傳來清晰而微弱的刮擦地板的聲音，阿米攥緊他在閣樓裡為了以防萬一而撿起來的沉重木棍。他慢慢地鼓起勇氣，走完剩下的幾級臺階，勇敢地走向廚房。但他沒有走完這段路，因為他要尋找的東西已經不在廚房裡了。它主動來找他了，而且以某種方式依然活著。它究竟是爬出來的，還是被某種外部力量拖出來的，阿米無從分辨，但死神已經找上了它。最終的變故發生在過去半小時內，而崩潰、褪色和解體早就開始了。那具肉體鬆脆得恐怖，乾枯的碎片如鱗片般剝落。阿米不敢觸碰，只能驚恐地望著曾經是一張臉的扭曲怪相。「怎麼了，納鴻——到底怎麼了？」他囁嚅著問道，那開裂而鼓脹的嘴唇勉強吐出最後的答案：

「沒怎麼　沒怎麼　顏色　它灼燒　冷，而且溼　但它灼燒
它活在井裡　我見過它　某種煙　就像今年春天的花朵　井到夜裡
會發光　撒迪和默溫和澤納斯　所有活物　吸走所有活物的生命　在
那塊石頭裡　它肯定是從那塊石頭裡來的　毒害了這整片地方　不知道它
想要什麼　大學那些人從石頭裡挖出的那個圓東西　他們砸碎了它　就
是那種顏色　一模一樣，就像花朵和植物　它們肯定還有更多的　種
子　種子　它們會生長　這個星期我第一次見到它　肯定靠澤納斯變得
強壯了　他是個大小子，充滿生命　它打垮你的精神，然後讓你　燃燒你
在井水裡　你說得對　邪惡的水　澤納斯再也沒從井那兒回來
沒法離開　拖著你　你知道有東西要來了，但沒用澤納斯被抓走後，
我又見到了它　阿米，娜比在哪兒　我的腦子不好用了　不知道我有多久

沒餵過她了——要是我們不當心，它就會抓走她——只是顏色有時候快到晚上，她臉上就會出現那種顏色——它灼燒，它吸食——它來的地方和這兒不一樣——一個教授這麼說的——他是對的——當心，阿米，它做的事情不止吸走生命——」

納鴻的話到此為止。他之所以說不下去了，是因為他的身體徹底塌陷了。阿米用一塊紅色方格桌布蓋住剩下的遺骸，跑出後門，衝進野地。他順著山坡爬上十英畝的牧場，從北邊那條路穿過樹林踉踉蹌蹌地回到家裡。他不敢經過驚走他那匹馬的水井。他在房間裡隔著窗戶看它，發現井圈上沒有缺少石塊。馬車被馬拽走時沒有撞壞任何東西——激起水花的是其他什麼東西——它對可憐的納鴻做了可怖的事情後跳進了水井……

阿米回到家裡，發現馬早就拉著馬車回來了，他妻子因此擔驚受怕。他安慰了她一番，但沒有仔細解釋，立刻出發前往阿卡姆，報告當局加德納一家已經不在了。他沒有講述任何細節，只說納鴻和娜比死了，而撒迪厄斯的身故本已為當局所知，他說死因就是殺死家畜的同一種怪異疾病。他還稱默溫和澤納斯都失蹤了。阿米在警察局接受了大量盤問，最後不得不領著三位警官去加德納家的農場，同行的還有驗屍官、法醫和治療過生病牲畜的獸醫。他去得非常不情願，因為下午行將結束，他恐懼夜幕降臨那個被詛咒地方的時刻，唯一能夠安慰他的是有好幾個人陪著他。

六個人乘一輛雙馬馬車，跟著阿米的馬車，於下午4點左右抵達遭受厄運折磨的農場。儘管這些警官對血腥恐怖的景象早已司空見慣，但閣樓房間裡和紅色格子桌布覆蓋的東西依然讓他們動容。農場呈現出的灰色荒涼面貌本身就夠可怕了，但兩具崩解而死的屍骸卻超越了一切界限。沒有人能夠長久地看著它們，就連法醫也承認沒多少可供檢驗的。當然還可以分析標本，因此他忙著採樣——兩小瓶塵狀物最終送到大學實驗室，在那裡出現了完全難以解釋的情況。兩件樣本在光譜儀中都發射出未知的光譜模式，其中有多種令人困惑的光帶與去年怪異隕石產生的結果相同。發射如此光譜模式的性質在一個月內消失殆盡，剩餘的塵狀物僅由鹼性磷酸鹽和碳酸鹽構成。

假如阿米知道他們打算就在當時當地開展工作，他肯定不會把井的事情告訴他們。日落時分越來越近，他急著想離開，所以忍不住緊張地偷看吊水槓桿旁的石頭井沿，一名警察問他是怎麼回事，他承認納鴻害怕井底下的什麼東西，害怕到他甚至沒考慮過要去井裡找默溫和澤納斯的程度。他這麼一說，他們也就必須排空和勘測井底了，於是阿米只好哆嗦著等在一旁。他們一桶接一桶舀起發臭的井水，倒在邊上泡溼的土地上。他們厭惡地聞著井水的氣味，最後攪起來的惡臭熏得他們不得不捂住鼻子。這工作不如他們想像的那麼費時費力，因為井水異乎尋常的淺。至於他們發現了什麼，這裡就沒必要說得太詳細了。默溫和澤納斯確實都在底下，殘缺不全，而且遺骸只剩下了骨架。井裡還有處於類似狀態的一頭小鹿和一條大狗，另有數量可觀的小動物的骨頭。最底下的軟泥和黏液疏鬆得難以解釋，還冒著氣泡。一個人帶著一根長杆藉助搖把降下去，發現長杆在井底淤泥裡插到任何深度都不會碰到任何固體的阻礙。

黃昏開始到來，他們從屋裡取來風燈。確定從井裡無法得到更多的發現之後，所有人來到室內，在古老的會客室裡商量，幽靈般的殘月灑下黯淡的光線，斷斷續續地照著外面荒蕪的灰色土地。他們坦然承認這起案件讓人摸不著頭腦，找不到可信的共同因素將所有的情況聯繫在一起，這些情況包括植物的怪異形態、牲畜和人類共患的未知疾病、默溫和澤納斯在腐臭井底難以解釋的死亡。是的，他們都聽說過流行鄉野的傳聞，但無法相信所有已發生的事情違背了自然定律。毫無疑問，隕石毒害了土壤，但人和動物即便從未食用從這片土壤種出來的東西也會得病，這就是另一碼事了。是因為井水嗎？非常有可能。分析井水是個好主意，但什麼樣的瘋病能讓兩個男孩都跳進井裡呢？他們的行為異常類似，遺骸表明兩者都遭受了灰白鬆脆死神的侵襲。為什麼所有東西都變得灰白和鬆脆呢？

驗屍官坐在俯瞰整個院子的窗口，他首先注意到了水井附近的輝光。夜幕已經完全降臨，可憎的土地上似乎到處都在微微發光，強度超過了若有若無的月光，這種新出現的亮光頗為清晰和明確，似乎是從黑色深坑底下射上來的，有點像柔化後的探照燈光芒，排水時積出的諸多水坑反射出模糊的輝光。輝光呈現出一種怪異無比的顏色，所有人都聚集在窗口。這時阿米嚇得跳了起來，因為幽魂般的瘴氣中，那怪異的光芒蘊含的顏色對他來說並不陌生。去年夏天，他在隕石裡那個可怖的脆性球狀物上見過；今年春天，他在癲狂的植物上見過；僅僅是今天上午，在發生了無可名狀之事的恐怖閣樓房間裡，他認為他在有欄杆的小窗上見過。它在那裡閃耀了半秒鐘，隨即有一股溼冷可憎的蒸氣從他身邊掠過——然後那顏色中的某物就抓住了可憐的納鴻。納鴻在臨終前是這麼說的——說它就像那個圓球和那些植物。緊接著院子裡馬匹驚逃，井裡傳來濺水聲——而此時此刻，水井正在向夜空噴吐著同樣魔性色澤的蒼白而險惡的光芒。

在此我不得不稱讚阿米的心智有多麼機敏，因為即便在如此緊張的時刻，他還在思索一個從根本上說具有科學性的問題。他忍不住納悶，那股蒸氣是白天他在對著上午天空打開的窗戶前見到的，現在的磷光霧氣是夜晚在黑色的焦枯土地背景上見到的，但兩者給他造成的印象卻完全相同。這不對勁，違反了自然法則，他想到遭難的朋友臨終前說出的可怕話語：「它來的地方和這兒不一樣……一個教授這麼說的……」

拴在路旁兩棵枯萎小樹上的三匹馬，忽然開始瘋狂地嘶鳴和踢騰。車夫想出去安撫一下，但阿米用顫抖的手按住他的肩膀。「別去，」他壓低聲音說，「這事情裡有很多我們不明白的。納鴻說有東西住在井底下，會吸走你的生命。他說肯定是去年六月從隕石裡我們都見過的那個圓球裡長出來的。吸食和灼燒，他說，只是一團顏色，就像這會兒外面的那種光，你幾乎看不見，也說不出那究竟是什麼。納鴻認為它以所有活物為食，變得越來越強大。他說他上周見到了它。它肯定來自天上什麼遙遠的地方，就是去年大學裡的教授說隕石來的那個地方。它的構造和存活方式都和咱們這個上帝的世界完全不一樣。它來自我們之外的世界。」

他們猶豫不決地停下了腳步，井裡射出來的光芒越來越強，拴著的馬越來越狂躁地踢騰和嗚咽。那真是一個可怕的時刻：這幢被詛咒的古老房屋本身的恐怖氣氛，屋後柴棚裡放著四具怪異的遺體——兩具來自屋內，兩具來自井底，前院淤泥深處射出的未知而邪惡的虹色光柱。阿米一時衝動攔住車夫，忘記了那團溼冷的有色蒸氣在閣樓房間裡擦身而過後，他並沒有受到傷害，然而他這麼做也未必有什麼不對。沒有人知道外面的夜色下正在發生什麼。儘管來自異界的瀆神怪物迄今為止還沒有傷害過神志尚未被削弱的人，但誰也無法說清它到了這個最終時刻會做出什麼。雲霧半掩月亮的夜空下，它似乎正變得越來越強大，表現出了格外顯著的目的感。

窗口的一名警察忽然短促而尖厲地驚呼出聲。其他人望向他，隨即循著他的視線向上看，來到他曾經漫無目標掃視的眼神被虜獲的地方。不需要開口交談了。村野流言中的爭議內容不再存有任何爭議之處，正是因為此刻的事情，在場的所有人後來都壓低聲音贊同，絕對不會在阿卡姆談論這段怪異時光。有必要先做個說明，當晚的那個鐘點連一絲風都沒有。儘管事後過了好一會兒颳起大風，但當時絕對沒有風。連苟延殘喘的灰白色枯萎籬芥的乾枯葉梢和停在屋外的馬車車頂的垂穗都紋絲不動。然而就在如此緊張而邪異的寂靜之中，院子裡所有樹木的光禿枝杈卻動了起來。它們病態而痙攣似的抽動，像癲癇發作一般朝被月光照亮的雲朵張牙舞爪，在有毒的空氣中虛弱地抓撓，彷彿黑色的樹根下有什麼地底的恐怖魔物在蠕動和掙扎，通過看不見的怪異連接牽動了枝杈。

一連好幾秒鐘，所有人都無法呼吸。這時一團烏雲經過，遮住了月亮，抓撓枝杈的剪影暫時消失。眾人齊聲驚呼，畏懼讓他們壓低了嗓門，但每個人喉嚨裡出來的聲音幾乎相同，而且都很沙啞。然而恐懼並沒有隨著剪影一起消失，接下來的一瞬間同樣可怕，在更濃重的黑暗中，他們看見在樹頂的高度有數以千計的微弱而瀆神的細小光點，它們出現在每一根樹枝的末端，就像聖艾爾摩之火或聖靈降臨節落在使徒頭頂上的火苗。違背自然的光芒聚集成怪誕的群落，彷彿飽餐後的食屍螢火蟲在被詛咒的沼澤上空跳起來自地獄的薩拉班德舞；它們的顏色正是阿米已經熟悉和恐懼的那種無可名狀的入侵異色。與此同時，從井裡射出的磷光光柱變得越來越亮，眾人擠作一團，腦海裡不禁出現了末日感和反常感，磨滅了他們正常頭腦能夠形成的任何景象。光芒不再是向外照射，而是噴湧而出。無名之色以無形之流沖出井口，向上徑直淌向天空。

獸醫顫抖著走到門口，放下沉重的門閂。阿米同樣在顫抖，他希望讓其他人注意到樹木正變得越來越亮，但控制不了嘴裡發出的聲音，只能拉住別人指給他們看。馬匹的嘶鳴和踢騰變得極為令人恐懼，但俗世間的任何獎賞都無法鼓動躲在舊屋子裡的那些人出去看哪怕一眼。隨著時間的推移，樹木的亮光越來越強烈，躁動的枝杈越來越趨向與地面垂直。吊水槓桿的木料這時也在發光，一名警察愣愣地舉起手，指著西面石牆附近的木棚和蜂窩。它們同樣開始發光，但來訪者停在一旁的馬車似乎還沒有受到影響。緊接著，道路的方向傳來騷亂的雜訊和嗒嗒的蹄聲，為了看得更清楚一些，阿米熄滅了房間裡的照明燈，他們意識到那兩匹狂躁的灰馬掙斷了拴住牠們的小樹，拉著馬車逃跑了。

震驚讓幾個人不再緘默不言，他們尷尬地交頭接耳。「它在附近的一切有機生物上蔓延。」法醫喃喃道。沒人搭理他，下井勘察的男人揣測說，肯定是他的長杆在井底攪起了某些無形之物。「太可怕了，」他又說，「井根本沒有底。只有軟泥、氣泡和潛伏著某種東西的不祥感覺。」阿米的馬還在外面的路上刨地和震耳欲聾地嘶吼，牠的主人用微弱的顫音囁嚅著說出他雜無頭緒的想法，幾乎被馬弄出的聲音淹沒。「它從那塊石頭裡來……它在底下越長越大……它捕食所有活物……它靠吸食活物的精神和肉體過活……撒迪和默溫，澤納斯和娜比……納鴻是最後一個……他們都喝了井水……它靠他們變得強大……它來自天外，和這兒不一樣的一個地方……現在它要回家了……」

話音未落，未知顏色的光柱忽然閃耀得愈加強烈，奇異的線條漸漸編織成某種形狀，至於那形狀，不同的人有著不同的描述。可憐的「英雄」被拴在那兒，突然發出了他們無論是在此之前還是之後都沒有聽到過的馬匹能夠發出的聲音。低矮的會客室裡，眾人用力捂住耳朵，阿米在驚恐和噁心中從窗口轉開。言辭無法形容當時的情形——等阿米再次望向窗外，只見到那頭不幸的動物毫無動靜地躺在劈裂車軸之間灑滿月光的地面上。他沒有再去看「英雄」，直到第二天眾人合力埋葬了牠。但此刻他來不及哀悼，因為幾乎與此同時，一名警探無聲地招呼其他人去看近在身邊的這個房間裡的恐怖之物。燈光熄滅以後，他們清楚地看見微弱的磷光瀰漫在整個房間裡。鋪著寬幅地板的地面在發光，碎呢地毯在發光，小格窗的窗框也在發光。磷光在裸露在外的角柱上高低躍動，在櫥櫃和壁爐架周圍閃耀，侵染了每一扇門和每一件家具。磷光每分每秒都在變得越來越強烈，直至情況變得毋庸置疑：健康的活物必須離開這幢房屋。

阿米趕著他們從後門離開，順著小徑穿過田地，跑向十英畝的牧場。他們像夢遊般走得跌跌撞撞，誰也不敢向後看，直到爬上遠處的高地。還好有這條小徑，令他們感到慶幸，因為他們不可能從屋前越過那口井逃跑。他們經過磷光閃爍的牲畜棚和柴房，經過遍布節瘤、輪廓扭曲的發光果樹，這已經夠糟糕的了，謝天謝地，那些扭曲得最可怖的枝杈都位於樹頂。走過查普曼溪上的鄉間小橋時，漆黑異常的烏雲遮住了月亮，他們只得從那裡摸索著爬上開闊的草場。

他們轉身眺望山谷和谷底深處的加德納家，見到了極端恐怖的景象：樹木、建築物，甚至尚未徹底變成象徵死亡的鬆脆灰色的野草和牧草，整座農場都閃耀著那些可憎的未知混合顏色。樹枝全都向天空伸展，頂端燃燒著汙穢的火苗，同樣邪惡的火焰像溪流一樣流淌，在房屋、牲畜棚和柴房的梁木周圍鬼祟爬行。這儼然是富塞利（注）幻想的景象，凌駕於一切之上的是狂暴的無定形光焰，來自井底的神祕毒素構成了不受維度限制的異類彩虹——它們在沸騰，觸摸，舔舐，延展，閃爍，拉伸，險惡地泛起氣泡，遵循某種來自宇宙、難以辨識的色彩法則。

就在這時，那可憎的東西毫無預兆地垂直射向天空，像一枚火箭或一顆流星，沒有留下任何尾跡，在雲層中打出一個規則得奇異的圓洞，隨即消失得無影無蹤，眾人甚至來不及驚呼或喊叫。他們永遠也不可能忘記這一幕，阿米茫然地望著在頭頂閃爍的天鵝座α星，未知色彩就在那裡融入了銀河。緊接著，山谷裡傳來的劈裂聲將他的視線迅速拉回了地上。僅僅是劈裂聲，木頭破碎和斷裂的聲音，而不是多位同行者信誓旦旦聲稱聽見的爆炸聲。然而結果是一樣的，在一個斑斕如萬花筒的狂暴瞬間，從遭受厄運和詛咒的農場裡爆發出一團非自然的火花和物質構成的閃耀災禍，照得適逢其會的幾個人眼前一陣模糊，這團東西噴向天頂，其中的色彩和怪異碎片都是我們這個宇宙必須堅決排斥的事物。它們跟隨已經消失的巨型可憎之物的腳步，穿過正在快速重新凝聚的雲霧，一秒鐘之後同樣消失得無影無蹤。在其後和其下，只有眾人不敢回去查看的沉沉黑暗。周圍的風勢越來越大，漆黑的刺骨寒風像是從星際空間直吹而來。冷風呼嘯嘶吼，瘋癲而狂躁地鞭笞田野和扭曲的樹木，沒過多久，這幾個瑟瑟發抖的人意識到，無論等待多

注 亨利．富塞利（1741-1825），生於瑞士的英國畫家，風格怪誕恐怖。

久，月亮也不會重新露面來照亮納鴻家剩下的殘骸了。

他們過於驚恐，甚至不敢揣測究竟發生了什麼，七個人哆哆嗦嗦地沿著北邊的道路走向阿卡姆。阿米比另外幾位同伴的情況更糟糕，他懇求他們不要直接回城，而是先送他回到自家廚房裡。他不願獨自在黑夜中從大路穿過風聲呼嘯的樹林回家。這是因為他比其他人多體驗到了一種震撼，沉甸甸的恐懼永遠壓在他的心頭，接下來的許多年裡他甚至不敢提起。暴風肆虐的山頂上，其他人呆呆地望著道路的方向，只有阿米扭頭看了一眼黑暗籠罩的淒涼山谷，他命運多舛的朋友直到不久前還居住在那裡。他看見遠處那個遭災的地方有什麼東西有氣無力地升起來，隨即又沉下去，落回了巨大的無定形恐怖魔物射向天空之處。它只是某種顏色，但不是我們這個天地間的任何顏色。阿米認出了那種顏色，知道最後那點虛弱的殘餘物肯定還潛伏在井底，從此他再也無法正常地生活了。

阿米再也不願接近那個地方。自從恐怖之事發生，時間已經過去了半個多世紀，他一次也沒有去過那裡，等新水庫蓄水淹沒焦野，他會打心底裡感到高興。我同樣應該感到高興，因為每次經過那口廢棄水井時，陽光在井口附近改變顏色的樣子都讓我感到厭惡。我希望水位永遠保持得足夠高，但即便如此，我也永遠不會喝它。我不認為以後我還會再造訪阿卡姆鄉間。第二天上午，與阿米一起去的那些人裡有三位返回現場，在陽光下查看廢墟的情況，然而事實上剩下的東西並不多。除了砌煙囪的磚塊、地窖的石板和一些零散的無機物或金屬垃圾，只有那口禁忌水井的井圈。他們拖走並埋葬了阿米那匹馬的屍體，將馬車還給阿米，現場的一切生命都消失了。留在原處的是五英畝怪異的灰色塵土荒漠，從此以後再也沒長出過任何東西。時至今日，它在天空下蔓生，宛如酸液在樹林和田地中侵蝕出的一塊禿斑，只有極少數的大膽之人，不顧鄉野傳說前去查看，並將其命名為「焦野」。

鄉野傳說自然傳播得十分怪異。假如城裡人和大學裡的化學家產生足夠的興趣，分析一下那口廢棄水井裡的水或似乎無法被風吹散的灰色塵土，傳說也許還會變得更加怪異。植物學家也該研究一下長在焦野邊緣地帶的矮化植物群，確認鄉間的一個說法是否正確：枯萎病正在以一年大約1英吋的速度逐漸蔓延。人們說附近春天裡的牧草顏色不太對勁，野生動物會在冬天的淺雪上留下怪異的腳印。焦野上的積雪似乎總是不如其他地方那麼厚。這個汽車時代所剩無幾的馬匹走進那死寂山谷就變得焦躁不安，獵人靠近被灰色塵土汙染之處就無法依靠他們的狗了。

據說那裡也會對精神造成很不好的影響。納鴻被奪去生命後，出現問題的人越來越多，他們往往缺乏逃離此處的力量。意志堅定的鄉民紛紛搬離附近地區，只有異邦來客才會嘗試在破敗的舊農舍裡生活。但就連他們也待不下去，你有時候不得不琢磨，他們祖國那些有關呢喃魔法的瘋狂和怪誕的傳說究竟賦予了這些人什麼樣的洞察力。他們聲稱夜裡做噩夢，夢中光怪陸離的世界極為恐怖，那塊陰森領域的面貌自然也會促使病態的想像力作祟。旅客在那些幽深山谷裡無法擺脫某種怪異的陌生感，藝術家描繪這些無論是肉眼還是靈魂都看不透其祕密的密林時會顫慄不已。在阿米向我講述他的遭遇之前，我曾單獨步行經過那裡，當時我的感受也讓我本人覺得詫異。黃昏降臨時，我隱約希望陰雲在天空中聚攏，因為有某種因深邃虛空而產生的奇特膽怯感悄悄爬進了我的靈魂。

請不要徵求我的意見。我不知道——就這麼簡單。我能詢問的只有阿米一個人，因為阿卡姆的居民都不肯談及那段怪異時光，見過隕石和顏色奇特的球狀物的三位教授都已辭世。球狀物不止那一個——這一點可以肯定。有一個汲取了足夠的營養，設法離開了地球；或許還有另外一個，它沒來得及跑掉。毫無疑問，它依然待在井底——每次見到瘴氣蒸騰的井圈之上的情形，我總覺得陽光有什麼地方不對勁。鄉民說枯萎病每年向外伸展1英吋，因此直到現在或許依然存在某種生長或哺育。不過另一方面，無論那是什麼樣的惡魔幼種，它都必須附著在其他東西上，否則它早就迅速蔓延開了。它會依附在那些向天空張牙舞爪的樹木的根系上嗎？如今流傳在阿卡姆的傳說之一就是某些肥壯的橡樹會在夜裡以不應有的方式發光和移動。

只有上帝才知道它究竟是什麼。就物質的角度而言，我認為阿米描述的東西應該是氣態的，但這種氣體遵循的法則不屬於我們這個宇宙。它不是我們天文臺的望遠鏡和感光板觀測到的行星與恆星結出的果實。它不是其運動和維度能夠被我們的天文學家測量或認為廣闊得無法測量的天空的氣息。它只是一種來自太空的顏色，一個令人恐懼的信使，來自超越了我們所知的整個大自然的無定形無限界領域，來自只需在我們驚惶的眼睛前打開超宇宙黑色深淵便足以使得我們大腦眩暈、身體麻痺的國度。

我不太相信阿米會有意識地向我撒謊，我不認為他的故事像鎮民事先警告我的那樣，完全是一個狂人的瘋癲囈語。恐怖之物乘著那塊隕石來到了峻嶺和山谷之中，某些恐怖之物依然留在那裡，儘管我不清楚去留兩者的比例若何。水庫放水會讓我感到高興，同時我希望阿米不要遭遇什麼不幸。他見過太多次那東西，而那東西的影響過於凶險。他為什麼一直沒能夠搬走？納鴻的臨終遺言他記得非常清楚——「沒法離開……拖著你……你知道有東西要來了，但沒用……」阿米是多麼好的一位老人啊，等水庫開始施工，我必須寫信給總工程師，請他密切關注阿米。我非常不願將他想作一個灰色、扭曲、鬆脆的畸形怪物，而這樣的畫面在我腦海中揮之不去，攪擾我每晚的安眠。

可怖的老人

拜訪那位可怖的老人是安吉洛．里奇、喬．查奈克和曼紐爾．席爾瓦的主意。這位老人單獨居住在離大海不遠的船街的一幢非常古老的屋子裡，據說極為有錢又極為虛弱。如此情形對里奇、查奈克和席爾瓦這幾位職業人士來說實在太有吸引力，因為他們從事的營生正是堂堂正正的入室搶劫。

儘管幾乎可以確定老人在那發霉的古老住宅裡藏匿了無可估量的財富，但金斯波特的居民對可怖的老人有著諸多的看法和說法，足以讓里奇先生及其同夥這類紳士對他敬而遠之。事實上，他是個非常奇怪的人，據聞風華正茂時曾是東印度公司一艘快速帆船的船長，現在老得讓人忘記了他曾經年輕過，避世使得很少有人知道他的真名。他古舊的房屋疏於管理，前院虬結的怪樹之間擺放著一些奇特的大塊石頭，它們以怪異的方式排列著，形似某些不為人知的東方神廟裡的偶像。有些孩子喜歡嘲笑可怖老人的白色長髮和鬍鬚，懷著惡意用石子打碎他家的小格窗，後來因為石像的出現而再也不敢靠近；另一些年紀比較大、好奇心更重的人偶爾會悄悄摸近他家，隔著積灰的窗格偷窺室內，那些人則受到了另一些事物的驚嚇。他們聲稱，老人家底層一個空蕩蕩的房間裡擺著一張桌子，上面放著許多古怪的瓶子，每個瓶子裡都用繩索像鐘擺一樣懸著一小塊鉛。他們聲稱可怖老人對那些瓶子說話，用傑克、刀疤臉、長腿湯、老西喬、彼得斯和埃利斯大副之類的名字稱呼它們，每當他對一個瓶子說話，瓶子裡的鉛製小擺錘就會以特定的方式振盪，像是在回應他。見過高大瘦削的可怖老人與瓶子交談的人都不願再次見到

他。然而安吉洛・里奇、喬・查奈克和曼紐爾・席爾瓦不是金斯波特本地人，他們屬於種族混雜的新一代移民，尚未融入新英格蘭式生活和傳統的迷人圈子，他們看著可怖的老人，見到的只是一個步履蹣跚的沒用老頭，離了節瘤拐杖就沒法行走，無力的瘦弱雙手顫抖得讓人憐憫。他們以自己的方式對這個不受歡迎、眾人見之遠避、狗碰到了都吠叫不已的孤獨老人感到抱歉。然而生意就是生意，這是一位非常虛弱的老人，他在銀行裡沒有戶頭，反而用兩個世紀前鑄造的西班牙金銀錢幣在村莊商店裡購買生活用品，對於將靈魂奉獻給這個職業的劫匪來說，這實實在在既是一種誘惑又是一項挑戰。

里奇、查奈克和席爾瓦三位紳士選擇四月十一日夜間登門拜訪。里奇先生和席爾瓦先生準備與可憐的老先生面談，查奈克先生開一輛有篷的汽車守在船街上屋主地界的高聳後牆的門口，等待他們和想必為數不少的貴金屬收穫。為了避免在警察意外打擾時費神費力地解釋，全套計畫必須始於不動聲色，終於掩人耳目。

三位冒險家按照事先的安排分頭出發，以防之後受到任何惡毒的懷疑。里奇和席爾瓦兩位紳士在老人住所的船街正門前會合，儘管他們不喜歡月光穿過虬結樹木正在發芽的枝杈照在上漆石像上的樣子，但兩人除了無聊的迷信念頭還有更重要的事務要思考。

為了讓可怖老人對於他藏匿財寶的地點毫無保留地和盤托出，恐怕他們不得不採取一些令人不快的措施，因為年邁的海船船長都是出了名的固執和乖戾。然而另一方面，他非常衰老和虛弱，登門的訪客卻有兩位。里奇和席爾瓦兩位紳士在說服不愛開口的人變得健談這方面很有經驗，一位虛弱和極其衰老的長者的叫聲很容易就能被堵在嗓子眼裡。於是，兩人走向亮著燈的一扇窗戶，聽見可怖老人幼稚地和裝著小擺錘的瓶子交談。他們戴上面具，彬彬有禮地敲響飽經風霜的橡木門板。

對於查奈克先生來說，等待似乎格外漫長。船街老人住所的後門旁，他在帶篷的汽車裡焦躁不安地扭來扭去。他的心腸軟得異乎尋常，預定的動手時間過後，古老房屋裡響起的駭人慘叫聲讓他感到非常厭惡。他難道沒有告訴同夥，要盡可能溫和地對待這位可憐的老海員嗎？遍覆常青藤的高聳石牆上開著一扇狹窄的橡木小門，他非常緊張地望著這扇門。他不停看錶，琢磨他們為何遲到。難道是老人在吐露財寶藏匿之處前就死去了，他們因此不得不仔細翻查？查奈克先生不喜歡在這麼一個地方的黑暗中等待太久。很快，他聽見門裡的步道上響起了柔和的腳步聲或敲打聲，隨後有人輕輕撥動生鏽的門閂，他看見狹窄而沉重的門向內打開。附近只有一盞黯淡的路燈，他在蒼白的光線中瞪大眼睛，想看清同夥從陰森矗立於背後的險惡老屋中搬出了什麼樣的獵物。然而他見到的並不是期待中的東西，出現在門口的並不是他的同夥，而是可怖老人靜靜地拄著他那根節瘤拐杖，滿臉駭人的笑容。查奈克以前從未注意過老人的眼睛是什麼顏色，但現在他看清楚了：黃色。

即便是小事也能在小鎮上掀起可觀的波瀾，因此金斯波特的居民從春天到夏天一直在談論那三具無法辨別身分的屍體。潮水將它們沖上岸，它們身上有著無數恐怖的割傷，被糟蹋得不成樣子，像是遭受過無數隻皮靴的殘忍踐踏。有些人甚至提到了一些瑣碎小事，例如在船街發現了一輛被遺棄的汽車，還有夜裡失眠的鎮民聽見了特別不似人類發出的嚎叫聲，很可能出自流浪動物或候鳥。然而可怖老人對這些無聊的鄉村流言毫無興趣。他生性緘默，一個人像他那樣衰老和虛弱，往往會變得加倍緘默。另外，他是一位經歷過風霜的海船船長，在他早已被忘卻、遙遠的年輕時代，肯定見識過成百上千更加激動人心的事情。

門外之物

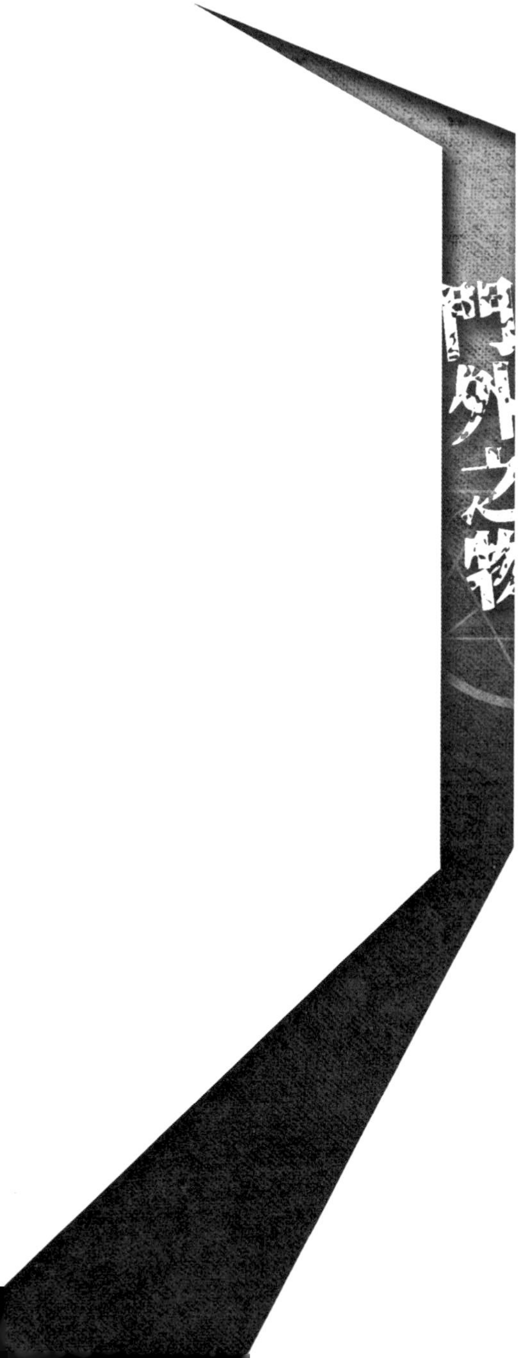

1

是的，我確實把六顆子彈打進了我最好的朋友的腦袋裡，然而本人依然想通過這份陳述證明我沒有殺害他。起初，人們會稱我為瘋子，比我在阿卡姆精神病院的單間裡射殺的那個男人更加瘋狂。未來，我的部分讀者會衡量每一段敘述，將其與已知的事實聯繫在一起，然後捫心自問，在直面那恐怖之物的證據也就是門階上的那東西之後，我怎麼可能再去相信其他的可能性。

促使我行動的是一些癲狂的傳說，在此之前，我在它們之中也只看到了瘋狂。即便到了今天，我也時常問自己，我會不會受到了誤導，究竟有沒有發瘋。我不知道答案，然而關於愛德華和阿塞納絲·德比，其他人同樣有怪異的事情想要訴說，而冷漠遲鈍的警察絞盡腦汁也無法解釋最後那場恐怖的拜訪。他們勉強編造出一套理論，將事情歸咎於被解僱的僕役的品位低劣的惡作劇或威脅，但他們從心底裡知道，真相其實要可怕無數倍，可怕到令人難以置信。

因此，本人必須在此聲明，我沒有殺害愛德華·德比。事實上，我為他復了仇，還為世間清除了一頭駭人魔物，假如它生存下來，就會向全人類釋放出無法用語言形容的恐怖。臨近我們日常道路之處潛藏著陰暗的黑色區域，邪惡的靈魂偶爾會在兩者之間開闢出通道。每當這種時刻，知情者就必須不顧一切後果地發動攻擊。

我從小就認識愛德華・皮克曼・德比。他比我小八歲，非常早熟，因此在他八歲我十六歲的時候，我們就有了數不清的共同話題。他是我見過最傑出的博學少年，七歲時他寫出的詩歌陰鬱而怪誕，近乎病態，令他身邊的家庭教師無比震驚。他受到的私人教育和嬌慣下的避世生活與他的早慧或許有一定的關係。他是家中的獨子，有器官虛弱的問題，溺愛他的父母因此惶恐不安，總是把他牢牢地拴在身邊。他們不允許他在沒有護士陪同的情況下單獨出門，他極少有機會能夠不受約束地和其他孩童玩耍。凡此種種，無疑促使這個孩子的內心變得奇特和詭祕，想像力成了他尋求自由的唯一途徑。

總而言之，他年幼時就擁有了龐雜而怪異的廣博知識。儘管我比他年長，但他流暢寫出的作品虜獲了我。當時我偏好怪誕離奇的藝術風格，我在這個比我年幼的孩子身上發現了罕見的相投志趣。潛藏在我們對黑暗和奇異之物的共同愛好背後的，無疑是我們所居住的這座古老、衰敗、隱約令人恐懼的小城：受到女巫詛咒、有著諸多民間傳說的阿卡姆，它鬆垮沉降的複斜式屋頂擠擠挨挨，喬治王時代風格的欄杆風化崩裂，在陰森呢喃的米斯卡托尼克河的河畔沉鬱盤踞了幾個世紀之久。

隨著時間的流逝，我的興趣轉向建築學，遂放棄了為愛德華那些惡魔般的詩歌繪製圖冊的想法，但我們的親密友情並沒有絲毫減損。小德比的奇特天賦得到了驚人的發揮，十八歲那年，他宛如噩夢的詩歌彙集成冊，以《阿撒托斯與其他恐怖》之名出版，頓時引起轟動。他與臭名昭著的波特萊爾式詩人賈斯汀．傑佛瑞保持密切的通信聯繫，後者是《獨石子民》的作者，於一九二六年造訪匈牙利一個聲名狼藉的險惡村莊後，在一所瘋人院裡慘叫著死去。

由於從小嬌生慣養，德比在自理和世俗事物方面堪稱低能。他的健康狀況早已好轉，然而過度關懷的父母將他養出了幼兒般依賴他人的習慣，因此他從不一個人旅行、獨立做決定和承擔責任。他還小的時候就不難看出，他不可能勝任商業世界或職場的鬥爭，還好家族財富讓他不至於陷入悲慘的處境。隨著他長大成人，他依然保留了很有欺騙性的少年面貌。他金髮藍眼，有著孩子般的清爽長相；他嘗試留鬍鬚，可惜他的鬍鬚稀少得難以辨認；他的聲音柔和而輕快；他飲食無度，從不鍛鍊，得到的卻是青少年的那種圓胖，而不是中年人的大腹便便。他個子很高，若不是羞怯使得他遠離人群，顯得像個書呆子，他英俊的臉蛋會讓他成為一位引人矚目的風流紳士。

德比的父母每年夏天帶他出國，他很快從表面上把握住了歐洲人的思想和表達方式。他類似愛倫．坡的天賦越來越傾向於頹廢派，藝術家的其他感性和渴望也在他內心逐漸被喚醒。那時候我們有過大量的探討。我從哈佛畢業，在波士頓一位建築師的事務所研習，結婚，最終回到阿卡姆執業。家父出於健康原因已經遷居佛羅里達，於是我住進了鹽場街的祖宅。愛德華幾乎每晚登門拜訪，我逐漸將他當作了家裡的一名成員。他按門鈴或叩門環時有他獨特的節拍，後來發展成了某種暗號，因此吃過晚飯，我總是等待著熟悉的三聲輕快的叩擊，稍作停頓之後又是兩聲。我去他家就沒這麼頻繁了，但每次去的時候，看著他持續增加的藏書裡那些晦澀的大部頭，我總會感到幾分嫉妒。

德比的父母不允許他離開身邊，因此他在阿卡姆上了米斯卡托尼克大學。他十六歲入學，三年內完成課程，主修英語和法語文學，除數學和科學外成績優異。他極少和其他學生打交道，但經常羨慕地看著那些「膽大妄為」或「波希米亞式」的群體——他學習他們膚淺的「俏皮」語言和毫無意義的譏諷姿態，希望自己有膽量嘗試他們可疑的行為。

然而他實際上去做的卻是幾乎癲狂地投身於隱祕的魔法知識，米斯卡托尼克大學圖書館在這個方面無論以往還是現在都名聞遐邇。過去他只停留在幻想和怪異事物的表面，如今他深深地一頭扎進了真正的符號和祕語的世界，它們是奇異的古老過往給子孫後代留下的指南或謎題。他的讀物包括可怖的《伊波恩之書》、馮·容茲的《無名祭祀書》和阿拉伯瘋人阿卜杜·阿爾哈茲萊德的禁忌著作《死靈之書》，但他沒有告訴父母他讀過這些東西。愛德華二十歲那年，我的獨子出生了，我用他的名字給兒子起名為愛德華·德比·厄普頓，他為此感到頗為喜悅。

二十五歲時，愛德華·德比已是一位知識淵博的學者和頗為著名的詩人及幻想家，但由於缺乏與外界的聯繫和承擔的責任，他的作品缺乏創意，過於書卷氣，拖累了他在文學方面的成長。我大概是他最親密的朋友——我發現他在至關重要的理論話題方面堪稱取之不竭的寶藏，而他依賴我在他不想和父母討論的事務方面提供建議。他依然單身，更多是因為羞怯、慣性和父母的過度保護，而不是個人傾向；他與社會的交往也僅限於最淺薄和例行公事的表面程度。戰爭開始後，健康問題和難以改變的羞怯讓他留在了家裡。我應徵在普拉茲堡服役，但沒有去大洋彼岸。

時間繼續流逝。愛德華三十四歲時，他母親去世了，奇特的心理疾病使得他在之後的幾個月喪失了行為能力。他父親帶他去歐洲，他似乎沒費多少力氣就從困境中擺脫出來。後來他彷彿產生了某種怪誕的興奮感覺，就好像他部分掙脫了某些看不見的束縛。儘管人近中年，但他開始和大學裡較為「激進」的群體混在一起，參加了一些極其狂野不羈的活動——有一次還被狠狠地敲詐了一筆（錢是我借給他的），以免他父親知道他出現在某個特定的場合。口耳相傳的流言稱米斯卡托尼克那個瘋狂的群體極不尋常，甚至有人提到黑魔法和徹底超出可信範圍的行徑。

2

愛德華三十八歲時認識了阿塞納絲・韋特。按照我的判斷，她那年二十三歲，在米斯卡托尼克大學念中世紀玄學的特別課程。我一位朋友的女兒曾在金斯波特的霍爾中學見過她，從此一直盡量遠離她，因為她有著奇特的名聲。她膚色黝黑，身材嬌小，相貌出眾，只是雙眼過於突出。她的表情中有某些因素讓高度敏感的人感到陌生。然而，讓普通人對她避之不及的主要是她的血統和言論。她是印斯茅斯韋特家族的一員，陰森的傳說一代又一代地籠罩著破敗、半荒棄的印斯茅斯鎮及其居民。有傳聞稱他們在一八五〇年前後做了某種可怖的交易，還提到這個衰落的捕魚港口的古老家族中有某種怪異的「非人」因素——只有老一輩的北方鄉下人才會編造出這些故事，並懷著發自肺腑的敬畏感反覆講述。

阿塞納絲的情況更加不堪，因為她是伊弗列姆・韋特的女兒——她出生時他已經步入老年，而她不知名的母親總是戴著面紗。伊弗列姆住在印斯茅斯鎮華盛頓街一幢半腐朽的宅邸裡，見過那地方的人（阿卡姆的居民只要有可能就盡量避開印斯茅斯）宣稱它的閣樓窗戶永遠被木板釘死，夜幕降臨時屋內有時會傳出怪異的聲音。老人盛年時以才華橫溢的魔法研究者而聞名，傳言稱他能隨心所欲在海面掀起或平息暴風雨。我年輕時見過他一兩次，當時他來阿卡姆的大學圖書館查閱某些禁忌著作，他彷彿野狼的陰沉面容和鐵灰色的纏結鬍鬚讓我心生厭惡。他死時精神失常，而且情形頗為古怪，不久後他女兒（在遺囑中指定校長成為她名義上的監護人）進入霍爾中學讀書，然而她向來病態地意欲效仿父親，有時候看上去可怖地與他相像。

愛德華與她越走越近的消息傳開之後，我那位女兒與阿塞納絲·韋特同校的朋友複述了很多怪事。根據傳聞，阿塞納絲在學校裡總是擺出魔法師的姿態，也似乎真的能夠製造出一些令人極為困惑的奇蹟。她聲稱她能呼喚暴風雨，但她看似成功的事例通常被歸結為某種不尋常的預測技能。所有動物明顯地厭惡她，她能用右手的一些特定動作讓任何一條狗嚎叫。她屢次顯示出她掌握了對一名少女來說非常特殊和令人震驚的知識和語言。她用難以解釋的睨視或眼神就能讓同學感到害怕，她會從如此處境中釋放出令人厭惡和充滿激情的諷刺情緒。

然而最非同尋常的還是她對其他人造成的影響，這項能力有許多事例可供佐證。毫無疑問，她是一名天生的催眠術士。她用奇異的方式盯著一名同學，往往就能讓後者體驗到交換人格的獨特感覺——對方似乎短暫地進入了魔法師的身體，從半個房間之外望著她真正的軀體，而自己眼神呆滯的雙眼向外突出，流露出某種陌生的表情。阿塞納絲時常就意識的本質和意識相對物質軀殼——至少是相對物質軀殼的生命迴圈——的獨立性做出瘋狂的斷言。不過，最讓她憤懣不平的是她竟然不是一個男人。她深信男性的大腦擁有某些獨一無二、深遠廣大的宇宙力量。她宣稱，給她一顆男性的大腦，她對未知權能的掌握不但可以媲美父親，更能夠凌駕在他之上。

愛德華在學生宿舍的一場所謂「知識份子」聚會上認識了阿塞納絲，第二天來找我的時候，他除了阿塞納絲就找不到其他的話題了。他覺得她充滿意趣，學識廣博，這是最吸引他的一點，除此之外，她的外表也讓他心醉神迷。我從未見過那位年輕女士，只模糊記得一些有關她的說法，但我知道她是什麼人。德比如此迷戀她讓我感到極為惋惜，但我沒有說任何話來讓他洩氣，因為阻攔反而會讓愚痴之火愈加旺盛。愛德華說他不會向父親提起她。

接下來的幾週，我從德比那兒聽到的話幾乎都和阿塞納絲有關。其他人現在也都注意到了愛德華人到中年的忽然開竅，不過大家都同意他一點也不像他真實年齡應有的樣子，陪伴在他那位古怪的女神身旁顯得格格不入。儘管他四體不勤、自我放縱，但只是小腹稍微隆起，臉上更是找不到一絲皺紋。阿塞納絲則恰恰相反，由於時常聚精會神地運用意志力，因此早早地就長出了魚尾紋。

在這段時間裡，愛德華帶著那個姑娘來見我，我立刻發現他的興趣絕對不是單方面的。她總是目不轉睛地看他，流露出近乎捕獵者的氣質，我感覺到他們已經親暱得難捨難分。事後不久，老德比先生來拜訪我，我一向敬佩和尊敬這位長者。他聽說了兒子的新夥伴的傳聞，從「那小子」嘴裡打探出了全部的情況。愛德華打算娶阿塞納絲，甚至已經在城郊物色住處了。這位父親知道我對他的兒子有著巨大的影響力，他想知道我能否幫忙破壞這段不明智的孽緣，然而令人懊悔的是，我對他表露了我的顧慮。現在的問題不是愛德華的意志力過於薄弱，而是那女人的意志力過於強大。長不大的孩子將依賴對象從父輩形象轉移到了一個更強大的新形象身上去，對此我們全都無能為力。

一個月後，他們舉行了婚禮——根據新娘的要求，由一名太平紳士（注）主持。老德比先生接受了我的建議，沒有表示反對。他、我的妻子、我的兒子和我參加了簡短的儀式，其餘的賓客都是大學裡瘋狂的年輕人。阿塞納絲買下了高街盡頭鄉間的克勞寧希爾德老宅，在搬進去之前，他們計畫去印斯茅斯做一次短途旅行，將三名僕人、一些書籍和家居用品帶到新家。愛德華和他父親恐怕都沒想到，阿塞納絲之所以想在阿卡姆定居，而不是返回她永久性的故鄉，主要是出於她希望接近大學、大學圖書館和大學裡的「知識份子」群體的個人意願。

蜜月過後，愛德華來拜訪我，我覺得他的相貌有了細微的改變。阿塞納絲說服他剃掉了留不長的鬍鬚，但變化還不止這些。他看上去更加嚴肅和心事重重了，近乎發自肺腑的哀傷表情取代了習慣性的孩子氣噘嘴的反叛模樣。我有些困惑，不知道應該喜歡還是厭惡這個變化。當然了，此時的他比從前更像個正常的成年人。婚姻或許是一件好事，依賴對象的轉變或許是個開端，最終能改掉他不成熟的傾向，讓他能夠獨立自主地承擔應有的責任。他是一個人來的，因為阿塞納絲非常繁忙。她不但從印斯茅斯帶來了大量的藏書和器物（提到小鎮的名字，德比不禁顫慄），克勞寧希爾德老宅和庭院的修繕也到了收尾階段。

她在小鎮上的家使他感到頗為不安，但家裡的某些物品讓他了解了一些令人驚詫的事實。有了阿塞納絲的指引，他在隱祕知識的領域內進展迅速。她提出的某些實驗非常大膽和激進——他不認為他能夠隨便描述——但他對她的力量和意圖有信心。那三名僕人都很怪異，其中有一對老得難以置信的夫婦，他們曾服侍過伊弗列姆，偶爾以神祕莫測的口吻提起他和阿塞納絲的亡母；還有一名膚色黝黑的年輕村姑，她的五官明顯畸形，身上似乎總是散發著魚腥味。

注 由政府委任民間人士擔任維持社區安寧和處理簡單法律程序的職銜，源於英國。

3

接下來的兩年，我和德比見面的次數越來越少。熟悉的三下接兩下的叩門聲經常會時隔兩週才響起一次。就算他來拜訪我——或者我去拜訪他，但次數越來越稀少——他也不怎麼願意探討有意義的話題。他曾經喜歡極為細緻地描述和討論他對神祕學的研究心得，現在卻變得閃爍其詞，而且盡量避免提及他的妻子。自從結婚之後，她衰老得很厲害，說來奇怪，現在她看起來是兩人裡比較年長的那一位了。她臉上帶著我這輩子見過的最聚精會神的堅決表情，整體面貌似乎有了某種朦朧而難以界定的可憎感覺。我的妻子和兒子同樣注意到了這一點，於是漸漸斷絕了和她的來往。愛德華在一個孩子氣發作的缺心眼時刻承認，她對此感到萬分慶幸。德比夫婦偶爾會外出長時間旅行，表面上聲稱去的是歐洲，但愛德華有時會轉彎抹角地透露，實際上去了更加不為人知的地方。

第一年過後，人們開始議論愛德華・德比的變化。這僅僅是閒談時的話題，因為變化純粹是心理性的，但往往會提到一些很有意思的要點。人們注意到，愛德華有時候會做出完全不符合他多年來散漫天性的表情和事情。舉例來說，以前他不可能駕駛車輛，現在人們偶爾會見到他開車進出克勞寧希爾德老宅的車道，他開的是阿塞納絲那輛馬力強勁的帕卡德轎車，駕駛手法相當嫻熟，處理交通堵塞時的技術和決斷力完全不符合他以往的個性。在這種時候，他似乎總是剛從旅程中歸來或者即將開始一段旅程——沒人能夠猜測他去的是什麼地方，但他似乎特別喜愛經過印斯茅斯的那條公路。

說來奇怪，他的改變似乎並不令人愉快。人們說每逢這種時刻，他看上去特別像他妻子或老伊弗列姆·韋特本人——也可能這種時刻過於罕見，因此顯得違背自然。有時候，在出發後幾個小時，他會沒精打采地斜躺在汽車後座上回來，開車的明顯是僱來的司機或機修工。另外，在他日益稀少的參與社交活動的場合中（我不得不說，也包括他來拜訪我的時候），他表現出的面貌以他以往那個優柔寡斷的形象為主，不負責任的幼稚態度甚至比從前更加明顯。隨著阿塞納絲的面容逐漸老去，除了上述那些例外的時刻，愛德華的面容事實上放鬆到了不成熟得誇張的地步，只偶爾有一絲從未有過的哀傷或諒解的神情在臉上掠過。這個事實委實令人困惑。另一方面，德比夫婦幾乎從氣氛歡快的校園圈子中消失了——據說不是出於他們自身的厭惡，而是因為他們目前的研究甚至讓最鐵桿的頹廢主義者都感到震驚。

他們的婚姻進入第三年，愛德華開始公開向我提及某種恐懼和不滿。他會語焉不詳地說事情「走得太遠了」，會陰鬱地提到「挽救他的身分」的必要性。剛開始我對這些言論置之不理，但後來我開始謹慎地盤問他，因為我想起我朋友的女兒曾說過阿塞納絲在中學裡對其他女生施加的催眠影響，學生們會覺得進入了她的軀體，在房間另一側望著自己。我的盤問似乎讓他既警覺又感激，他立刻嘟囔著說回頭要和我認真地談一談。

就在這個時期，老德比先生去世了，後來我對此感到非常慶幸。愛德華極為難過，但還沒有到失魂落魄的地步。自從結婚後，他和父親見面的次數少得令人驚愕，因為他關於家庭聯繫的重要情感全都凝聚在了阿塞納絲身上。有人說他在噩耗面前顯得冷酷無情，尤其是看到他開車顯得愈加得意揚揚和大膽狂妄之後。他想搬回老德比的住所，但阿塞納絲堅持待在克勞寧希爾德老宅裡，她已經完全適應了那兒的生活。

沒過多久，我妻子從一位朋友那裡聽說一件怪事。尚未與德比夫婦斷絕來往的人屈指可數，她這位朋友就是其中之一。她去高街盡頭拜訪德比夫婦，見到一輛車風馳電掣般駛出車道，開車的是愛德華，他的表情充滿自信，笑容幾近傲慢。她按響門鈴，那個令人反感的村姑說阿塞納絲也出去了，但她在離開時偶然抬頭望向樓上，在愛德華家圖書室的一扇窗戶裡瞥見一張臉飛快地縮了回去——這張臉上的表情含著痛苦、挫敗、愁悶和絕望，情緒強烈得超過了語言的形容能力。那張臉屬於阿塞納絲，考慮到她平時頤指氣使的模樣，此刻的對比尤其令人難以置信。然而，拜訪者信誓旦旦地說，那個瞬間從那雙哀傷、惶恐的眼睛裡向外看的無疑是可憐的愛德華。

愛德華的來訪變得稍微頻繁了一些，他轉彎抹角的暗示有時也會落到實處。儘管我們生活在幾百年來為傳說故事所縈繞的阿卡姆，但他吐露的內容依然令我無法相信，而他說出這些隱祕故事時的真誠和虔信卻讓我不得不擔憂他的神志是否正常。他說到在荒僻地點召開的可怖集會；說到緬因森林深處的龐然廢墟，寬闊的樓梯通往蘊含暗黑祕密的深淵；說到複雜的怪異角度，經過它們就能穿透不可見的牆壁，進入空間和時間的其他領域，還說到駭人的人格交換，通過它可以探索遙遠和禁忌的地點、其他星球以及不同的時空連續體。

他偶爾會展示一些令我完全摸不著頭腦的物品，希望能藉此證明他的瘋狂說法——這些物品有著難以捉摸的色彩和無法理解的質地，與我在世上聽聞過的任何東西都毫無相似之處，其詭異的曲線和表面不符合我能想像的任何用途，也不存在我能理解的任何幾何線條。他說這些物品「來自外部世界」，而他妻子知道該如何弄到它們。有時候他會隱晦地提到——總是畏懼而模稜兩可地壓低聲音說——與老伊弗列姆．韋特有關的事情，愛德華年輕時曾經在大學圖書館見過他幾次。他從未明確地說清這些暗示，但事情似乎與某些特別恐怖的懷疑有關：那個老巫師是否真的死了，無論是從精神層面還是肉體層面來說。

德比時常說到一半忽然停下，我猜測阿塞納絲或許能夠在遠處探測到他在說什麼，通過某些心靈感應的手段截斷他的話頭——她曾經在中學裡展示過類似的能力。我敢肯定她疑心愛德華在向我透露消息，因為隨著時間一週一週過去，她嘗試用語言和蘊含最難以解釋的能力的眼神阻止他來拜訪我。他來見我變得越來越困難，因為儘管他會假裝要去其他的地方，但看不見的力量會阻擋他的行動，讓他暫時忘記自己的目的地。他的拜訪通常會選擇阿塞納絲離開的時候——按照他某次奇特的說法：「在她自己的身體裡離開的時候。」僕役在監視愛德華的出入情況，因此事後她總是會得知真相，但她似乎覺得不適合採取過於激烈的手段。

4

八月裡的一天，我接到來自緬因州的那份電報，當時德比已經結婚三年多了。我有兩個月沒有見過他，只聽說他出去「辦事」了。據稱阿塞納絲與他同行，但有些眼尖的人傳閒話稱他們家樓上拉著雙層窗簾的窗戶裡有人影。他們還監視僕役購買的生活用品。我接到的電報來自車桑庫克鎮的治安官，他說有個衣衫襤褸的瘋子跌跌撞撞地跑出樹林，滿嘴癲狂的胡話，尖叫著要我保護他。這個人是愛德華——他只能回憶起自己的名字和我的姓名住址。

車桑庫克靠近緬因州最荒涼、最幽深和最原始的森林地帶，我瘋狂地開了一整天的車，穿過壯麗奇異但令人生畏的風景，總算趕到那裡。我在鎮上的牢房裡找到德比，他的狀況在狂躁和冷漠之間搖擺不定。他立刻認出了我，並朝著我如洪水般噴吐毫無意義、幾乎不連貫的話語。

「丹——上帝憐憫我！修格斯的深坑！走下六千級臺階……可憎之物中最可憎的……我就不該允許她帶我去，然後我發現我在那兒……咿呀！莎布-尼古拉斯！……

怪形從祭壇上升起，那裡有五百個人在號叫……戴兜帽的東西哀叫：『康莫格！康莫格！』——那是老伊弗列姆在巫團裡的祕密名字……我在那裡，她保證不會帶我去的地方……一分鐘前我還被鎖在圖書室裡，然後我就在她帶著我的軀體來的地方了——這是個徹底瀆神的地方，邪惡的深坑，暗黑領域從此處開始，警衛在守護大門……我看見一個修格斯——它改變形狀……我受不了了……我再也受不了了……她再讓我去那兒我就殺了她……我會殺了那個靈魂……她、他、它……我要殺了它！我要用我的雙手殺了它！」

我花了一個小時安撫他，他最後終於平靜下來。第二天，我在村裡給他找了些像樣的衣服，帶著他返回阿卡姆。他在狂躁的歇斯底里發作中耗盡了力氣，一路上總是沉默不語。但車開過奧古斯塔的時候，他開始陰沉地喃喃自語——就好像見到城市激起了什麼不愉快的回憶。他顯然不願回家，考慮到他似乎對妻子產生了一些怪異的幻覺——無疑來自他親身體驗過的某些催眠折磨——我認為不回家對他大概比較好。我決定讓他在我家住一段時間，不管阿塞納絲會因此如何心生不快。然後我會幫他想辦法離婚，因為心理上的一些因素無疑正在讓這場婚姻殺死他自己。我們回到開闊的鄉野之中，德比的喃喃自語逐漸停息，我讓他在我身旁的乘客座上打瞌睡休息。

我們在日落時分疾馳穿過波特蘭，喃喃自語重新開始，這次比先前更加清晰。我仔細聽著，聽到了有關阿塞納絲的一連串徹底瘋狂的昏話。毫無疑問，她在蠶食愛德華的健康神志，因為他圍繞著她編織了一整套荒謬的幻覺。他喃喃自語稱，他此刻的困境僅僅是一整個漫長的序列中的一個。她正在逐漸控制他，他知道有朝一日她將再也不會放手。即便是現在，她也只在迫不得已的時候才會放開他，因為她還無法長時間控制他。她時常使用他的身體去無可名狀的地點，參加無可名狀的儀式，把他留在她的身體裡，鎖進樓上的房間——但有時候她會失去控制，他會發現他忽然回到自己體內，身處某個遙遠而恐怖的未知地點。有時候她會重新控制住他，有時候卻做不到。他屢次被扔在我找到他的那種地點……他每次都必須自己從遙遠的地方想辦法回家，找到願意幫忙的人開車送他一程。

最可怕的是她每次控制他的時間越來越長。她想成為一個人，想成為一個完整的人類，這就是她控制他的原因。她感覺到他有著敏銳的大腦和虛弱的意志力。有朝一日她會把他擠出去，帶著他的軀體消失，成為和她父親一樣的偉大魔法師，留下他在她那個甚至不完全屬於人類的女性軀殼裡徒嘆奈何。是的，他已經知道了印斯茅斯血脈的真相。他們與來自海洋的怪物混血交配——太可怕了……而老伊弗列姆，他知道那個祕密，為了活下去，他年邁時做了一件駭人的醜惡事情……他想永生……阿塞納絲會成功的——以前已經有過成功的範例了。

聽著德比的嘮叨，我扭頭仔細打量他，以證實早些時候得到的他有所改變的印象。說來矛盾，他的體格似乎比以前更好了——更強壯，發育更完善，懶散習性產生的病態孱弱已經毫無蹤影。就好像他在嬌生慣養的生活中第一次積極而認真地鍛鍊起了身體，我認為是阿塞納絲的魄力逼迫他一反常態地踏上了運動和警覺的道路。然而他的精神卻陷入了可悲的狀態，因為他會嘟嘟囔囔地說各種稀奇古怪的胡話，這些胡話與他妻子、黑魔法和老伊弗列姆有關，還有一些甚至能夠令我信服的祕密。他反覆提到幾個名字，我以前翻閱過一些禁忌典籍，因此認出了這些名字，某種神話學上的一致性和令人信服的連貫性貫穿了他的奇談怪論，其中的線索時常使得我不寒而慄。他一次又一次地停頓，像是在積蓄勇氣，好最終揭露出什麼恐怖的真相。

「丹，丹，你不記得他了嗎——那雙狂亂的眼睛和他從不變白的蓬亂鬍鬚？他有一次盯著我看，我永遠也不會忘記。現在她也這麼看我。我知道為什麼！永生的方法——他在《死靈之書》裡找到了。我還不敢告訴你究竟是哪一頁，等我敢了，你去讀一讀就會明白。然後你會知道到底是什麼吞噬了我。轉移，轉移，轉移，不斷轉移——軀殼到軀殼到軀殼——他想要永生不死。生命的輝光——他知道該如何打破聯繫……即便軀體死去，它也會繼續閃耀一段時間。我會給你提示，也許你能猜到。聽我說，丹——你知道我妻子為什麼費盡心思也要傻乎乎地反手寫字嗎？你見過老伊弗列姆的手稿嗎？想知道見到阿塞納絲潦草寫下的某些筆記為什麼會讓我發抖嗎？

「阿塞納絲……真的存在這麼一個人嗎？他們為什麼都隱約相信老伊弗列姆的肚子裡有毒藥？吉爾曼一家為什麼會低聲議論他尖叫時的聲音——就像個驚恐的孩子？他發

瘋以後，阿塞納絲把他關在軟墊牆壁的閣樓房間裡，那兒曾經關過另一個人。被關在那裡的是老伊弗列姆的靈魂嗎？誰把誰關了起來？他為什麼花了好幾個月尋找一個頭腦好但意志力薄弱的人？他為什麼咒罵說他只有女兒而不是兒子？告訴我，丹尼爾·厄普頓——那座恐怖的屋子裡發生了何等惡魔般的交換，瀆神的怪物任意擺布他心思單純、意志力薄弱、半人類的後代？他做到了永久性的轉變嗎——她到最後也會這麼對待我嗎？告訴我，為什麼自稱阿塞納絲的怪物在放鬆戒備時筆跡會不一樣，你分辨不出是它在寫字還是……」

這時怪事發生了。德比胡言亂語的音調突然升高，變成尖細而高亢的號叫，隨即戛然而止，發出近乎機械咬合的咔嗒聲。我想到他在我家裡時的另一些時刻，他忽然停止向我託付祕密——我不由得想像阿塞納絲用精神力量發射了某種不為人知的心靈感應波，強迫他閉上嘴巴。然而這次的情況完全不一樣，我感覺比以往恐怖無數倍。我身旁的這張臉一時間扭曲得我幾乎認不出來了，某種震顫的動作傳遍他的整個身體——就彷彿所有的骨頭、器官、肌肉、神經和腺體都在自我重新調整，適應另一組截然不同的心境、另一套相互作用的應力和另一個人格。

超乎尋常的恐怖究竟因何而起，我無論如何也說不清。但厭惡和反胃的感覺席捲而來，完全吞沒了我——徹底的陌生和異常感使得我四肢僵硬，無法動彈——我抓住方向盤的手變得虛弱無力。我身旁的那個人似乎不再是我交往了一輩子的老朋友，而是從外太空入侵而來的畸形怪物——某種未知而險惡的宇宙力量匯聚出的該受詛咒的可憎焦點。

我的軟弱只維持了一瞬間，但我的同伴旋即抓住方向盤，強迫我和他交換位置。暮色已經深重，波特蘭的燈火早就遠得看不見了，因此我幾乎看不清他的面容。然而他眼睛裡的光芒卻非同尋常，我知道他現在肯定處於那種奇異的亢奮狀態之中——與他平時的樣子迥然不同——許多人都注意到過他的這個樣子。性格懶散的愛德華·德比竟會對我指手畫腳，搶奪我正握在手中的方向盤——這個人從不強出風頭，也從沒學習過駕駛——這種事聽起來堪稱荒謬、難以置信，但這恰恰就是此刻正在發生的事情。他沉默了好一會兒，而我深陷於難以解釋的恐懼之中，慶幸他沒有說話。

藉著比迪福德鎮與索科鎮的燈光，我看見了他抿緊的嘴唇，眼睛裡的寒光讓我不寒而慄。大家說得對——他看上去確實可憎地酷似處於類似情緒中的他妻子和老伊弗列姆。我當然理解人們為何討厭這些情緒——它們無疑蘊含著一些違背自然的、惡魔般的東西，他那些荒謬胡話使得我愈加深刻地感受到了其中的險惡元素。這個人，我與其交往了一輩子的愛德華·皮克曼·德比，已經變成了一個陌生人——來自黑暗深淵的某種入侵者。

直到開上一段漆黑的道路，他才開口，說話的聲音在我聽來完全陌生，比我熟悉的那個聲音更加深沉、堅定和果決，口音和咬字也都不一樣了，讓我隱約、模糊和頗為不安地想到了一些我說不清道不明的事物。我覺得這個聲音裡有一絲非常深邃和發自肺腑的譏諷，不是德比向來喜歡的那種浮誇做作、毫無意義的偽譏諷——浮於表面的所謂「世故」——而是某種更加冷酷、根本、有滲透性的潛在邪惡。鎮定自若如此迅速地取代了驚恐的喃喃自語，這讓我感到非常詫異。

「希望你能忘記我先前的發作，厄普頓。」他說，「你了解我的精神狀況，我想你能夠諒解我的這種時刻。當然了，非常感謝你送我回家。

「另外，無論我說了什麼關於我妻子的瘋話——還有關於其他所有事情的瘋話——你同樣必須忘記。這是在我那個領域內過度鑽研的結果。我喜愛的哲學充滿了怪異的概念，精疲力竭之後，頭腦就會把幻想炮製成各種各樣的現實念頭。接下來我打算休息了，你大概會有一段時間見不到我，請你不要因此而怪罪阿塞納絲。

「這趟旅程有點奇怪，但實際上非常簡單。北部森林裡有些印第安人的遺跡——立石之類的東西，意味著肯定有大量的民間傳說，阿塞納絲和我正在追溯那些東西。搜索的過程很艱苦，我似乎有點昏頭了。等我回到家裡，我必須叫人去取我的車。放鬆一個月，我就能夠恢復正常。」

我不記得我在對話中都說了什麼，因為我這位夥伴異乎尋常的陌生感占據了我的整個意識。隨著時間一分一秒過去，難以捉摸的巨大恐懼越來越強烈，到最後我幾乎癲狂地盼望這趟旅程能夠盡快結束。德比沒有提出要把方向盤還給我，樸茲茅斯和紐伯里波特在車窗外掠過的速度讓我感到慶幸。

來到主幹道通向內陸避開印斯茅斯的路口，我有點擔心駕車者會選擇經過那個可憎小鎮的荒涼沿海公路。還好他並沒有，而是飛快地穿過羅利和伊普斯威奇，駛向我們的目的地。我們在午夜前抵達阿卡姆，發現克勞寧希爾德老宅的燈還亮著。德比下車時匆匆忙忙地又說了聲謝謝，我懷著怪異的解脫感獨自駕車回家。真是一場可怕的旅程——我說不清具體為什麼，因此顯得更加可怕——德比說他將會有很長一段時間無法與我見面，我對此並不感到難過。

5

接下來的兩個月充滿了流言蜚語。人們說見到德比時他越來越多地處於那種新出現的亢奮狀態，而阿塞納絲極少在她為數寥寥的訪客面前出現。愛德華只來找過我一次，他開著阿塞納絲的轎車（他按照先前說的，從緬因州取回了這輛車）短暫地拜訪我，拿走了他以前借給我的幾本書。他處於新的精神狀態之中，停留的時間只夠說幾句無關痛癢的客套話。在這種狀態之下，他顯然不會和我討論任何話題，我注意到他按門鈴時甚至忘了用他習慣的三下接兩下信號。與那天夜裡在車上的時候一樣，我隱約感覺到了某種難以解釋但無比深刻的恐懼，因此他匆匆告辭反而使得我產生了極大的解脫感。

九月中，德比離開了一個星期，過著頹廢生活的大學生群體提到此事時會露出心領神會的表情，暗示他去面見了一位惡名昭彰的異教領袖，此人不久前被英國驅逐出境，在紐約設立了他的教派總部。就本人而言，我無法將從緬因州開車回來的那段怪異旅程趕出腦海。我親眼看見的轉變對我造成了深刻的影響，我一次又一次情不自禁地嘗試解釋這件事情，還有它為什麼會在我心中激起極度恐怖的情緒。

然而最怪異的流言與克勞寧希爾德老宅裡的啜泣聲有關。那個聲音似乎屬於一位女性，一些比較年輕的人覺得聽上去很像阿塞納絲。這個聲音每次出現都相隔很久，有時像是被暴力打斷般戛然而止。人們討論過是否要組織調查，然而有一天阿塞納絲出現在街道上，愉快地與許多熟人打招呼寒暄，為她最近不見蹤影而道歉，順便提到一位從波士頓來的客人在他們家精神崩潰和歇斯底里發作，人們也就打消了這個念頭。沒人見過那位客人，但阿塞納絲的現身使得大家無話可說。可是，新的傳聞稱有一兩次是個男人的聲音在啜泣，情況就變得愈加複雜了。

十月中旬的一天傍晚，正門上響起了熟悉的三下接兩下的敲門聲。我親自開門，見到愛德華站在門階上，我立刻注意到今天的他恢復了以往的人格，從車桑庫克回來的那趟恐怖旅程之後，我還沒有見過他這個樣子。他的臉在抽搐，表情怪異地混合了恐懼和得意，兩者似乎等量齊觀，我在他背後關上門，他鬼鬼祟祟地扭頭張望。

他步履蹣跚地跟著我走進書房，向我要了杯威士忌，以鎮定他的神經。我忍住沒有詢問，而是耐心等待，直到他願意開口為止。最後，他用哽咽的聲音吐露了一些事情。

「阿塞納絲走了，丹。昨晚僕人出去之後，我們長談了一場，我逼著她保證不再蠶食我。當然了，我有一些——一些神祕學的防護手段，我從未告訴過你。她必須罷手，但非常生氣，憤怒得讓人害怕。她收拾好行李就去紐約了——徑直出門，趕8點20分去波士頓的班車。我猜人們會說閒話，但我無能為力。你別告訴別人我們有什麼不愉快，就說她長途旅行做研究去了。

「她有一群可怕的仰慕者，她多半會去和其中的某一個待在一起。我希望她能去西面，並和我離婚——總之我逼著她保證與我保持距離，不來招惹我。太恐怖了，丹——她盜用我的軀體——把我擠出去——囚禁我。我放低姿態，假裝配合，但必須隨時警惕。假如我足夠謹慎，就能夠策劃反抗，因為儘管她能讀懂我的心思，但讀得並不清晰或細緻。對於我的整套計畫，她只能覺察到某種反抗的情緒——而她一向認為我對她毫無辦法。從沒想到過我也有可能勝過她……但我有一兩個管用的符咒。」

德比扭頭張望，又喝了幾口威士忌。

「今天上午，那些該死的僕人回來後，我和他們結清工錢，結果鬧得很難看，他們問這問那不肯罷休，最後還是走了。他們是她的同類，印斯茅斯人，和她狼狽為奸。希望他們能夠放過我——我不喜歡他們離開時大笑的樣子。我必須盡可能把父親的僕人全找回來。我很快就要搬回去了。

「我猜你肯定認為我瘋了，丹——但在阿卡姆的歷史上應該能找到一些蛛絲馬跡，證明我以前告訴你的——還有我即將告訴你的——都是真話。那天從緬因州開車回家的路上，你親眼看見過一次那種轉變，當時我正在說阿塞納絲的事情。她抓住我，把我從自己的軀體裡趕出去就是那樣子。對於那趟旅程，我最後的記憶是我鼓足勇氣，想告訴你阿塞納絲是個什麼樣的女魔。然後她抓住我，一轉眼我就回到了家裡——我的圖書室裡，那些該死的僕人把我關在那兒——我置身於那個惡魔的軀體裡……它甚至不屬於人類……你要知道，你用車送回家的是她——竊取我身體的一條貪婪惡狼……你肯定看得出區別！」

德比停了下來，我不禁顫慄。是的，我確實看到了區別——然而我能接受如此瘋狂的一個解釋嗎？但這還不算完，我心煩意亂的客人越說越離奇了。

「我必須拯救自己——丹，我必須！她打算在諸聖日徹底占據我的身體——他們在車桑庫克以北的地方舉行魔筵儀式，祭祀能夠讓一切固定下來。她打算永遠占據我的身體……她會變成我，而我變成她……永遠……來不及了……我的身體會永遠變成她的……她會變成一個男人，一個完整的人類，她的心願將會實現……我猜她會把我一腳踢開——殺死她以前的軀體，連同被困在裡面的我，該死的她，她以前也做過這種事——她、他或它以前也做過啊……」

愛德華的面容扭曲得駭人聽聞，他湊到令我感到不適的近處，聲音壓低得近乎耳語。

「你肯定明白我在車裡暗示的是什麼——她根本不是阿塞納絲，而是老伊弗列姆本人。我一年半以前就有所懷疑，而現在確實知道了。她放鬆戒備時的筆跡證明了這一點——有時她隨手寫下的字條上，字體與她父親的筆跡完全相同，一筆一畫地相同——有時她會說一些只有伊弗列姆這種老人才會說的話。他感覺到死亡臨近時和她交換了身體——他只找到她這麼一個既有合適的大腦又意志力足夠薄弱的人——他永遠占據了她的身體，就像她幾乎占據我的身體那樣，然後毒死了他強迫她進入的那具舊身體。你難道沒有幾十次地見到老伊弗列姆的靈魂從那個女魔的眼睛向外窺視……在她控制我的身體時，從我的眼睛向外看嗎？」

耳語者氣喘吁吁，停下來調整呼吸。我一言不發，等他再次開口，聲音變得比較正常了。我心想，這個人應該進精神病院治療，但我不願意承擔送他去的責任。希望時間能夠發揮效力。我看得出他再也不想涉足那些病態恐怖的神祕學知識了。

「以後我會告訴你其他的事情——現在我必須好好休息一下。我會告訴你她領著我接觸到了什麼樣的禁忌恐怖之物——那是萬古歲月的恐怖，即便到今天還在某些不為人知的角落裡滋生，由怪誕可怕的祭司維持它們的生命。有些人知道任何人都不該知道的關於宇宙的知識，能夠做任何人都不該做到的事情。我曾經深陷其中，但已經結束了。假如我是米斯卡托尼克大學的圖書館管理員，今天就會燒了那部該詛咒的《死靈之書》和其他著作。

「但她現在抓不住我了。我必須盡快搬出那幢該死的屋子，回到家裡住下。假如我需要幫助，我知道你肯定會幫助我。那些魔鬼般的僕人，你知道……還有，萬一人們刨根問底想知道阿塞納絲的情況。我不能把她的地址告訴他們……另外還有一些研究者團體——某些異教，你明白的——他們也許會誤解我們的分手……他們中的部分人有一些怪異得該詛咒的念頭和方法。要是發生什麼，我知道你肯定會支持我——儘管我必須告訴你很多會讓你震驚的事情……」

那天晚上，我讓愛德華住下，睡在一間客房裡，到了早晨，他顯得平靜多了。關於他搬回德比家祖宅的事情，我們討論了一些可行的安排，我希望他不要浪費時間，立刻做出改變。第二天晚上他沒有出現，但接下來的幾週我和他頻繁見面。我們盡量不提怪異和不愉快的事情，只商討如何翻修德比家的老宅子，還有今年夏天愛德華答應過與我兒子和我一同旅行度假的細節。

我們隻字不提阿塞納絲，因為我看得出這個話題特別讓他心煩意亂。儘管流言四起，但就住在克勞寧希爾德老宅的那個怪異家庭而言，那些流言沒什麼新鮮的。然而有一件事使得我不太高興，德比的銀行經理有一次在米斯卡托尼克俱樂部說漏了嘴，他聲稱愛德華定期向印斯茅斯寄出支票，收款人是摩西．薩金特、阿比蓋爾．薩金特和尤妮絲．巴伯森。那幾個面目可憎的僕人似乎在敲詐愛德華，但他沒有對我提起這件事。

我希望夏天快點到來，等我正在哈佛念書的兒子放假，我們就可以帶愛德華去歐洲了。我很快就注意到，他恢復得並不像我希望的那麼迅速。他喜悅的時候不多，往往還帶著一絲歇斯底里，而恐懼和抑鬱的侵襲又過於頻繁。十二月，德比家祖宅完成修繕，但愛德華總在拖延，不肯搬家。儘管他憎恨甚至害怕克勞寧希爾德老宅，但另一方面又怪異地成了它的俘虜。他似乎無法著手拆卸家具，想出各種各樣的理由來推遲行動。我向他指出這個問題，他表現出難以言喻的害怕。他父親的老管家和另外幾位回歸的家族僕人一起待在那兒，有一天他告訴我，愛德華時常在家裡翻箱倒櫃，尤其是在地下室裡，在他看來非常奇怪和不健康。我懷疑阿塞納絲是不是寫了什麼令人煩惱的信給他，但管家說從沒收到過有可能來自她的信件。

6

耶誕節前後的一天晚上，德比在拜訪我時精神崩潰了。我將話題引向明年夏天的旅行，他突然尖叫，從椅子上一躍而起，露出震驚和無法控制的恐懼表情——這種驚恐和厭惡強烈到了極點，只有噩夢中最陰暗的深淵才有可能如此衝擊一個神志健全的人。

「我的大腦！我的大腦！上帝啊，丹——它在拉扯——從外部——敲打——抓撓——那個女魔——就是現在——伊弗列姆——康莫格！康莫格！——修格斯的深坑——咿呀！莎布－尼古拉斯！孕育萬千子孫的黑山羊！……

「火焰——那火焰……超越肉體，超越生命……在地下……啊，上帝！……」

我拖著他坐回椅子上，給他灌下幾口烈酒，他的癲狂逐漸過去，變成呆滯和冷漠。他沒有反抗，但嘴唇動個不停，好像在自言自語。我很快意識到他這是在嘗試和我說話，於是彎下腰，把耳朵湊到他嘴邊，捕捉那微不可察的聲音。

「……又來了，又來了……她在嘗試……我早該知道的……什麼也阻擋不了那股力量；距離不行，魔法不行，死亡也不行……它一遍遍地來，主要在夜裡……我無法離開……太恐怖了……天哪，上帝，丹，要是你和我一樣知道它有多麼恐怖就好了……」

等他癱軟下去，失去知覺，我用枕頭墊起他的身體，讓他陷入正常的睡眠。我沒有請醫生來，因為我知道醫生會怎麼評價他的精神狀態，我希望在我的能力範圍內給他一個自癒的機會。他在午夜醒來，我扶他上樓睡下，但天亮後我發現他已經走了。他無聲無息地自己開門出去。他的管家打電話告訴我，他回家後焦躁不安地在圖書室裡踱來踱去。

在此之後，愛德華的情況急轉直下。他沒有再次拜訪我，但我每天都去探望他。他總是坐在圖書室裡，視線茫然，帶著某種正在傾聽什麼的反常感覺。有時候他說話符合邏輯，但話題盡是些瑣碎小事。只要提到他遇到的麻煩、他以後的打算和阿塞納絲，他就會陷入狂亂。他的管家說他到夜裡會產生可怕的痙攣，他遲早會在那種情況下給自己造成傷害。

我與他的私人醫生、銀行經理和律師長談之後，最終請醫生帶著兩名專家同僚去見他。才提了幾個問題，他就開始劇烈而可悲可嘆地渾身痙攣——當天晚上，一輛囚車將他掙扎不已的可憐軀體送進了阿卡姆精神病院。我被指定為他的監護人，每週探望他兩次——聽見他狂亂的尖叫、可怕的耳語和恐怖而單調地重複：

「我必須那麼做——我必須那麼做……它會抓住我……它會抓住我……在底下那裡……底下那裡的黑暗中……母親，母親！丹！救救我……救救我……」

我禁不住潸然淚下。

至於他康復的希望有多大，沒人能夠下定論。然而我盡量保持樂觀。假如愛德華能夠出院，那他必須要有個家，於是我將他的僕人安頓回德比家的祖宅，一個神志健全的人肯定會選擇住在那裡。我無法決定該如何處理克勞寧希爾德老宅以及那些複雜的設施和難以解釋其用途的收藏品，於是暫時按原樣放著不管，請德比家的女傭每週去一次打掃主要的幾個房間，吩咐燒鍋爐的工人每逢這種日子就生火取暖。

最後的噩夢在聖燭節（注）之前降臨，其先兆是一絲虛假的希望曙光，真是既殘忍又諷刺。一月末的一天上午，精神病院打電話給我，稱愛德華忽然恢復了理性。他們說他的記憶連續性受到了嚴重損傷，但神志無疑是清楚的。他當然必須再留院觀察一段時間，但這個結論幾乎不容置疑。假如一切正常，他一週後就能重獲自由。

我匆忙趕去，喜悅如洪水般淹沒了我，一名護士帶我走進愛德華的病房，我卻困惑地愣在了那兒。病人起身迎接我，向我伸出手，露出禮貌的笑容。然而我立刻注意到，他表現出的是與其本性格格不入的那個奇異的亢奮人格——我曾經隱約覺得這個幹練的人格令我恐懼，而愛德華發誓稱那是他妻子侵入他身體的靈魂。他有著同樣的銳利眼神——與阿塞納絲和老伊弗列姆無比相似；開口說話時，我在他的聲音裡覺察到了相同的冷酷且無所不在的譏諷——那種根本性的譏諷，散發著強烈的邪惡氣息。五個月前，就是這個人開著我的車在黑夜中疾馳。自從那次短暫的拜訪後，我沒再見過他，當時他忘記了他一貫的門鈴信號，在我內心掀起了朦朧的恐懼情緒——此刻他使得我的內心再

注　二月二日，基督教節日。

次充滿了模糊的褻瀆神靈的陌生感和無盡的無法言喻的醜惡感。

他笑容可掬地說起出院的安排，儘管他近期的記憶中存在一些明顯的斷層，但我依然無話可說，只能贊同。但另一方面，我感覺到發生了某種極其錯誤、難以解釋的反常事情，其中有著我無法形容的恐怖之處。我面前是個神志健全的人，但他真的是我認識的那個愛德華・德比嗎？假如不是，那麼他是誰或什麼，而愛德華在哪裡？它應該獲得自由還是被關起來……或是應該從地球上徹底被消滅？這個生物無論說什麼，都潛藏著一絲深入骨髓的譏諷味道——彷彿阿塞納絲的眼睛給「以特別嚴密的看管為條件提前獲得自由」這種話增加了幾分特別而令人困惑的嘲笑感覺。我肯定表現得非常令人難堪，能夠及時脫身讓我感到慶幸。

那天和接下來的一整天，我絞盡腦汁思考問題。究竟發生了什麼？從愛德華臉上那雙陌生的眼睛向外窺視的是個什麼樣的靈魂？除了這個可怕的晦澀謎題，我無法思考任何事情，同時也放棄了從事日常工作的全部努力。第二天上午，醫院打電話稱患者恢復正常後情況穩定，到傍晚時分，我瀕臨精神崩潰——我承認我陷入了這樣的狀態，儘管其他人會發誓說它給我後來的幻覺塗上了色彩。關於這一點，我無話可說，然而本人的瘋狂並不能解釋明擺著的所有證據。

7

第二天傍晚後的夜裡，赤裸裸的終極恐怖降臨了，用我永遠也無法擺脫的陰森驚恐牢牢禁錮住我的靈魂。它始於午夜前的一通電話。全家起來接電話的只有我一個人，我睡意矇矓地拿起書房裡的聽筒。電話那頭似乎沒有人，但就在我即將掛斷、回到床上的那一刻，我的耳朵捕捉到了電話那頭有一絲極其微弱、疑似語聲的響動。是有人在非常困難地試圖說話嗎？我豎起耳朵，覺得我聽見了某種類似液體鼓泡的怪聲——「咕嚕……咕嚕……咕嚕」——它們奇異地讓我聯想到口齒不清、難以理解的詞語和音節區隔。我叫道：「是誰？」但得到的回答依然是「咕嚕——咕嚕……咕嚕——咕嚕」。我只能假定那種怪聲是機械發出的，然而又覺得有可能是設備故障，電話能接收聲音卻無法送出。我補充道：「我聽不清。你最好掛斷，打給查號臺。」我立刻聽見另一頭把聽筒擱在了叉簧上。

如我所說，這件事發生在臨近午夜之時。後來追溯通話，發現電話是從克勞寧希爾德老宅打來的，然而那天離女僕去打掃衛生還有足足半週時間。我應該稍微提一下他們在那幢屋子裡發現了什麼——一個偏僻的地下儲藏室被挖得亂七八糟，腳印，泥土，匆忙搜刮過的衣櫥，電話上令人困惑的痕跡，被笨手笨腳地使用過的文具，還有附著在所有東西上的惡臭。警察，可憐的傻瓜，自以為是地得出可笑的推論，還在搜捕那些被解僱的邪惡僕人——這幾天鬧得滿城風雨，他們卻消失得無影無蹤。警察認為這是一起因積怨而起的可憎的報復事件，之所以會把我捲進來，是因為我是愛德華最好的朋友和人生導師。

白痴！——警察難道以為那幾個粗野的小丑能模仿那個筆跡？難道以為他們能造成後來的事情？他們為什麼會對曾經屬於愛德華的那具軀體的改變視而不見？至於我，我現在相信了愛德華．德比告訴我的所有事情。在超越生命邊緣之處存在一些我們無從想像的恐怖事物，人類的邪惡刺探偶爾會召喚它們進入我們的感知範圍。伊弗列姆——阿塞納絲——那個惡鬼召喚了它們，令它們吞噬了愛德華，現在正在吞噬我。

我敢確定我是安全的嗎？那些力量在物質形態消亡後依然存活。第二天下午，我從虛脫狀態中恢復過來，恢復了行走和連貫說話的能力，我立刻前往瘋人院開槍打死了他，這既是為了愛德華好，也是為了整個世界，然而在火化他之前，我敢確定我是安全的嗎？他們將屍體保存起來，準備由各方面的醫生來做什麼愚蠢的檢驗——但我說必須火化他。他必須被火化——我打死的那個人根本不是愛德華．德比。假如他沒有發瘋，那我就要發瘋了，因為下一個很可能會輪到我。然而我的意志力並不虛弱，我知道那些恐怖之物正在啃噬我的意志力，但我不會聽憑它被瓦解。一個生命——伊弗列姆、阿塞納絲和愛德華——現在是誰？我不會允許它將我擠出我的身軀……我絕不會和瘋人院裡那具被子彈打死的屍體交換靈魂！

請允許我用連貫的語言講述最後的那段恐怖經歷。我不想多說警察固執地熟視無睹的細節——快到凌晨2點的時候，高街上至少有三名行人見到了那個矮小畸形、散發惡臭的東西，還有在某些地方發現的單獨的腳印。我只會告訴你，凌晨2點鐘，門鈴和敲門聲驚醒了我——門鈴和敲門聲兩者皆有，遲疑不定地交替著，虛弱而絕望，每一次響起都試圖使用愛德華三下接兩下的舊暗號。

我從酣睡中被驚醒，意識頓時陷入混亂。德比在門外，而且記得以前的暗號！那個新人格不記得……難道是愛德華忽然恢復了正常？然而他為什麼會表現得如此緊張和焦急？醫院提前釋放了他，還是他自己逃出來了？我套上睡袍，跑下樓，心想：也許他恢復原本的自我導致了狂躁和暴力，院方撤銷了釋放他的決定，他因而在絕望中逃脫，尋求自由。但無論發生了什麼，他現在又是以前那個愛德華了，我一定要幫助他！

我向著榆樹掩映下的黑暗打開門，一陣惡臭得令人無法呼吸的怪風熏得我險些倒地不起。我在反胃中嗆咳，一時間幾乎沒有看見門階上那個彎腰駝背的矮小身影。叫門暗號是愛德華的，但這個臭氣熏天的侏儒怪人是誰？愛德華怎麼會有時間躲起來？我開門前僅僅一秒鐘他才按過門鈴。

來訪者身穿愛德華的一件大衣，下襬幾乎碰到地面，袖筒捲起來，但還是蓋住了他的雙手。他頭上的軟呢帽拉得很低，一條黑色圍巾遮住整張臉。我搖搖晃晃地向前邁步，那條人影發出我在電話裡聽到過的那種彷彿液體湧動的聲音——「咕嚕……咕嚕……」——同時把一大張寫得密密麻麻、用長桿鉛筆刺穿的紙塞給我。病態和無法形容的惡臭依然讓我感到天旋地轉，我抓住那張紙，藉著門口的燈光嘗試閱讀。

毫無疑問，那是愛德華的筆跡。然而他都已經在能按門鈴的地方了，又為什麼要費神費力寫字呢？而這個筆跡為什麼如此拙劣、粗糙和顫抖呢？我在黯淡的光線下什麼也分辨不出來，於是慢慢退回門廳裡，矮小的怪物機械而笨拙地跟著我，但在內門的門口停下了。這個奇特的信使的惡臭真是駭人聽聞，我希望（謝天謝地，並非徒勞！）妻子千萬別醒來，下樓遇到它。

我開始讀那張紙上的文字，感覺膝蓋越來越軟，最後眼前一黑。等醒來的時候，我躺在地上，那張該詛咒的紙依然攥在我因恐懼而嚇得僵直的手裡。

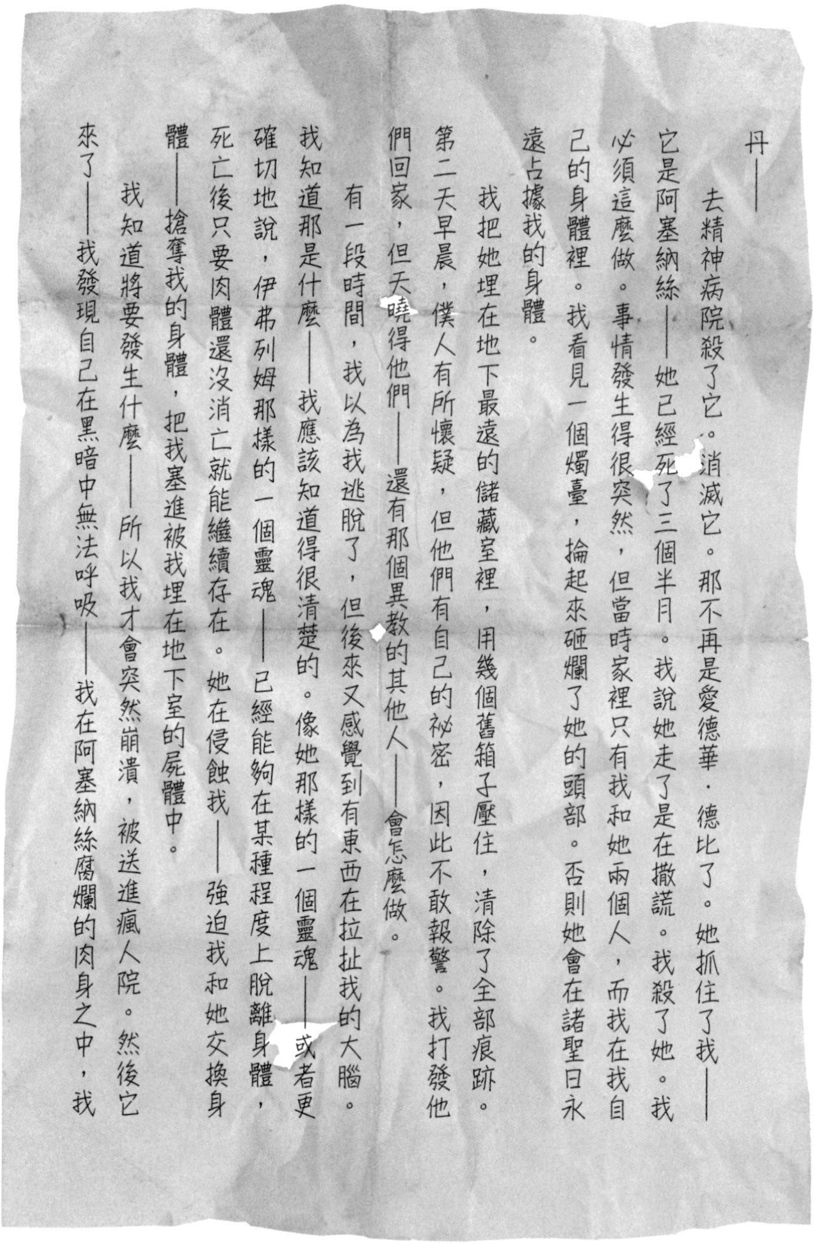

丹——

去精神病院殺了它。消滅它。那不再是愛德華．德比了。她抓住了我——它是阿塞納絲——她已經死了三個半月。我說她走了是在撒謊。我殺了她。我必須這麼做。事情發生得很突然，但當時家裡只有我和她兩個人，而我在我自己的身體裡。我看見一個燭臺，掄起來砸爛了她的頭部。否則她會在諸聖日永遠占據我的身體。

我把她埋在地下最遠的儲藏室裡，用幾個舊箱子壓住，清除了全部痕跡。第二天早晨，僕人有所懷疑，但他們有自己的祕密，因此不敢報警。我打發他們回家，但天曉得他們——還有那個異教的其他人——會怎麼做。

有一段時間，我以為我逃脫了，但後來又感覺到有東西在拉扯我的大腦。我知道那是什麼——我應該知道得很清楚的。像她那樣的一個靈魂——或者更確切地說，伊弗列姆那樣的一個靈魂——已經能夠在某種程度上脫離身體，死亡後只要肉體還沒消亡就能繼續存在。她在侵蝕我——強迫我和她交換身體——搶奪我的身體，把我塞進被我埋在地下室的屍體中。

我知道將要發生什麼——所以我才會突然崩潰，被送進瘋人院。然後它來了——我發現自己在黑暗中無法呼吸——我在阿塞納絲腐爛的肉身之中，我親手把它埋在地下室裡的那些箱子底下。我知道她肯定在精神病院我的身體裡——永久性的，因為諸聖日已過，即便她沒有親臨現場，祭祀儀式同樣能起作用——她神志健全，即將被釋放，前去威脅整個世界。我絕望極了，我不顧一切地用雙手挖出一條路，爬了出來。

我已經腐爛得不能說話了——我無法打電話告訴你——但我還可以寫字。我會想辦法走出家門，把這份最後的遺言和警告送到你手上。假如你還重視這個世界的安寧與平靜，那就請你殺了那個魔鬼。確保屍體被火化。要是你做不到，它就會永遠活下去，從一個身體轉移到另一個身體，我也不知道它會做出什麼事。請遠離黑魔法，丹，那是惡魔的行當。永別了——你一向是我的摯友。警察願意相信什麼你就告訴他們什麼吧——萬分抱歉，我不得不把你拖進這件事裡。用不了多久，我就會永遠安息——這個身體快要支撐不住了。希望你能讀到這封信。請你殺了那個怪物——務必殺死它。

你忠誠的，艾德

我醒來以後才讀完這封信的後半截，因為我看到第三段就昏了過去。我看見和聞到堆在門口被暖風吹著的那團東西，再次昏了過去。那個信使早已沒了動靜，喪失了意識。

管家的神經比我的更加堅強，第二天早晨，門廳裡的情形沒有讓他昏過去。他打電話叫來警察。警察來的時候，我已經被攙扶上樓休息，但那個——那堆東西——還在它昨晚癱倒在地的原處。他們用手帕捂住口鼻。

他們事後在愛德華那些亂七八糟的衣服裡找到的是已經大部分液化的可怖肉體。還有骨頭和被砸爛的顱骨。與牙醫記錄對比之後，警方確認那是阿塞納絲的顱骨。

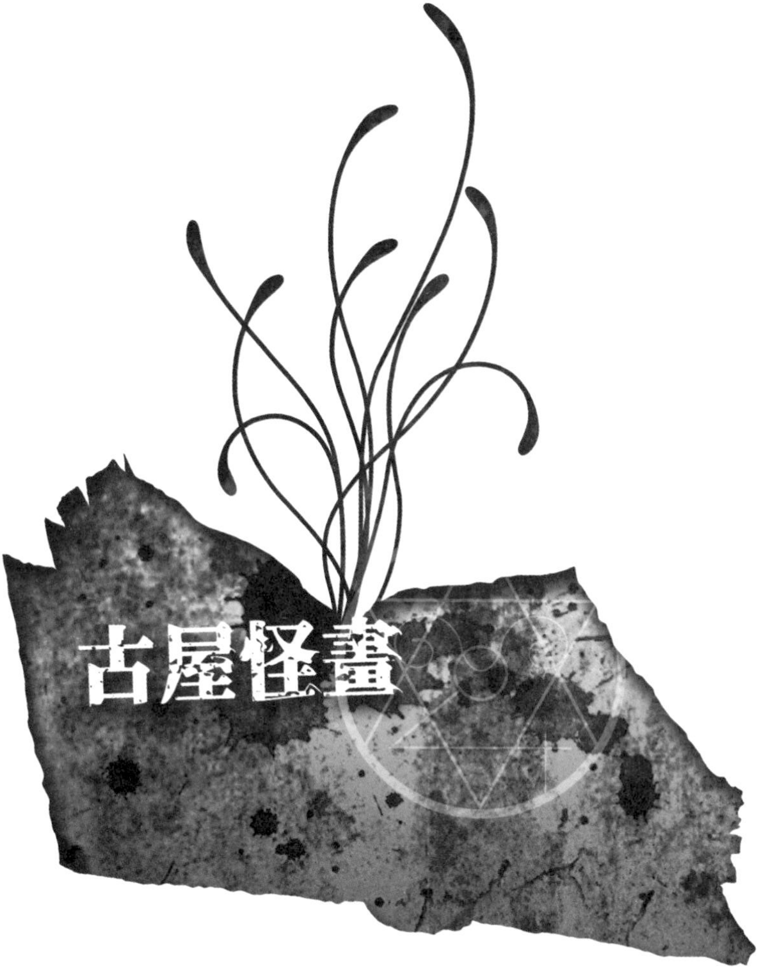
古屋怪畫

熱衷於恐怖事物的人們總是來往於怪異而偏僻的地點。他們熱愛的是普托萊邁達的地下墳窟，是噩夢國度的石刻陵墓。他們在月光下爬上萊茵河畔古堡廢墟中的高塔，蹣跚走下亞洲被遺忘城市的散落巨石背後遍布蛛網的黑暗階梯。他們出沒於被其視為聖地的密林野嶺之中，他們逗留於無人荒島的險惡石柱周圍。在真正的恐怖事物鑑賞家眼中，難以用語言形容的駭人事物帶來的新鮮刺激是他們存在的主要目的和證據，他們最珍視的莫過於新英格蘭偏遠林區的古老而孤獨的農舍；因為魔力、荒僻、怪誕和無知這些黑暗要素在那裡融合一體，構成了最完美的可憎事物。

在一切景象之中，最可怕的無疑是那些遠離道路、未經油漆的小木屋，它們通常盤踞在雜草叢生的潮溼山坡上，或者倚靠著巨大的露頭岩石。它們已經盤踞或倚靠了兩百多年，在此期間，藤蔓胡亂攀爬，樹木伸展變粗。它們現在幾乎隱藏在肆意生長的綠色繁茂枝葉和宛如裹屍布的陰影之中，只剩下小格窗依然令人驚駭地向外瞪視，彷彿在致命的昏迷中無意識地眨眼——昏迷緩和了它們對不可言說之物的記憶，從而避免陷入瘋狂。

一代又一代的怪異子民居住在這些房屋裡，世界從未見過與他們類似的人。他們的祖先被陰森而奇異的信仰迷住心靈，遭受族人的驅逐，來到荒野中尋求自由。在那裡，征服種族的子嗣確實脫離了同族人的束縛，卻在自己意識造出的陰鬱幻覺前俯首畏縮，成了它可悲可嘆的奴隸。他們背棄了文明的啟迪，清教徒堅韌的意志力轉向怪異的管道；他們與世隔絕，病態地自我抑制，在無情的大自然之中掙扎求生；他們冰冷的北國血脈中來自遠古史前的某些黑暗而鬼祟的特性逐漸侵蝕他們。這些人信奉必要的實用性和苛刻的世界觀，罪孽使得他們喪失了美麗。他們和所有凡人一樣會犯錯，在尋找隱匿之處時將他們刻板的教條置於一切之上，因此他們漸漸地越來越少使用他們所隱匿的事物，品位也愈加低劣。只有偏僻林區那些死寂、沉睡、瞪視的屋舍能夠訴說從往昔暗藏至今的全部祕密。而它們也不樂意開口，不情願擺脫幫助它們遺忘的倦怠情緒。有時你會不禁覺得，拆除這些小屋反而是慈悲為懷，它們必定也時常夢想著如此的結局。

一八九六年十一月的一個下午，我被迫躲進了這麼一座被時間折磨得形銷骨立的建築物，那場大雨寒冷徹骨，任何形式的遮蔽都好過淋雨。我已經在米斯卡托尼克河谷旅行了一段時間，沿途從居民那裡搜集宗譜資料。由於我選擇的路線偏僻、迂迴而困難重重，因此為了方便起見，儘管時節已近嚴冬，我還是選擇了騎自行車來代步。此時我發現自己走在一條看似荒棄的道路上，選擇這條路是因為它是前往阿卡姆的捷徑。暴風雨降臨時，我所在的位置遠離任何村鎮，視野內沒有能夠躲雨的地方，只有一幢令人嫌惡的古老木屋在岩石山丘腳下的兩棵落光了樹葉的大榆樹之間用它朦朧的窗戶向我眨眼。儘管屋子與殘存的道路還有一段距離，但從我第一眼瞥見它，就產生了不愉快的印象。實話實說，正常的建築物不會如此狡詐和令人心悸地注視行路人，而本人在宗譜研究的過程中聽聞了不少一個世紀前的傳說故事，使得我對這類場所心存偏見。然而大自然的力量過於巨大，懾服了我的顧慮，我毫不猶豫地騎著自行車爬上雜草叢生的山坡，向著那扇顯得既誘人又詭祕的緊閉大門而去。

不知為何，我理所當然地以為屋子已被主人遺棄，然而隨著我的接近，我漸漸不敢確定了：儘管小徑確實被野草遮沒，但它作為道路的本質卻保留得未免太好，以至於無法斷言它是否真的徹底廢棄。因此，我沒有嘗試開門，而是抬手敲門，內心有些顫慄，又不太能夠說清原因。我站在充當門階的遍覆苔蘚的粗糙石板上，望向身旁的窗戶和頂上的氣窗，注意到它們儘管陳舊、被風吹得嘩嘩作響、塵土積得幾乎不透光，但玻璃並沒有破碎。看起來，這座建築物儘管與世隔絕，年久失修，卻依然有人居住。然而，我的敲門沒有引來任何回應，再三嘗試後，我試了試鏽跡斑斑的門閂，發現門沒有上鎖。打開門，裡面是個小小的前廳，牆上的石膏已經剝落，從門裡飄來一股微弱但格外可憎的氣味。我推著自行車進去，轉身關上門。前方是一條狹窄的樓梯，側面有一扇很可能通向地窖的小門，左右兩側通往底樓房間的門都關著。

我把自行車靠在牆上，打開左手邊的房門，走進一個天花板低矮的小房間，兩扇積灰的窗戶以黯淡的光線提供照明，房間裡只擺放著極少幾件極為原始的家具。這裡似乎是某種會客室，因為房間裡有一張桌子、幾把椅子和一個巨大的壁爐，壁爐架上的一口古董座鐘正滴答行走。房間裡還有為數寥寥的書籍和文件，由於光線昏暗，我無法立刻分辨出書籍的標題。使得我產生興趣的是這裡每一個可見的細節都散發著無處不在的古舊氣息。這個地區的大多數房屋裡都有不少傳承自過去的物品，然而此處的古老感覺卻完整得堪稱怪異，因為我看遍了整個房間，也沒有找到任何一件晚於內戰時代的物品。假如裝飾不是如此簡陋，這裡在收藏家的眼中大概就是天堂。

隨著我掃視這個奇異的房間，先前被房屋的陰鬱面貌激起的厭惡感變得越發強烈。令我恐懼或憎惡的究竟是什麼，我無論如何也難以分辨。然而此處整體氣氛中有某些東西讓我想到褻瀆神靈的年代、令人不快的野蠻和應該被遺忘的祕密。我不願坐下，於是走來走去查看引起注意的各種物品。首先激起我好奇心的是一本中等尺寸的書，它擺放在桌上，看上去極其古老，我驚訝於竟然能在博物館或圖書館之外見到這麼一本書。它用皮革和金屬配件裝訂，保存狀況堪稱完美，出現在如此簡陋的一幢屋子裡真是太不尋常了。我打開它，翻到封面頁，心情變得愈加驚詫，因為這是一本罕見的珍品：皮加費塔的剛果地區見聞錄，根據水手洛佩茲的筆記用拉丁文寫成，一五九八年出版於法蘭克福。我曾多次聽說這部傑作的存在，德布雷兄弟為它繪製了怪異的插圖，因此我一時間忘記了心中的不安，沉浸在翻閱面前這本書的欲望之中。書裡的雕版畫確實很有意思，完全根據想像和粗略的描述繪製而成，黑種人被畫成擁有白色的皮膚和高加索人的五官。若不是一件異常瑣碎的小事屢次刺激我疲憊的神經，復活了我不安的感覺，我恐怕得有好一陣子都不會合上這本書。讓我煩惱的僅僅是這本書頑固地一次次打開在第十二幅版畫上，它描繪的是安其克食人王國一家肉鋪裡的可憎景象。如此微不足道的小事竟然能激起我強烈的反應，我不得不為自己感到羞愧，然而它始終令我惶恐不安，尤其是我將它和旁邊幾段講述安其克美食的文字聯繫在一起之後。

我轉向身旁的書架，查看上面稀稀落落的藏書：一本十八世紀的《聖經》；一本年代相仿的《天路歷程》，書裡有一些光怪陸離的木刻畫，由年鑑編纂者以賽亞．湯瑪斯出版；一本朽爛而沉重的科頓．馬瑟的《基督的美洲偉績》，另外幾本書顯然也同樣古老——這時樓上的房間響起了清晰可辨的腳步聲，完全吸引了我的注意力。剛開始我詫異得無法動彈，因為我先前敲門沒有引來回應，隨後我立刻得出結論：腳步聲的主人肯定剛從酣睡中醒來。聽見嘎吱作響的樓梯上傳來了腳步聲，我就沒那麼驚訝了。腳步聲很沉重，又似乎蘊含著某種古怪的謹慎特質，使得我特別不喜歡。先前走進這個房間後，我關上了房門。外面暫時寂靜下來，那個人很可能在查看我的自行車。我聽見有人撥弄門閂，眼看著鑲窗格的房門再次徐徐打開。

門口站著一個男人，他的外貌太不尋常了，若不是受到良好教養的束縛，我肯定會大聲尖叫。這幢屋子的主人很老，留著白鬍子，衣衫襤褸，相貌和體格激起了程度相同的訝異和尊重。他至少身高6英呎，儘管散發著年邁和貧困的氣息，但健壯和力量的感覺也不遑多讓。他的鬍鬚一直長到了面頰上，將整張臉幾乎遮得嚴嚴實實。白髮因為年事已高而變得稀疏，垂下來落在高聳的額頭上，但他的面色異乎尋常的紅潤，也不像預想中那樣滿臉皺紋。他的藍眼睛有點充血，視線卻難以解釋的銳利和灼人。這個人若不是衣衫襤褸得可怕，看上去肯定相貌堂堂，能給人留下深刻的印象。然而，儘管他的面容和體型都很不凡，衣衫襤褸卻顯得他令人不快。他穿的到底是什麼，我無從分辨，因為在我眼裡就是一堆碎布裹著一雙沉重的高筒靴，而他的骯髒超出了文字的形容能力。

這個人的樣子和他激起的本能恐懼，讓我做好了迎接敵意的準備。然而他卻打個手勢請我落座，用微弱而尖細的聲音問候我，聲音裡充滿了猶如奉承的尊敬和彷彿巴結的好客。他使用的方言很怪異，是北佬土話的一種極端形式，我以為它早就消亡了。他在我對面坐下，準備和我交談，我必須仔細琢磨才能明白他的意思。

「給大雨逮住了，您是不是？」他開腔道，「還好您離屋子很近，而且還知道進來躲一躲。咱估摸咱是睡熟了，否則準會聽見——咱不如從前那麼年輕了，現如今一打瞌睡就醒不來。您怎麼跑這麼遠來了？自打阿卡姆的驛站被砍掉，咱就沒見過幾個人走這條路。」

我說我要去阿卡姆，為我無禮地闖進他的住所道歉，他繼續說了下去。

「很高興見到您，年輕的先生——這附近很少能見到新面孔，這些年也沒什麼能讓咱高興一下啦。猜您是打波士頓來的，是不？咱沒去過那兒，但見到城裡人還是認得出來的——八四年那會兒咱這兒有個城裡人當地區教師，可他突然辭職走了，沒人再見過他——」說到這兒，老人吃吃笑個不停，我問他笑什麼，他沒有解釋。他的脾氣似乎非常好，但從外貌不難猜到他有著種種怪癖。他以近乎狂熱的親切語氣絮絮叨叨說了好一會兒，我這才想到要問他怎麼會擁有皮加費塔的《剛果王國》這麼罕見的一本書。它對我造成的影響還沒有散去，我在提到它時感受到了某種猶豫。儘管從見到這幢屋子第一眼起，難以形容的恐懼就在我內心穩定地積累，然而在好奇心面前終究還是敗下陣來。這個問題似乎並不令人尷尬，我不禁鬆了一口氣，因為老人毫無保留、口若懸河地回答了它。

「噢，那本講非洲的書？埃比尼澤．霍爾特船長六八年換給咱的，他死在了戰場上。」埃比尼澤．霍爾特這個名字引發的某種情緒讓我猛地抬起頭。我在宗譜調查時碰到過這個名字，但肯定不是在內戰後的任何記錄之中。我心想，不知道屋子的主人能不能為我正在進行的工作提供什麼幫助，決定等會兒碰到機會就問問他。他繼續說了下去。

「埃比尼澤在賽勒姆的一條商船上工作了好些年，每到一個港口就會撿點好玩的或奇怪的東西。這個好像是他在倫敦弄到的──他喜歡在小店裡買東西。那天咱去山上他家裡賣馬給他，就這樣看見了這本書。咱喜歡書裡的圖畫，於是他把書交換給咱。真是一本奇怪的書──來，讓咱戴上眼鏡──」老人在渾身的破布裡摸索，取出一副骯髒的眼鏡，眼鏡古老得令人驚嘆，有著小小的八角形鏡片和精鋼製作的框架。他戴上眼鏡，向桌上的舊書伸出手，憐愛地翻動書頁。

「埃比尼澤能讀懂一點──這是拉丁文──但咱不行。咱請兩三位教師讀給我聽，還有帕松．克拉克，他們說他淹死在池塘裡了——你認得出這上面寫的都是什麼嗎？」我說我能看懂，幫他翻譯了全書開頭之後的一個段落。就算我弄錯了什麼，他也不夠博學，因此無法糾正我。我告訴他的英語版本讓他快樂得像個孩子。他靠得離我很近，讓我很不舒服，但無法在不冒犯他的情況下躲開。這個無知的老人會如此幼稚地喜愛一本他讀不懂的書裡的圖畫，我感到有些好笑，不禁懷疑起了他到底能看懂多少裝點房間的那幾本英語書籍。發現他是個頭腦簡單的普通人消除了大部分我先前感覺到的難以描述的憂懼，我微笑著聽屋子的主人繼續絮絮叨叨講述：

「真是奇怪啊，這些圖畫能讓一個人胡思亂想。比方說前面的這一張。您有沒有見過這樣的樹木，巨大的葉子上上下下翻騰？還有這些人——他們不可能是黑人——太奇怪了。有點像印第安人，對吧，雖說出現在非洲。這兒有些動物，看著像猴子，或者半猴半人，但咱從沒聽說或見過像是這個的東西。」他指著一個奇形怪狀的生物說，若是讓我來形容，它有點像一條龍，卻長著鱷魚的頭部。

「不過現在讓咱給您看點最好的東西——在這兒，中間的地方——」老人的口齒變得有點含混，眼睛裡的光芒愈加明亮。他哆哆嗦嗦的雙手儘管比先前更笨拙了，卻依然能夠勝任翻書的任務。書幾乎自動翻到了描繪安其克食人王國肉鋪的第十二幅版畫，就彷彿有人經常查閱這一頁似的。不安的感覺捲土重來，但我沒有表現在臉上。這幅畫有一個特別怪異的細節，那就是畫家將非洲人畫得像白人——掛在店鋪牆上的肢體和腰臀肉塊令人毛骨悚然，手持利斧的屠夫與人類的屍塊更是駭人的格格不入。然而我有多麼厭惡這幅景象，屋子的主人就有多麼喜愛它。

「您覺得這個怎麼樣——沒見過這樣的東西吧？咱第一次看到的時候就對埃伯．霍爾特說：『這東西太刺激了，能讓你熱血沸騰！』咱在《腳本》上讀到屠殺——比方說殘殺米甸人——咱就會東想西想，但見不到具體的畫面。在這兒你能清清楚楚看見他們做那些事——咱琢磨著這是有罪的，但咱們不都是生來就有罪嗎？——那個人被剁碎，每次咱看見都渾身發癢——咱看著他眼睛都轉不開了——看見屠夫在剁他的腳了嗎？他的腦袋擱在檯子上，一條胳膊在腦袋旁邊，另一條在案板旁邊的地上。」

老人在令人震驚的狂喜中絮絮叨叨講述，他戴著眼鏡的多毛面頰上的表情變得無可名狀，然而他的音調並沒有升高，反而沉了下去。我已經不知道我此刻究竟是什麼情緒了。先前感受到的全部恐懼突然激烈而鮮活地撲向我，我知道我對這個緊靠著我的古老而可憎的怪物的厭惡變得無比強烈。毋庸置疑，他瘋了，至少有一部分精神變態了。此刻他幾乎在耳語，沙啞的聲音比尖叫更加可怖，我聽得不寒而慄。

「就像咱說的，真是奇怪，這些圖畫能讓你胡思亂想。您知道嗎，年輕的先生，咱就坐在這兒看著它。自打咱從埃伯那兒拿到這本書，咱就總在看它，尤其是星期天聽帕松．克拉克戴著他那頂大號假髮咆哮的時候。有一次咱試著做了點有意思的事情——哎呀，年輕的先生，您別誤會——咱只是在宰羊去集市賣之前看了圖畫——看完以後，宰羊變得有意思多了。」

老人的音調變得極其低沉，聲音不時微弱得不可分辨。我聽著雨聲，聽著雨點敲打汙穢的小格窗的嗶嗶聲，注意到對這個季節來說很不尋常的隆隆雷聲在逐漸接近。一道非常亮的閃電劃過，雷聲震得脆弱的房屋從地基開始晃動，但低聲說話的老人似乎充耳不聞。

「宰羊確實更有意思了——但您知道，那並不怎麼讓人滿足。真是奇怪，欲望能怎麼樣地刺激你——您敬愛萬能的上主，年輕人，別告訴任何人，但咱向上帝發誓，那張圖畫開始讓咱渴求咱無法飼養也不能購買的食物——哎呀，您坐好了，您有什麼煩惱嗎？——咱什麼都沒做，只是琢磨要是咱做了會怎麼樣——人們說吃肉能造血健體，賦予你新的生命，所以咱就琢磨啊，要是吃下更像他的肉，會不會就能活得更加長久——」他的耳語到此為止。打斷他的不是我的恐懼，不是迅速增強的暴風雨——不久後若是我睜開雙眼，見到的會是荒野中一片還在冒煙的焦黑廢墟——而是一件非常簡單但異乎尋常的小事。

那本打開的書放在我和他之間，那幅圖畫令人厭惡地面對上方。就在老人壓低聲音說出「更加長久」的那一刻，我聽見了細微的液體潑濺聲，某種東西落在翻開書本的泛黃紙頁上。我以為是從屋頂漏下來的雨水，然而雨水不是紅色的。一小團潑濺開的紅色液體在安其克食人王國的肉鋪上閃閃發亮，恐怖的雕版畫立刻變得鮮活起來。老人看見它，還沒等我的恐懼表情讓他不得不住嘴，他就停了下來；他看見它，立刻抬頭望向他一小時前離開的那個房間的地面。我順著他的視線望過去，見到老舊的天花板的鬆脫灰泥上有一大片不規則的猩紅色溼斑，就在我看著它的時候，它似乎還在擴大。我沒有尖叫，也沒有動彈，只是閉上了眼睛。片刻之後，一道或幾道巨大的雷霆落下來，摧毀了那幢該詛咒的屋子和它無可言說的祕密，帶給我唯一能夠拯救我的心靈的禮物：湮滅。

埃里希·澤恩的音樂

我以最細緻的態度查閱了這座城市的各種地圖，卻沒有能夠再次找到奧賽爾路。這些地圖不只包括現在的版本，因為我知道名稱會隨著時代變遷。與此相反，我深入挖掘這座城市的所有古物，親自探索每一個區域，考察了任何一條有可能對應於我曾經以奧賽爾路之名熟識的街道。儘管我付出了如此努力，令人痛心的事實卻依然如故：我無法找到那幢房屋、那條街道，甚至那個地點，然而我這個學習玄學的大學生曾經在那裡度過了幾個月的窮困生活，每日聆聽埃里希．澤恩的音樂。

我的記憶支離破碎，對此我並不覺得奇怪；因為我的健康——無論是肉體還是精神方面——都在我寓居奧賽爾路的那段時間裡受到了嚴重的侵擾，但我清楚記得我從未帶我為數寥寥的朋友中的任何一位去過那裡。我無法再次找到這個地方的事實既怪異又令人困惑，因為從大學步行去那裡頂多只要半個小時，種種異常特性將它與其他地方區分開來，任何人只要去過就不可能輕易忘記。即便如此，我卻從沒遇到過曾經見過奧賽爾路的其他人。

奧賽爾路在一條黑暗河流的對岸，河兩邊全是磚石結構、窗戶骯髒的高聳倉庫，一座黑乎乎的笨重石橋橫跨河面。河岸邊永遠暗影幢幢，就彷彿鄰近工廠排放的濃煙永久性地遮蔽了陽光。這條河還散發著我在其他任何地方都沒聞到過的惡臭，這一點或許也能幫助我找到那個地方，因為只要我聞到了就一定會立刻認出來。橋另一側的街道都很狹窄，鋪著鵝卵石，地上有軌道；穿過這些街道，地勢開始抬升，剛開始還算平緩，但來到奧賽爾路之處就陡峭得難以置信了。

我從未見過像奧賽爾路這麼狹窄和陡峭的街道。它幾乎是一道懸崖，向所有的交通工具關上大門，有幾段甚至完全由臺階構成，它終結於遍覆常青藤的一面高牆。鋪地的材料並不規則，有時候是石板，有時候是鵝卵石，有時候是裸露的土地，灰白色的植物在那裡掙扎求生。房屋都很高，砌著尖屋頂，古老得無法想像，發瘋般地向後、向前或向左右傾斜。偶爾有兩幢隔街相望的房屋都向前傾斜，幾乎在街道上空相接，搭成一座拱門。它們當然擋住了絕大多數射向地面的光線。有幾座天橋從頭頂越過，連接街道兩側的房屋。

那條街道的居民給我留下奇特的印象。剛開始我以為是由於他們全都沉默寡言，但後來覺得其實是因為他們都非常老。我不知道我為什麼會住在這麼一條街道上，但我搬到那裡去的時候是身不由己。我在許多貧窮的地方居住過，總是因為缺錢而被掃地出門，直到最後我找到了奧賽爾路那幢搖搖欲墜的老屋，由癱瘓在床的布朗多看管。它是從街首數起的第三幢屋子，也是整條街上最高的一幢。

我的房間在五樓，這一層只住了我一個人，因為這幢屋子沒幾個人居住。住進來的那天夜裡，我聽見尖頂下的閣樓傳來了奇異的音樂，第二天我向老布朗多打聽，他說樓上住了一位演奏維奧爾琴（注1）的德國老人，那是一位古怪的啞巴，登記時自稱埃里希・澤恩，晚上在一個廉價劇場的樂隊裡演奏。他還說澤恩從劇院回來之後，喜歡在夜裡拉琴，因此老人才會選擇頂樓那個與外界隔絕的獨立房間，它只有一扇開在山牆上的小窗，整條街只有站在那裡，視線才能越過道路盡頭的高牆，見到另一側的下坡路和開闊的風景。

就這樣，每天夜裡我都會聽見澤恩的演奏，儘管吵得我無法入眠，他的音樂的怪誕感覺卻在我心頭縈繞不去。我對藝術知之甚少，但確定他拉出的曲調與我以前聽過的音樂毫無相似之處，因此得出結論：他是一位極具原創性的天才作曲家。我聽得越久，就越是沉迷其中，一週之後，我終於下定決心，要去結識這位老人。

一天夜裡，澤恩從劇院回來的時候，我在走廊裡攔住他，告訴他我很想認識一下他，陪在他身邊聽他演奏。澤恩是一位矮小、瘦削、佝僂的老人，穿著破舊的衣服，面容猶如薩提爾（注2），藍眼睛，幾乎沒有頭髮。剛開始聽我說完，他似乎既生氣又害怕。然而我顯而易見的友善最終感動了他，他不情願地示意我跟著他爬上黯淡無光、吱嘎作響、搖搖欲墜的閣樓樓梯。陡峭尖頂下的閣樓只有兩個房間，他住在其中靠西的那個房間裡，面對上坡道路盡頭的高牆。房間很大，異乎尋常的貧瘠，又疏於打掃，因而顯得更加寬敞。家具只有一張狹長的鑄鐵床、一個髒兮兮的臉盆架、一張小桌、一個大書架、一個鑄鐵樂譜架和三把老式座椅。樂譜凌亂地堆放在地上。牆壁是光禿禿的木板，大概從未抹過灰泥。塵土和蛛網比比皆是，這裡看上去更像個廢棄的場所，而不是有人居住的房間。埃里希·澤恩的美麗世界顯然存在於某個遙遠的想像王國之中。

無法言語的老人示意我坐下。他關上門，轉動木質門閂，他隨身帶著的那根蠟燭不夠亮，於是他又點了一根蠟燭。他掀開被蛾子啃出窟窿的蓋布，拿起維奧爾琴，坐進最不舒服的那把椅子。他沒有看樂譜架，也沒有讓我選擇，而是憑藉記憶演奏，我因而在我從未聽過的旋律裡沉醉了一個多小時。這些旋律肯定是他本人的作品，對於一個不通音律的人來說，我不可能準確描述其中的特性。它們算是某種賦格曲，極具感染力的樂段多次重複，然而我卻注意到其中缺少我在樓下房間裡屢次聽到的那些怪異音符。

那些奇特的曲調我記得很清楚，時常用哼唱和口哨不太準確地向自己複現。因此，等演奏者最終放下琴弓，我問他能不能演奏一下那些曲調。就在我說出我的請求時，他遍布皺紋、彷彿薩提爾的面容失去了他演奏時有點厭倦的平靜感覺，又流露出我剛和他搭話時那種混雜著生氣和害怕的古怪表情。一開始，老年人通常會有的喜怒無常的輕浮想法占據上風，所以我傾向於使用說服的手段，甚至用口哨吹奏我前一天夜裡聽到的幾段旋律，嘗試喚醒招待我的主人的更怪異的情緒。然而沿著這個方向我只努力了一小會兒便放棄了，因為就在無法言語的音樂家認出了我吹奏的曲調後，某種完全超乎我的分辨能力的表情突然扭曲了他的面容。他抬起修長、冰冷、瘦骨嶙峋的右手，捂住我的嘴

注 1 也稱「古提琴」，形如提琴，有多種大小，夾在兩膝間豎著演奏。

注 2 酒神狄俄尼索斯的隨從精靈，半人半羊，以懶惰、貪婪、淫蕩、狂歡飲酒而聞名。

巴，阻止我繼續粗劣地模仿下去。不僅如此，他還進一步展示了他的怪異脾氣，他驚恐地瞥了一眼拉著窗簾的獨窗，就好像擔心會有東西從那裡闖進來一樣——這一瞥實在是加倍的荒謬，因為閣樓位於附近的最高處，從相鄰的屋頂不可能上來，而正如管理人告訴我的，整條陡峭的街道上，只有從這扇窗戶才能見到坡頂高牆另一側的情形。

老人的那一瞥讓我想起了布朗多的說法，一時心血來潮之下，我產生了俯瞰令人眩暈的遼闊風景的念頭，看一看山頂另一側月光映照的屋頂和燈火輝煌的城市，在奧賽爾街的全部居民之中，只有這位乖戾的音樂家能夠見到這幅景象。我走向窗戶，想拉開毫無特色的窗簾，但那位無法言語的房客再次阻攔我，他的驚恐和憤怒比先前更加強烈。這次他朝房門擺動頭部，示意我出去，神經質地用雙手拖著我走向房門。他徹底激起了我的厭惡心理，我命令他放開我，告訴他我這就離開。他鬆開鐵鉗般的雙手，見到我臉上的厭惡和受到冒犯的表情，他的憤怒似乎開始平息。他再次攥緊我的手，這次的態度變得友善。他拉著我坐在一把椅子上，然後帶著渴望的神情走向凌亂的桌子，拿起鉛筆，用外國人的生硬法語寫下許多字詞。

他最後遞給我的字條懇求我容忍和寬恕他。澤恩說他很老，很孤獨，與他的音樂和其他一些事物有關的奇特恐懼和神經失調折磨著他。我喜歡聽他的音樂，他感到非常榮幸，希望我以後還能來，不要介意他的古怪脾氣。但是，他不能向其他人演奏他那些怪異的曲調，也無法忍受聽其他人演奏。他同樣無法忍受其他人觸碰這個房間裡的任何東西。若不是今天在走廊裡和我交談，他根本不知道我能在自己的房間裡聽見他的演奏，他請求我去找布朗多，換一個在夜裡無法聽見他演奏的低樓層房間。他寫道，他願意補償租金的差價。

我坐在那裡解讀他糟糕的法語文字，心中不由得對老人產生了更多的寬容情緒。他和我一樣，也是身體和精神遭受折磨的受害者。我的玄學研究教會了我慈悲為懷。寂靜之中，窗戶方向傳來了一下輕微的聲響——肯定是夜風吹得百葉窗咔嗒作響——出於某種原因，我驚跳的反應與埃里希・澤恩一樣劇烈。我讀完字條，與招待我的主人握手，作為他的朋友離開。第二天，布朗多給我在三樓換了個較貴的房間，左右分別居住著一位上了年紀的放貸人和一位可敬的室內裝飾商。四樓無人居住。

沒過多久，我發現澤恩對我的陪伴的渴望並不像他說服我從五樓搬下去時表現出的那麼強烈。他從不邀請我去拜訪他，而我去拜訪他的時候，他似乎焦躁不安，演奏也很敷衍了事。我只在夜裡找他，白天他要睡覺，不接待任何人。我對他的喜愛並沒有增長，儘管閣樓房間和怪異的音樂似乎對我有著奇特的吸引力。我產生了一種古怪的欲望，想從那扇窗戶向外眺望，讓視線越過高牆，順著我從未見過的山坡向下望，看一看必定在那裡鋪展的閃亮屋頂和教堂尖塔。有一次我趁著劇院營業的時候爬上閣樓，澤恩不在家，房門鎖著。

我成功做到的，是在夜裡偷聽無法言語的老人的演奏。起初我只是躡手躡腳地回到以前居住的五樓，後來我變得越來越大膽，會爬上通往閣樓的最後一段嘎吱作響的樓梯。我時常躲在狹窄的走廊裡，站在鎖好門閂、遮住鑰匙孔的房門外，聆聽讓我內心充滿難以形容的恐懼的聲音——恐懼的對象是模糊朦朧的奇景和陰鬱深沉的祕事。倒不是說那些聲音很駭人——因為事實並非如此——而是它們蘊含著與這個塵世毫無關係的顫音，其中的間隔意味著某種交響樂的特徵，我幾乎無法相信它是由一名演奏者製造出來的。毫無疑問，埃里希・澤恩是一名擁有狂野力量的天才。時間一週一週過去，他的演奏變得越發狂野，而老音樂家越來越憔悴和鬼祟，看上去顯得異常可憐。他現在無論什麼時候都不肯接待我了，在樓梯上遇到我的時候會盡量避開。

一天夜裡，我在門外偷聽時，聽見維奧爾琴的尖嘯忽然增強，變成混亂嘈雜的某種聲音。假如它不是來自這扇緊鎖的房門背後，陰森地證明如此的喧囂之聲確實存在，我一定會懷疑自己岌岌可危的神志是否還健全。那是只有啞巴才有可能發出的口齒不清的恐怖叫聲，是他只有在最激烈的恐懼或痛苦的時刻才會發出的聲音。我一遍又一遍敲門，但沒有得到回應。我在黑洞洞的走廊裡等待，因為寒冷和恐懼而顫抖，直到我聽見可憐的音樂家在一把椅子的幫助下無力地嘗試從地上爬起來。我猜想他剛從暈厥中恢復知覺，於是重新開始敲門，時而高喊我的名字來讓他安心。我聽見澤恩跌跌撞撞地走到窗口，關上百葉窗和窗格，然後踉蹌著走到門口，哆哆嗦嗦地拉開門閂，放我進去。這次他見到我時的喜悅是真實的，因為他扭曲的臉上流露出解脫的神情，他像孩童抓住母親裙襬一樣抓住我的外衣。

老人可憐巴巴地顫抖著，拉著我坐進一把椅子，自己坐進另一把，維奧爾琴和琴弓被隨隨便便地扔在他身旁的地上。他一動不動地坐了一會兒，怪異地點著頭，我產生了一種矛盾的感覺，他彷彿在急切但驚恐地聽著什麼。最後，他似乎感到滿意，走到桌邊寫下一個簡短的字條。他把字條遞給我，然後回到桌邊，開始飛快而不間斷地書寫。那張字條請求我的原諒，稱若是我想滿足好奇心，不妨稍等一段時間，讓他用德語完整地寫出侵擾他的全部奇特與恐怖之事。我默默等待，無法言語的老人運筆如飛。

大約過了一個小時，我依然在等待，老音樂家狂熱寫出的紙張還在持續積累，我看見澤恩陡然身體一顫，像是受到了什麼可怖的驚嚇。毫無疑問，他在看拉著窗簾的窗戶，同時瑟瑟發抖地傾聽著什麼。這時我半夢半真地也聽見了一個聲音，但並不是什麼可怕的聲音，而是一種極為低沉、無比遙遠的樂聲，演奏樂器的人可能在附近的一所房屋中，也可能在那面高牆另一側、我從未有幸見到過的某座建築物裡。這個聲音對澤恩造成的影響卻很恐怖，因為他突然起身，扔下鉛筆，抓起維奧爾琴，開始用瘋狂的演奏撕裂黑夜，除了我在他緊鎖的房門外偷聽的那些時刻，他的琴弓下從未流出過如此狂野的樂聲。

企圖用語言描述埃里希·澤恩在那個恐怖夜晚的演奏是無濟於事的。它比我偷聽到的一切音樂都更加可怕，因為此刻我能看見他臉上的表情，意識到此刻的動機是赤裸裸的恐懼。他企圖製造雜訊，藉此抵擋或淹沒某些聲音——具體是什麼，我無從想像，但我能夠感覺到它必定異常駭人。他的演奏變得怪誕、狂熱和歇斯底里，但依然保留著我知道的這位奇特老人所擁有的卓越天賦天才的氣息。我認出了他演奏的曲調，那是一首在劇院裡流行的奔放的匈牙利舞曲，我回憶片刻，意識到這是我第一次聽見澤恩演奏其他作曲家的作品。

維奧爾琴發出的絕望尖嘯和嗚咽變得越來越響亮、越來越狂野。演奏者怪異地流淌著汗水，身體扭曲得像猿猴，眼睛始終狂躁地盯著拉上窗簾的窗戶。在他癲狂的曲調之中，我幾乎看見了薩堤爾和酒神教徒的幻影在充斥雲霧與閃電的沸騰深淵之中跳舞和旋轉。這時，我覺得我聽見了一種更尖細也更穩定的樂聲，它不是維奧爾琴演奏出來的，而是來自西方的遠處，冷靜、從容、蓄意而嘲諷。

就在這個時刻，百葉窗開始被呼嘯的夜風吹得嘩嘩作響，窗外湧動的寒風像是在呼應室內癲狂的演奏。澤恩尖嘯的維奧爾琴已經超越了它的能力範圍，發出我從未想像過一把琴可能發出的聲音。百葉窗沒有閂緊，嘩嘩作響的聲音變得愈加嘈雜，此刻開始撞擊窗戶。玻璃在它持續不斷的撞擊下令人顫慄地破碎了，寒風洶湧而入，颳得燭火明滅忽閃，吹散了澤恩書寫他恐怖祕密的紙張。我望向澤恩，發現他已經不再能夠有意識地盯著窗戶看了。他的藍眼睛向外突出，眼神呆滯，失去焦點，狂暴的演奏變成了盲目而機械、無法辨識的自我放縱，任何文字都不能形容其一二。

一股突如其來的寒風——比先前的風更加猛烈——攫住手稿，將它們吹向窗戶。我絕望地追趕飛散的紙張，但還沒跑到被破壞的窗戶前，它們就已經消失了。這時我想到了多日來想從這個窗口遠眺的願望，整條奧賽爾路只有這個窗口能看見高牆另一側的下坡和山下鋪展的城區。天色很黑，但城市的燈火永遠在閃耀，我以為我能在風雨交加的夜空下見到它們。我從整條街所有山牆窗戶中最高的一扇向外望去，燭火在身旁明滅忽閃，瘋狂的維奧爾琴隨著夜風一起嚎叫，但我見到的不是在腳下伸展的城市，也不是記憶中那些街道的友善燈光，而是黑暗的無限虛空。那是無法想像的虛空，充斥著活動和音樂，與塵世間的任何事物都毫無相似之處。我站在那裡驚恐地看著，狂風吹滅了古老的尖頂下閣樓房間裡的兩根蠟燭，將我拋在殘忍和無法穿透的黑暗之中，獨自面對前方的混沌和喧囂，以及背後對著黑夜狂吠的維奧爾琴那惡魔般的瘋狂演奏。

我沒有辦法點火照明，只能在黑暗中踉蹌後退，撞在桌子上，碰翻了一把椅子，終於摸索著來到黑暗隨著駭人音樂尖嘯的地方。為了拯救我自己和埃里希·澤恩，無論有什麼力量與我作對，我都必須盡量嘗試一下。一度我覺得有某些冰寒刺骨的東西從我身旁掠過，我尖叫起來，但維奧爾琴的可怖樂聲吞沒了我的叫聲。忽然，瘋狂拉動的琴弓在黑暗中打中了我，我知道我離演奏者很近了。我向前方探去，碰到了澤恩那把椅子的靠背，隨即抓住他的肩膀使勁搖動，希望能夠幫助他恢復知覺。

他沒有反應，維奧爾琴的尖嘯也毫無停歇的兆頭。我的手摸向他的頭部，用力止住他機械的點頭，對著他的耳朵大喊，說我們必須從這些黑暗的未知事物中逃跑。然而他既不回答我，也沒有停止演奏那無法用語言形容的瘋癲音樂，而怪異的夜風似乎在黑暗和喧雜之中的整個閣樓房間裡狂舞。我的手碰到他的耳朵，這令我不由得顫抖，但不知道原因——直到我摸到他凝固的面部：那冰冷、僵硬、沒有呼吸的面部，呆滯的雙眼向外鼓出，毫無意義地望著虛空。就在這時，我奇蹟般地碰到了房門和木質門閂，於是發狂般地逃離了黑暗中那個眼神呆滯的怪物，逃離了該被詛咒的維奧爾琴那惡魔般的嚎叫，哪怕就在我逃向樓下的時候，那聲音依然變得越來越響。

我跳躍、騰空、飛下彷彿沒有盡頭的樓梯，跑過暗沉沉的屋子。我漫無目標地跑進那條狹窄、陡峭、充滿臺階和危房的古老街道，跌跌撞撞地衝下臺階，奔過鵝卵石地面，來到地勢較低處的街道和兩岸高牆聳立的惡臭河流。我氣喘吁吁地跑過黑色的大橋，來到熟悉的更寬闊和更健全的街道和大路上。但那些恐怖的印象依然跟隨著我。在我的記憶中，這裡沒有風，月亮掛在天空中，城市的所有燈光都在閃耀。

儘管我做了最仔細的調查和探索，但再也沒能找到過奧賽爾路。然而我一點也不感到惋惜，無論是為了這條街道還是為了埃里希・澤恩寫的密密麻麻的手稿，只有它們能夠解釋他的音樂，卻遺失在了連做夢都無法想像的深淵之中。

赫伯特・韋斯特——屍體復生者

1 來自黑暗

赫伯特．韋斯特是我上大學及之後生活中的朋友，關於他這個人，我只能懷著極度的恐懼提起。恐懼的緣由並不完全是他近期失蹤時的險惡情形，更是因為他畢生工作的根本性質，十七年前我們在阿卡姆的米斯卡托尼克大學醫學院念三年級時，我第一次強烈地感受到了這種情緒。當時他和我交情很深，他那些不可思議的實驗及其邪異特性完全迷住了我，我成了他最親密的夥伴，現在他已經失蹤，魔咒早被打破，切身的恐懼感覺於是變得愈加強烈。記憶的片段和潛在的可能性比現實駭人得多。

我們相識後遭遇的第一起可怖事件讓我體驗到了前所未有的驚駭，我非常不願意回憶起那段經歷。如前所述，這件事發生在我們讀醫學院的時候，而韋斯特已經弄壞了自己的名聲，因為他就死亡的本質和利用人工手段克服死亡的可能性提出了各種瘋狂的猜想。他的觀點大體而言就是以機械論來詮釋生命的本質，認為可以在自然的生理活動停止後通過適合的化學反應來維持人類這個機械有機體的運轉，教職員工和同學普遍認為這類看法非常荒謬。他試驗了各種復生的解決方案，為此殺死和處理了不計其數的兔子、豚鼠、貓、狗和猴子，直到成為整個學院的公害。他確實屢次在理論上已經死亡的動物身上觀測到了生命的跡象，其中反應強烈的為數不少，但他很快意識到，完善這套方法即便有可能，也必定要投入終生的研究時間。他還看到了另一個問題，那就是同樣的手段在不同的生物身上不可能產生相同的效果，為了研究進一步和更加特化的方案，他需要在人類樣本身上做實驗。正是在這一點上他和校方第一次發生了衝突，最終導致他被禁止繼續進行實驗，下令的管理人員不是別人，正是醫學院的院長本人：博學而和藹的艾倫·哈爾西博士，阿卡姆每一位年長的居民都記得他為病患付出的努力。

我向來出奇地容忍韋斯特的研究，我們經常探討他那些理論，它們的分支與推論幾乎永無窮盡。我的朋友認可海克爾的理念，認為一切生命無非是化學與物理的過程，所謂「靈魂」只存在於神話之中，他相信人工復生死者能否成功只取決於身體組織的狀況。除非已經開始腐爛，否則具備全部器官的屍體就有可能通過適當的方法恢復所謂「活著」的特定狀態。但韋斯特也完全明白，死亡的時間無論多麼短暫，敏感的腦細胞也往往會因此輕微變質，從而損傷生命體的精神或智力。他最初寄希望於找到一種藥劑，能夠在死亡真正到來之前重建生命力，然而動物實驗的反覆失敗讓他明白，自然的生命活動與人工促成的生命活動是互不相容的。他隨後開始使用極為新鮮的標本，生命消亡後立刻將藥劑注入血液。正是如此情形使得教授們變得格外謹慎和懷疑，因為他們認為死亡並沒有真正發生在任何一個實驗對象身上。然而他們也沒有仔細而理智地檢查他的整個實驗。

校方禁止他繼續研究後沒多久，韋斯特向我坦白，他決定通過某些手段去搞幾具新鮮的人類屍體，祕密進行他不再能夠公開去做的實驗。聽他講述那些手段和途徑實在相當可怖，因為我們在學校裡還沒親手碰過人體解剖的標本。每次停屍房無法提供足夠的屍體時，兩名本地的黑人就會來解決難題，而且很少有人會向他們提問。韋斯特當時是一位瘦削、矮小、戴眼鏡的年輕人，五官秀氣，黃頭髮，淺藍色眼睛，聲音柔和，聽他探討教會公墓和義塚各自相對而言的優劣，那種感覺相當離奇怪誕。我們最終的決定是義塚，因為在教會公墓下葬的屍體都經過防腐處理，對韋斯特的研究來說是毀滅性的破壞。

我當時受到他的蠱惑，成為他積極熱心的助手，幫助他做出所有的決定，這些決定不但和屍體來源有關，還牽涉到為我們可憎的工作尋找一個合適的地點。正是我想到了牧場山另一側查普曼家已經荒棄的農舍，我們在底樓改造出了手術室和實驗室，全都掛上黑色窗簾，用來遮掩我們半夜三更的行徑。儘管這個場所遠離任何道路，但萬一有人夜裡閒逛時路過，傳出見到奇怪燈光的流言，很快就會給我們的事業帶來滅頂之災。我們商量決定，若是不幸被發現，就說這裡是座化學實驗室。我們逐步給這個邪惡的科學窩點添置了各種物資，這些東西或是在波士頓購買的，或是從學校裡不聲不響地借來，經過細緻的偽裝，除了專家之外誰也認不出它們是什麼。我們還為有可能必須在地下室完成的埋葬工作配備了鐵鍬和鋤頭。在大學裡我們有焚屍爐可用，但對這座非法實驗室來說，這些設備過於昂貴了。如何處理屍體向來令人頭疼，就連韋斯特在寄宿公寓房間裡做小型祕密實驗時產生的豚鼠屍體也都是個難題。

我們如食屍鬼一般密切關注本地的死亡消息，因為我們對樣本品質有著苛刻的要求。我們要的是死後不久就落葬的屍體，而且沒做過人工防腐處理，最好不曾患過致畸的疾病，所有器官當然必須都在。我們將最大的希望寄託在意外喪生的死者身上。我們詭稱代表學院，在不會引起懷疑的前提下盡可能頻繁地向停屍房和醫院的管理者打探情況，但一連許多個星期都沒有聽說任何合適的對象。我們發現學院在任何情況下都有優先選擇的權利，因此有必要在夏季依然留在阿卡姆，到時候只有暑期短班還在授課。最後，幸運女神終於眷顧了我們：一天，我們聽說有個近乎理想的對象出現在義塚。那是個健壯的年輕工人，前一天上午剛剛在薩姆納池塘溺亡，靠市政廳的經費下葬，既沒有拖延時間也沒做防腐處理。當天下午，我們找到了那處新墳，決定午夜過後就開始挖掘。

我們在漆黑深夜做出的事情實在令人厭惡，儘管當時還缺乏後續經歷所帶來的對墓地的特定恐懼情緒。我們帶著鐵鍬和煤油提燈，雖然已經有廠商在製造手電筒了，但它們遠不如今天使用鎢絲的型號那麼令人滿意。挖掘的過程緩慢而骯髒，假如我們是藝術家而非科學家，或許會說它擁有某種陰森的詩意，當鐵鍬總算碰到木頭的時候，我們只感到大喜過望。松木棺材徹底顯露出來之後，韋斯特爬下去掀開蓋子，拖出其中的屍體並把它立起來。我伸手將它拽出墓穴。韋斯特和我隨後又揮汗如雨地將墳墓恢復成原先的樣子。做這些事讓我們心情緊張，見到這第一個戰利品那僵硬的屍身和茫然的面容時尤其如此，但我們還是想方設法抹掉了挖掘留下的所有蹤跡。拍實最後一鏟土後，我們將實驗對象裝進帆布袋，返回牧場山另一側查普曼家的老屋。

古老的農舍裡，乙炔燈耀眼的光芒下，實驗對象躺在我們自建的解剖臺上，看上去並不特別可怕。它曾經是個強壯但似乎沒什麼頭腦的年輕人，身體強健的庶民，大骨架，灰眼睛，棕色頭髮——身體毫無瑕疵，心靈談不上有深度，很可能過著最淳樸和最健康的生活。它閉著眼睛，更像是睡著而非死去，不過我的朋友很快就用專業的測試手段排除了睡著的可能性。我們終於得到了韋斯特長久以來渴求的東西：狀態理想的死者，準備著接受根據最仔細的計算和推斷而製備的人用注射液。我們的心情忐忑得難以形容。我們知道完全成功的可能性微乎其微，因此難以掩飾對很可能極為怪誕的部分復生之結果的悚然恐懼。我們特別擔心的是這個生物的意識和本能衝動，因為在死亡後的那段時間裡，較為精細的那些腦細胞很可能開始壞死。我本人對所謂「靈魂」的傳統觀念還持有一些古怪的念頭，滿懷敬畏地期待著死後復活的人或許能吐露什麼祕密。我想知道這個平靜的年輕人在我們無法抵達的境界見到了什麼，假如能夠完全復生，他又有可能敘述什麼。然而我的好奇心並沒有強烈得壓倒一切，因為大體而言，我和我的朋友都是唯物主義的信徒。韋斯特比我更加冷靜，將他配製的大量液體注入屍體手臂上的一條血管，然後立刻緊緊包紮住那個破口。

隨後的等待令人毛骨悚然，但韋斯特始終不曾動搖。他不時將聽診器壓在實驗對象身上，沉著地接受一次次否定的結果。四十五分鐘過後，屍體沒有表現出任何生命跡象，他失望地宣布這種藥劑沒有用處，但決定利用這次天賜良機，在銷毀可怕的戰利品之前嘗試更改一次配方。那天下午我們已經在地下室挖好了墓穴，黎明前就可以把屍體埋進去，不過我們還是給屋子上了鎖，排除被人發現這幕陰森景象的最後一絲風險。另外，到了明天晚上，屍體就遠遠稱不上新鮮了。因此，我們帶著唯一的乙炔燈來到隔壁的實驗室，把那位沉默的客人留在黑暗中的木板上，將全部精神都放在調製新的藥劑上。韋斯特以近乎狂熱的細緻態度監督整個秤重和測量工作。

可怖的轉折發生得非常突然，而且完全出乎意料。我正從一個試管向另一個試管轉移液體，韋斯特伏在我們在這幢不通煤氣的建築物裡用來代替本生燈的酒精噴燈上方忙碌，這時從先前離開的漆黑房間裡爆發出了我們兩人從未聽到過的最駭人、最邪惡的一連串號叫聲，就算地獄敞開大門，釋放出受罰者的痛苦慘叫，也不可能比這個恐怖的喧鬧怪聲更加無可名狀了，因為就在單獨一個難以想像的刺耳嘯聲裡，集中了有生命力的大自然所擁有的全部無與倫比的恐懼和異乎尋常的絕望。那不可能是人類，人類不可能發出這樣的聲音，韋斯特和我根本沒有想到不久前從事的工作可能導致的結果，兩人像受驚的動物般躥向最近的一扇窗戶。我們撞翻了試管、乙炔燈和曲頸瓶，瘋狂地跳進鄉村夜晚那群星閃耀的黑暗深淵，一路跌跌撞撞地向市區狂奔，我猜我們自己也在不斷尖叫。進入城郊住宅區後，我們好不容易做出鎮定的樣子，看上去像是兩個尋歡作樂後踉蹌回家的深夜酒徒。

我們沒有分開，而是艱難地回到韋斯特的房間，點亮煤氣燈，壓低聲音交談到天亮。這時我們已經用理性的推斷和調查的計畫讓自己稍微冷靜了一些，於是睡了一整個白天，蹺掉了當天的全部課程。然而那天晚上的報紙上有兩條全然無關的新聞使得我們再次輾轉反側難以入眠。荒棄已久的查普曼家老屋難以解釋地失火，燒成一堆辨認不出形狀的灰燼。這條新聞我們能夠理解，起因應該是被打翻的乙炔燈。另外一條消息是，有人試圖挖開義塚的某個新墓穴，但這個人沒有鐵鍬，只在泥土裡徒勞地留下了手扒的痕跡。這條新聞令人無法理解，因為我們明明非常仔細地拍實了那個墳墓。

接下來的十七年裡，韋斯特總是頻頻回頭張望，抱怨說背後似乎有腳步聲。現在他失蹤了。

2 瘟疫惡魔

我絕不可能忘記十七年前那個駭人的夏天，傷寒就像從魔王伊布力斯的廳堂裡逃出來的邪惡精靈，昂首闊步地行走於阿卡姆的街巷之間。人們回憶那一年，首先想到的就是那場惡魔般的天災，因為長著蝙蝠肉翅的恐怖怪物踞伏於教會公墓墳塋中的成堆棺材之上。然而對我來說，那段時間還有一件更可怖的事情在折磨我，如今赫伯特・韋斯特已經失蹤，知情者只剩下了我一個人。

韋斯特和我在米斯卡托尼克大學醫學院暑期班從事研究生的工作，我的朋友搞壞了自己的名聲，因為他的試驗目標是復活死者。他以科學之名屠殺了數不勝數的小動物，對此事有所疑慮的院長艾倫・哈爾西博士最終下令叫停了這項令人毛骨悚然的研究。但韋斯特繼續在他邋遢的寄宿公寓房間裡進行祕密實驗，還在一個我永遠無法忘記的恐怖場合從義塚偷走了一具人類屍體，帶到牧場山另一側的荒棄農舍裡。

我也在那個可憎的場合，眼看著他將他認為能夠在某種程度上復甦生命的化學和物理過程的靈藥注射進屍體的血管。事情的結局非常可怕，嚇得我們幾乎精神錯亂，但後來逐漸歸咎於繃得太緊的神經，然而韋斯特從此再也無法擺脫一種足以逼人發狂的感覺——他被人跟蹤和追殺。那具屍體不夠新鮮。想要讓死者恢復正常神志，屍體顯然必須非常新鮮。古老農舍已毀於火災，這使得我們無法埋葬那東西。要是能夠知道它確實已經入土為安就好了。

那次實驗過後，韋斯特有一段時間中斷了他的探尋，但熱忱還是慢慢回到了這位天生的科學工作者身上，他再次去糾纏學院的管理層，懇求他們允許使用解剖室和新鮮的人類屍體，讓他完成心目中重要得無與倫比的研究工作。但他的懇求完全徒勞無功，因為哈爾西博士的決心不可動搖，而其他教授都很尊重領導者的裁斷。他們在復生死者的激進理論裡只看到了一個年輕的盲信者不成熟的異想天開，他瘦小的身體、黃色的頭髮、眼鏡後的藍眼睛和柔和的聲音讓他們忽略了他冷靜的頭腦所蘊含的超乎尋常甚至惡魔般的力量。我看得出他現在和當年一樣，這令我顫抖。他的面容變得越來越堅定，一天也沒有變老。如今塞弗頓精神病院出了禍事，而韋斯特失蹤了。

在我們畢業前的最後一個學期臨近結束時，韋斯特和哈爾西博士有過一場很不愉快的衝突，冗長的爭論使得他至少在禮節方面輸給了和藹的老院長。他覺得他偉大得超凡絕倫的工作遭受了不必要和非理性的阻撓。他當然可以在未來適合的時候投身於這項工作，但他希望能在尚能動用學院裡那些極為先進的設施時就早早開始。被傳統束縛手腳的老人無視他在動物身上取得的卓越成果，固執己見地否定復生死者的可能性，對秉持邏輯的年輕人韋斯特來說幾乎不可理喻。只有在更加成熟之後，他才得以理解「教授-博士」這種人為何會習慣性地限制自己的思維，那是一代又一代可悲的清教徒傳統沿襲的產物：他們親切、有良知，時常表現得文雅而和藹，但總是狹隘、偏執，受到習俗的束縛，缺乏洞察力。時代對這些靈魂高潔的無能之輩總是更加仁慈，他們最糟糕的缺點無非是膽怯，最終受到的懲罰也只是因為智性上的罪孽被大眾嘲笑，這些罪孽包括托勒密學說、開爾文學說、反達爾文學說、反尼采學說、形式各異的嚴守安息日主張和過度規範行為的立法。韋斯特儘管有著了不起的科學成就，但年紀太小，對和藹的哈爾西博士和他那些有學問的同事沒什麼耐心。他的怨恨情緒越來越強烈，他渴望用驚人的、戲劇性的手段向這些固執的傑出人士證明他的理論。和許多年輕人一樣，他沉迷於情節複雜的白日夢，其中有復仇、凱旋和寬宏大量的原諒結局。

就是在這個時候，致命災禍獰笑著走出了塔耳塔羅斯的噩夢洞窟。韋斯特和我差不多就在瘟疫開始時畢業，但留在學校裡為暑期班做一些額外的研究工作，因此當它以惡魔般的狂怒蹂躪阿卡姆時，我們就在這座城市裡。儘管我們尚未考取醫師執照，但已經拿到學位，在病患數量激增時狂熱地投入了公共服務部門。局勢已然不可收拾，死亡病例頻繁得超過了本地殯葬業的處理能力。不經防腐處理就舉行的葬禮一場接著一場，連教會公墓的臨時停屍窖裡都塞滿了裝著未經防腐處理的屍體的棺材。如此境況對韋斯特並非毫無作用，他時常會想到造化弄人的諷刺性——這麼多新鮮的樣本，卻沒有一具供他備受阻撓的研究使用！我們勞累得可怕，糟糕的精神狀態和時刻繃緊的神經讓我的朋友陷入病態的陰鬱狀態。

但另一方面，令人疲憊的職責也沒有放過韋斯特那些溫文爾雅的敵人。學校暫時關閉，醫學院的每一名醫生都去協助抵抗傷寒疫病了。哈爾西博士的無私奉獻尤其燦爛奪目，他全心全意地將他的高超技藝用在其他人因危險或看似無可挽救而遠避的病例上。不到一個月，勇敢的院長就成了一位廣受擁護的英雄，而他似乎對名聲毫不在意，竭盡全力地工作，不讓自己因為肉體的疲憊和精神的消耗而倒下。韋斯特無法掩飾他對這位堅韌不拔的敵人的敬佩，但正因為這樣，他更加堅決地想向院長證明他那套不可思議的理論了。一天夜裡，他利用校內工作和市政衛生制度嚴重混亂的局勢，想辦法將一具亡故不久的屍體偷運進大學的解剖室，在我的視線下給它注射了調整後的新藥劑。那東西真的睜開了眼睛，但只是呆呆地盯著天花板，眼神裡的恐懼足以石化靈魂，隨即又恢復失神狀態，無論如何都無法再次喚醒。韋斯特說它不夠新鮮——炎熱的夏季氣候不利於保存屍體。我們火化了那東西，險些被發現，韋斯特對於他大膽濫用學院實驗室這種行為的明智性產生了懷疑。

瘟疫在八月份達到巔峰。韋斯特和我近乎喪命，哈爾西博士於十四日逝世。所有學生都參加了十五日匆忙舉辦的葬禮，他們購買了一個堪稱壯觀的花圈，但在富裕的阿卡姆市民和市政廳贈送的禮物面前相形見絀。葬禮幾乎成為一場公共事件，因為院長確實為公眾利益獻出了生命。葬禮結束後，我們的情緒都有些消沉，在商會酒吧度過了那天下午。儘管頭號對手的去世使得韋斯特心煩意亂，但說出口的卻都是他那些惡名遠揚的理論，聽得所有人都不寒而慄。傍晚來臨，大多數學生不是回家就是忙各自的事情去了，但韋斯特說服我協助他「好好利用這個夜晚」。凌晨兩點，韋斯特的女房東看見我們回到他的房間，我和他之間夾著第三個男人。她對丈夫說我們看起來都吃飽喝足了。

這位尖酸的女房東顯然沒說錯，因為凌晨3點，從韋斯特房間傳出的叫聲喚醒了整幢屋子，其他人破門而入，發現韋斯特和我躺在血跡斑斑的地毯上不省人事，身上有被毆打、抓撓、撕扯的傷痕。韋斯特的藥劑瓶罐和實驗工具的碎片被扔得到處都是，只有一扇敞開的窗戶能夠說明襲擊者的下落，他必定從二樓令人驚詫地直接跳到了底下的草坪上，眾人感嘆於他接下來居然還能爬起來逃跑。房間裡有一些古怪的衣物，韋斯特恢復知覺後聲稱它們不屬於那位陌生人，而是在研究細菌性疾病的傳播時搜集用來分析病原體的標本。他命令他們以最快速度將它們扔進寬敞的壁爐焚毀。我們兩人都對警方說我們不知道那位失蹤酒友的身分。韋斯特惴惴不安地說，那是一名相談甚歡的陌生人，我們在市裡一個位置不確定的酒吧裡認識了他，三人相處得頗為愉快，韋斯特和我不希望警察去搜捕那位好鬥的酒友。

同一個夜晚見證了阿卡姆第二輪恐怖事件的開始，這場事件在我看來超過了瘟疫本身。教會公墓成為可怖殺戮的現場：一名守夜人被手爪生撕而死，犯罪手法不僅駭人得無法用語言描述，而且引起了行事者是不是人類的疑慮。受害者在午夜過後很久還被人見到活得好好的，但黎明的光線揭示了那慘不忍睹的景象。警方訊問了鄰近城鎮玻爾頓的一名馬戲團老闆，他發誓稱從沒有野獸從籠子裡逃脫。發現屍體的人注意到地上有沾血的印記通往臨時停屍窖，鐵門外的水泥地上還有一小灘血跡。比較模糊的沾血印記從停屍窖通往樹林，但順著走下去沒多久就完全消失了。

第二天夜裡，惡魔在阿卡姆的屋頂上狂舞，非自然的瘋狂在風中咆哮。詛咒在熱病肆虐的城市中蠕行，有人說它比瘟疫更加致命，還有人壓低聲音說那就是瘟疫本身的具現魔魂。無可名狀的怪物闖進八幢房屋，傳播著猩紅色的離奇慘死——無聲無息潛行於室外的暴虐怪物留下了十七具損毀得不成樣子的殘缺屍體。有幾個人在黑暗中隱約瞥見了它的身影，稱它呈白色，狀如畸形猿猴或人形邪魔。它不是每次都會留下被襲擊者的全屍，因為有時它恰好感到饑餓。它親手殺死了十四個人，另外三具來自在家中逝世的病人。

第三天夜裡，幾支惶恐不安的搜尋隊由警方率領，在米斯卡托尼克校園附近克雷恩街的一幢房屋裡捕獲了它。他們細緻地組織行動，通過駐守電話局的志願者保持聯絡，大學區域內有人報告稱抓撓聲從一扇閉合的窗戶背後傳來，他們立刻布下天羅地網。大眾提高了警惕，加上完備的預防措施，使它只多殺死了兩名受害者，抓捕行動很成功，沒有造成重大傷亡。一顆子彈最終阻止了那怪物，但沒有殺死它，人們在普遍的激動和嫌惡情緒中將它送進當地醫院。

因為它曾經是人類，這一點毫無疑問，儘管它令人作嘔、不會說話、形若猿猴又殘忍如惡魔。醫生給它包紮傷口，把它送進塞弗頓的精神病院，它在帶軟墊的牢房裡以頭叩牆十六年——直到不久前禍事發生，它在極少有人願意提及的情形下逃跑。最讓阿卡姆的搜尋人員感到厭惡的是怪物的臉被洗乾淨之後，他們注意到一個堪稱嘲諷的事實：它難以置信地酷似僅僅三天前落葬的那位博學多才、勇於犧牲的烈士。已故的艾倫・哈爾西博士，民眾的恩人，米斯卡托尼克大學醫學院的前院長。

對我和現已失蹤的赫伯特・韋斯特來說，厭惡和驚懼達到了無以復加的地步。直到今晚，我想到時依然會不寒而慄。但那天早晨我顫抖得更加厲害，因為韋斯特在繃帶底下喃喃自語：

「真該死，還是不夠新鮮！」

3 午夜的六聲槍響

當一顆子彈應該就已經足夠的情況下，一口氣打空左輪手槍裡的全部六顆子彈，這種事並不尋常，然而赫伯特．韋斯特一生中有許多事情都稱不上正常。舉例來說，一位初出茅廬的年輕醫生不得不掩飾他用來選擇住處和辦公室的指導原則，這種事恐怕非常少見，然而赫伯特．韋斯特的情況正是如此。他和我在米斯卡托尼克大學醫學院獲得學位後，以全科醫師的身分執業，緩解我們的貧窮問題，但我們想方設法對外隱瞞我們選擇那幢房屋其實是因為它相當偏僻，而且不可能更加靠近義塚了。

如此三緘其口的人很少沒有自己的理由，我們也不例外，因為我們的要求出自一項極其不受歡迎的畢生事業。從表面上看，我們僅僅是醫生，但在偽裝之下，我們追求的目標要遠大和可怖得多，因為赫伯特．韋斯特的生活意義就在於探尋未知禁忌的黑暗領域，他希望能夠解開生死的奧祕，將永恆的生命火花重新賦予墓園的冰冷黏土。這樣的探尋需要怪異的材料，其中有一樣正是新鮮的人類屍體。為了能夠持續獲得這種不可或缺的材料，我們必須悄無聲息地生活在靠近非正式殯葬場所的地方。

韋斯特和我在大學裡結識，只有我一個人對他那些駭人實驗有所共鳴。我逐漸成了與他形影不離的助手，大學畢業後，我們必須待在一起。找一個能讓兩名醫生搭夥開業的好地方並不容易，但大學的影響力最終幫我們在玻爾頓找到了執業場所，玻爾頓是大學所在地阿卡姆附近的一個工業城鎮。玻爾頓精紡廠是米斯卡托尼克河谷最大的紡織企業，說著各種語言的僱員不是當地醫生喜聞樂見的患者。我們花了些心思尋找住處，最後選中了離龐德街盡頭不遠的一幢破敗農舍，最近的鄰居也在五個門牌號之外，同時與本地義塚僅僅隔著一片牧場，北面濃密森林伸出來的一段狹地將牧場一分為二。距離比我們期待中的要遠，想靠得更近就只能去牧場的另一側了，而那裡不在工業區的範圍內。但我們並沒有氣餒，因為我們和實驗材料的險惡供應地之間不存在其他住戶。雖然路途有點長，但我們可以不受打擾地運送那些不會發出聲音的樣本。

我們的生意從一開始就很興旺，足以讓絕大多數年輕醫生喜出望外，也足以給真正興趣放在別處的新手造成煩人的負擔。紡織工人的性格往往比較暴躁，自然因素導致的病症本已為數不少，他們三天兩頭的毆鬥互刺又給我們增添了大量工作。然而真正占據我們頭腦的是在住處地下室架設的祕密實驗室，那裡有電燈照亮的長臺，我們在夜深人靜時將韋斯特調配的各種藥劑注射進從義塚拖回來的屍體的血管。韋斯特發瘋般地做實驗，想找到能在被稱為死亡的過程中止一個人的生命活動後重新啟動它的方法，但絕大多數時候遭遇的都是可怖的挫折。不同類型的實驗對象需要的藥劑成分各不相同，對豚鼠有效的藥劑對人類無效，而不同的人類樣本也需要大幅度地修改配方。

屍體必須極為新鮮，腦組織最輕微的腐爛也會導致屍體無法完美復生。事實上，最大的問題就是能不能搞到足夠新鮮的屍體——韋斯特在大學裡祕密研究時使用過陳舊的屍體，給我們帶來了非常可怕的經歷。部分或不完美復生的結果比徹底失敗更加駭人，我們對這種情況都有著令人恐懼的回憶。自從在阿卡姆的牧場山那座荒棄農舍完成第一次惡魔般的嘗試之後，我們就總感覺某種威脅在周圍孕育。韋斯特這個金髮藍眼的冷靜科研人員，在絕大多數方面都像一臺機器，卻坦白稱他經常會有被偷偷跟蹤的顫慄感覺。他隱約覺得有人尾隨他，那是神經受到震盪後產生的心理幻覺，我們復生的樣本至少有一個還在活動的事實更是加深了如此印象，那個可怖的食肉怪物就關在塞弗頓精神病院有軟墊的牢房裡。除了它還有另一個，就是我們的第一個實驗對象，我們始終不知道它的具體下落。

來到玻爾頓，我們在獲取實驗材料這方面運氣很好，比在阿卡姆的時候好多了。安頓下來還不到一週，我們就在下葬當天挖出一具意外身亡的屍體，在藥劑失效前使得它睜開眼睛，流露出理性得驚人的表情。屍體缺少一條手臂，假如它完好無損，我們或許能更加成功。從那次到來年一月之間，我們還搞到了三具屍體：一例徹底失敗，一例肌肉運動顯著，另外一例令人膽寒——它爬起來發出了某種聲音。接下來的一段時間，我們運氣不佳，下葬的人數大幅度減少，即便有，也是重病患者或損毀得過於嚴重而無法使用。我們一直系統性地關注所有死亡事件及其發生情形。

三月的一天夜裡，我們出乎意料地得到了一個並非來自義塚的實驗對象。清教徒思想在玻爾頓占據主流，因此宣布拳擊是一項非法運動，得到的結果可想而知。紡織工人經常在疏於管理的情況下偷偷摸摸對打，低級別的職業選手偶爾參與其中。冬末的那天深夜，這樣的一場比賽釀成了災難性的後果，兩個膽怯的波蘭人找到我們，語無倫次地低聲懇求我們去祕密救治一名情況危急的傷患。我們跟著他們走進一座廢棄的穀倉，一群尚未散盡的驚惶外國佬盯著地上一個毫無聲息的黑色人影。

拳賽雙方分別是基德·奧布萊恩——一個粗壯的年輕人，此刻正在瑟瑟發抖，長著特別不像愛爾蘭人的鷹勾鼻——和「哈萊姆黑煙」巴克·羅賓遜。黑人被打得不省人事，短暫檢查後我們知道他永遠也醒不過來了。他模樣可憎，貌如猩猩，手臂長得異乎尋常，我忍不住要稱之為前腿，面容會讓你想起剛果無法言喻的祕密和怪異月色下的單調鼓聲。這具身軀在活著的時候肯定更加難看，讓你感嘆這世界竟然孕育出了那麼多醜陋之物。恐懼籠罩著整個可憐的人群，因為他們不知道若是事情敗露，法律會給予他們何等懲罰。韋斯特主動提出幫他們悄悄處理掉屍體，眾人感激涕零，我卻不由自主地顫抖起來，因為我很清楚他的目的。

明亮的月光照著沒有積雪的大地，我們給屍體穿上衣服，左右夾著他穿過空無一人的街道和牧場回家，我們在阿卡姆的一個恐怖夜晚也曾這麼將相同的東西帶回家裡。我們穿過牧場從後門進屋，抬著屍體走下通往地窖的樓梯，為習以為常的實驗做好準備。我們對警察畏懼得堪稱荒謬，幸好將時間卡得準確無比，避開了那個片區唯一的巡警。

結局是令人疲憊的虎頭蛇尾。我們的戰利品可怕地躺在那裡，對於注射進他黑色手臂的所有藥劑都毫無反應，這些藥劑都是根據我們在白種人屍體上做的實驗配製的。隨著時間逐漸危險地接近黎明，我們像處理其他屍體一樣處理了它——拖著它穿過牧場，來到靠近義塚的那片森林狹地，盡可能在冰凍的土地上挖了個坑，把它埋進土裡。墓坑不是很深，但在埋葬先前那些樣本時已經夠用，其中包括爬起來發出聲音的那具屍體。我們藉著提燈的亮光，仔細地用落葉和枯藤蓋住墳墓，相當確定警察絕對不會在這麼濃密的森林裡發現它。

第二天我對警方的擔憂變得越來越強烈，因為一名患者帶來了有人私自鬥拳致死的流言。韋斯特還因為另一件事而苦惱，因為下午他應召出診，結果非常不妙。一名義大利女人歇斯底里發作，誘發了往往與心力衰竭相關的危險症狀，起因是她兒子失蹤了，那個五歲的孩子清晨出門，沒有回家吃午飯。如此歇斯底里發作當然很愚蠢，因為那個男孩以前也經常亂跑，但義大利農民極為迷信，更讓這個女人煩憂的是預兆而非事實。當天傍晚7點左右，她去世了，她發狂的丈夫企圖殺死韋斯特，胡亂指責韋斯特沒能救活她，場面頗為嚇人。他拔出短劍，朋友們攔住了他，韋斯特在他非人類的尖叫、詛咒和復仇誓言之中落荒而逃。男人在最後爆發的狂怒中似乎忘記了他的孩子。夜幕已經降臨，孩子依然無影無蹤。有人建議去樹林裡搜尋，但那家人的大多數朋友正忙著處理死去的女人和尖叫的男人。兩者加起來，繃緊韋斯特神經的力量肯定無比巨大。警方和瘋狂義大利人都讓他的思想背上了沉重的包袱。

我們11點左右休息，但我睡得很不好。玻爾頓儘管是個小城鎮，但警察出色得驚人。我忍不住憂心忡忡，若是警方查明了前一晚的勾當，我們的處境將變得非常糟糕，在本地的工作勢必只能草草收場，很可能還會毒害韋斯特和我的職業生涯。我很不喜歡四處傳播的非法鬥拳的流言。鐘敲3點，月光照著我的眼睛，但我只是翻了個身，沒有起身拉窗簾。而就在這時，後門上響起了持續不斷的嗒嗒聲。

我躺著一動不動，有點不知所措，沒過多久，我聽見韋斯特敲響我的房門。他裹著睡袍，腳穿拖鞋，手握左輪手槍和手電筒。看見左輪手槍，我明白他更擔心發瘋的義大利人，而不是警察。

「咱們最好一起去，」他壓低聲音說，「硬是不開門也不是個辦法，再說也有可能是病人——只有那些傻瓜才會敲後門。」

於是我們躡手躡腳地下樓梯，心中的恐懼感一半有正當理由，另一半僅僅來自深夜這個怪異時間對靈魂的影響。嗒嗒的聲音還在繼續，而且變得越來越響。走到門口，我小心翼翼地拉開門閂，然後猛地推開門，月光如流水般照亮了一個被勾勒出輪廓的黑影，而韋斯特做了一件特別的事情。儘管這麼做無疑冒著引來關注的風險，甚至會讓我們恐懼的警方調查落在我們頭上——幸虧這幢農舍相對偏僻，因此才沒有招致如此後果——我的朋友突如其來地、情緒激動地、同時也是毫無必要地把左輪手槍裡的六顆子彈全打在了這位深夜訪客身上。

來者既不是義大利人也不是警察。鬼魅般的月光下，駭人地聳立於我們面前的是個畸形的龐大怪物，只有在噩夢中才有可能想像出它的模樣——它眼神呆滯，皮膚墨黑，幾乎四肢著地，渾身泥土、樹葉和枯藤的碎塊，散發著板結血液的臭味，寒光閃爍的牙齒間咬著一條雪白的圓筒狀可怖物體，這個物體的盡頭是一隻小手。

4 死者的尖叫

死者的尖叫使我新增了對赫伯特·韋斯特醫生的強烈恐懼，並且導致我們結伴研究的後面那些年關係破裂。死者的尖叫會造成恐懼，這是自然而然的事情，因為那無疑不是令人愉快或稀鬆平常的事情，但我已經習慣了類似的經歷，故而這一次之所以會留給我深刻的印象，完全是因為它極為特殊的情況。另外，如前所述，讓我感到畏懼的並不是死者本身。

赫伯特·韋斯特，我是他的朋友和助手，他對科學的興趣遠遠超出了一名鄉村醫生日常的工作內容。因此，他在玻爾頓執業開診的時候，才選擇了靠近義塚的一幢偏僻房屋。簡而言之，韋斯特唯一感興趣並為之投入全部精力的祕密研究事關生命現象及其中止過程，目標是通過注射某種刺激性藥劑來使死者復生。為了完成這個可怕的實驗，我們必須源源不斷地獲取非常新鮮的人類屍體。要非常新鮮是因為哪怕最輕微的腐敗也會不可救藥地破壞大腦結構，要人類屍體是因為我們發現必須按照不同類型的有機體調製不同成分的藥劑。我們殺死和處理了數以百計的兔子和豚鼠，但那條途徑是個死胡同。

韋斯特從來沒有完全成功過，因為我們始終未能搞到一具足夠新鮮的屍體。他想要的是生命剛剛消逝的屍體，每一個細胞都完好無損，有能力接受刺激，恢復我們稱之為生命的運動狀態。定期注射藥劑有希望能讓重獲新生的人工生命永遠延續下去，但我們已經確定，這個過程對一般的自然生命不起作用。為了建立人工的生命活動，自然生命必須終結——實驗對象必須非常新鮮，但也必須經歷真正的死亡。

韋斯特和我在阿卡姆市米斯卡托尼克大學醫學院念書時，第一次明確地認識到了生命的本質完全是機械性的，從而開始了這項令人敬畏的探尋。那已經是七年前的事情了，然而韋斯特看上去一點也沒有變老，他依然身材瘦小，臉刮得乾乾淨淨，說話聲調柔和，戴著眼鏡，冰藍色的眼睛裡偶爾閃過寒光，說明在可怖的科學研究的重壓下，他的心腸變得越來越硬，性格越來越狂熱。我們常目睹極為駭人的情景：有缺陷的復生過程會造成可怕的結果，墓地裡的成塊黏土被生命藥劑的各種配方喚醒，產生病態、非自然和不受大腦支配的怪異動作。

一具屍體發出足以粉碎神經的尖叫；另一具陡然暴起，將我們兩個打得不省人事，以令人震驚的方式瘋狂殺戮，最終被關進精神病院的牢房；還有一具，一個令人憎惡的畸形怪物，用手爪扒開淺墳，犯下可怕的罪行——最後韋斯特不得不對它開槍。我們搞到的屍體不夠新鮮，復生後沒有顯露出任何理性的徵兆，因此只會創造出無可名狀的恐怖怪物。想到製造出的怪物有一個或兩個依然活著，我就感到非常不安，這個念頭如附骨之疽般折磨著我們，直到韋斯特終於在可怕的情形下失蹤。然而當死者的尖叫在玻爾頓那幢偏僻農舍的地窖實驗室裡響起時，我們的恐懼尚屈服於對極度新鮮的實驗對象的渴望。韋斯特比我更加急切，我覺得他見到特別健康的活人身體時會流露出近乎貪婪的眼神。

一九一〇年七月，我們在實驗對象方面的壞運氣開始逆轉。我去探望伊利諾州的父母，待了很長一段時間，回來時發現韋斯特處於某種奇特的得意狀態。他興奮地告訴我，他很可能從一種全新的角度解決了新鮮的難題，這條途徑是人工保鮮。我知道他正在研究一種高度不尋常的新防腐劑，得知他有了進展也並沒有大吃一驚。然而當他向我解釋細節後，我對這麼一種防腐劑如何能協助我們完成研究產生了懷疑，因為實驗對象那煩人的腐敗問題主要源於我們無法及時得到它們。現在我明白了，韋斯特也清楚地認識到了這個問題。他發明這種防腐劑是為了將來，而非立刻使用。他相信命運會再次賜予我們一具非常新鮮且未經埋葬的屍體，就像幾年前在玻爾頓非法拳賽中死去的那個黑人。命運終於眷顧了我們，此刻在地窖祕密實驗室裡就躺著一具屍體，它的腐敗過程無論如何都不可能開始。復生時會發生什麼，我們能否寄希望於喚醒理性意識，韋斯特不願妄自揣測。這次實驗將是我們研究中的里程碑，他特地保留這具新的屍體，等待我的回歸，這樣我就能夠以早已成為慣例的方式分享這次的奇觀了。

韋斯特向我講述他得到這個實驗對象的過程。它曾經是個健壯的男人，一位衣著得體的陌生人，他剛下火車，要去玻爾頓精紡廠洽談業務。穿過城鎮的這段路走起來很長，旅行者來到我們的農舍，詢問去工廠的路該怎麼走，這時他的心臟已經不堪重負。他拒絕服用興奮藥劑，但僅僅片刻之後就忽然倒地而死。可想而知，韋斯特將這具屍體視為上帝恩賜的禮物。在他和陌生人的短暫交談中，韋斯特知道玻爾頓沒人認識他。搜查他的衣袋後，韋斯特得知他叫羅伯特・勒維特，來自聖路易斯，家庭成員不會立刻來查探他為何失蹤。假如這個人無法恢復生命，誰也不會知道我們的實驗。我們總是將實驗材料埋在農舍和義塚之間的一片濃密森林裡；但假如他真的起死回生，我們將聲名鵲起，獲得永久性的地位。因此，韋斯特毫不遲疑地將防腐劑注射進屍體的手腕，讓它保持新鮮，等待我的歸來。死者也許患有心臟衰弱的問題並沒有給韋斯特帶來什麼困擾，儘管我心裡覺得它有可能危及我們實驗的成功。他希望這次能夠得到以前從未得到過的結果：重新點燃的理性之火，甚至一個活生生的正常造物。

就這樣，一九一〇年七月十八日的夜裡，赫伯特和我站在地窖實驗室裡，望著一具白色的屍體默默躺在炫目的弧光燈下。防腐劑有效得驚人，我著魔似的盯著那強壯的身體。它在這裡躺了兩個星期，卻沒有變得僵硬，我不得不向韋斯特求證，以確定實驗對象真的已經死了。他向我欣然發誓，並提醒我記住，我們在使用復生藥劑前總會仔細檢查實驗對象是否還有生命，因為假如原始的生命力還存在，它就不可能產生任何效果。韋斯特開始做預處理的步驟，新實驗的錯綜複雜給我留下了深刻印象，它複雜得讓韋斯特無法信任手腳不如他靈活的人。韋斯特禁止我觸碰屍體，他首先將一種藥劑注射進它的手腕，位置就選在注射防腐劑的針眼旁邊。他說這是為了中和防腐劑，讓生理系統進入正常的鬆弛狀態，這樣復生藥劑在注射後就能自由發揮效用了。片刻過後，死者的肢體狀況發生改變，開始微微顫抖，韋斯特用類似枕頭的東西使勁壓住它抽動的面部，直到屍體似乎安靜下來才鬆開，我們可以嘗試復生它了。臉色蒼白的狂熱科學家馬馬虎虎地做了最後一輪測試，以確定實驗對象絕對沒有生命跡象，他滿意地退回來，最終將精確定量的生命藥劑注射進死者的左臂，藥劑是當天下午配製的，比起在大學裡剛入門時還在摸索的階段，如今我們配製藥劑時要仔細得多。我們等待著成果在第一個真正新鮮的實驗對象身上呈現，那種懸念令人瘋狂、難以呼吸——我們第一次有理由期待他能張開嘴唇，說出符合理性的話語，甚至吐露它越過不可度量的深淵後見到的奇景。

韋斯特是唯物主義者，不相信靈魂的存在，將所有意識現象都歸結為肉體活動的結果，因此他尋求的不是揭開埋藏在死亡屏障另一側的深淵和洞窟裡的駭人祕密。我在理論方面並不完全贊同他，我對先輩的原始信仰本能地保留著一絲懷戀，因此忍不住以極大的敬畏和可怖的期待望著那具屍體。另一方面，我無法完全從記憶中抹除那一聲非人類的駭人尖叫，那是在阿卡姆的荒棄農舍裡第一次做實驗時聽見的。

只過了一小會兒，我就意識到這次嘗試已不可能徹底失敗。一絲血色出現在原本慘白的面頰上，在茂密的沙黃色鬍茬底下怪異地擴散。韋斯特的手指一直按在屍體左腕的脈門上，他忽然用力地點點頭。幾乎與此同時，放在死者嘴唇上方用以探測呼吸的鏡子表面出現了霧氣。接下來是幾次彷彿痙攣的肌肉運動，然後是清晰可辨的呼吸聲和胸口的顯著起伏。我望著緊閉的眼皮，覺得我見到它在微微顫抖。眼皮隨即睜開，露出一雙灰色的眼睛，眼神冷靜，有生氣，但依然缺乏智力，甚至連好奇都沒有。

我一時間心血來潮，對著它發紅的耳朵悄聲提問，問它是否還擁有死後世界的記憶。接踵而至的恐懼將那個圖案推出了我的腦海，但我記得我最後提出並重複多次的問題是：「你去了哪裡？」我到現在也不知道這個問題是否得到了回答，因為它比著嘴形的嘴唇裡沒有發出任何聲音。但我敢確認那一刻我堅定不移地認為它薄薄的嘴唇在無聲翕動，構成的音節若是發出聲音應該是「只有現在」，但我不知道這幾個字有沒有意義、是否與我的問題相關。如我所說，那一刻我大喜過望，因為我深信我們實現了一個偉大的目標：復生的屍體第一次在可證的理性驅使下說出了清晰的字詞。接下來的一個瞬間，我們對勝利再也沒有任何懷疑了。毫無疑問，藥劑真的見效了，它完成了恢復死者理性和人工重建生命的使命——哪怕僅僅是暫時的。然而，正是這個成功使我陷入了萬劫不復的恐懼——恐怖的來源不是說話的屍體，而是我見證的這件事、我與之共用職業前途的這個人。

因為這具非常新鮮的屍體終於蠕動著令人恐懼地完全恢復了神志，在世間最後一幕留下的記憶中瞪大眼睛，瘋狂地揮舞雙手與空氣殊死搏鬥。它突然癱軟下去，第二次也是最後一次不可逆轉地徹底死亡，它發出的叫聲將永遠迴蕩在我抽痛的大腦裡：

「救命！滾開，該死的黃毛小魔鬼——把該死的針頭給我拿遠點！」

5 來自暗影的恐怖

很多人講述過發生在世界大戰的戰場上的駭人事件，更不用說出現在印刷物上的了。其中有一些事情能讓我昏厥，另外一些使得我因為無法抵擋的嘔吐衝動而抽搐，但還有一些會讓我不寒而慄，在黑暗中頻頻回首。然而儘管我知道其中一些最可怕的事情，我卻相信本人在此講述的事情比它們更加醜惡，那令人震驚、悖逆自然、難以相信的來自暗影深處的恐怖魔物。

一九一五年，我是加拿大軍團的一名中尉軍醫，駐紮在佛蘭德斯，許多美國人先於政府投入那場規模空前的爭鬥，我就是其中之一。我加入軍隊並非出自本人的意願，只是當享有盛名的波士頓外科專家赫伯特．韋斯特醫生入伍後，我身為他不可或缺的助手也自然而然地成了軍隊的一份子。韋斯特醫生渴望能得到機會，以外科專家的身分在世界大戰中服役，機會來臨時，他幾乎違背我意願地拉著我加入軍隊。我樂於讓戰爭分開我和他是有原因的，同樣的原因使我越來越覺得當一名執業醫師和陪在韋斯特身邊是令人煩惱的壞事。但他前往渥太華，通過一名同事的影響力獲得了擔任少校軍醫的委任狀，他下定決心要我像以前一樣與他作伴，我無法抵抗他那專橫而迫切的勸說。

我前面說韋斯特醫生渴望能上戰場，用意並非暗示他天生好戰或關心文明世界的安危。他向來就像一臺有智慧的冰冷機器，體型瘦小，金髮藍眼，戴眼鏡。我猜他暗地裡還會嘲笑我偶爾顯露的尚武熱情和對懶散的中間派的嚴厲譴責。然而，佛蘭德斯戰場上有他想要的東西，為了獲得它，他必須搞到一個軍方身分。他想要的並不是絕大多數人想要的東西，而是與醫學的某個特定分支關係密切，他一直在頗為隱祕地從事這方面的研究，而且已經取得了令人驚嘆、有時甚至駭人的成果。事實上，他需要的正是能夠保量供應、被肢解成各種狀態的新鮮屍體。

赫伯特·韋斯特需要新鮮屍體是因為他的畢生目標就是復生死者。他遷居波士頓後為他迅速樹立名聲的上流客戶並不知道他的這項研究，而我卻知道得清清楚楚，因為我從上米斯卡托尼克大學醫學院時起，就是他最親密的朋友和唯一的助手。他在大學裡開始了那些可怕的實驗，首先用小動物，後來用以令人震驚的手段獲取的人類屍體。他向死物的血管裡注射一種藥劑，假如屍體足夠新鮮，就會以怪異的方式做出反應。他費了很多工夫尋找合適的配方，因為他發現必須為每一類有機體配製相應的刺激藥劑，不完美的藥劑和不夠新鮮的屍體會製造出無可名狀的怪物。實驗失敗的個體有數個依然存活，一個關在精神病院裡，另外幾個下落不明，每每念及那些能夠想像但事實上並不存在的可能性時，連他都會在一貫的冷淡外表下瑟瑟發抖。

韋斯特很快就發現，絕對新鮮是實驗對象可用與否的首要先決條件，他相應地採取了違反自然之道的可怕手段來獲取屍體。在大學裡和我們最初在工業小鎮玻爾頓執業期間，我對他的態度大體上是著迷和敬佩。但隨著他的手段越來越膽大妄為，對他的恐懼開始啃噬我的內心。我不喜歡他打量健康活人的眼神。隨後在地窖實驗室那次噩夢般的實驗中，我發現有個實驗對象在落到他手上時是個活人。那也是他第一次在屍體身上喚醒了理性思維的能力。他以如此可憎的代價換來的成功讓他徹底變成了鐵石心腸。

至於他在接下來那五年的做事手段，我不敢多說什麼。出於純粹的恐懼，我跟隨在他身邊，目睹了人類的喉舌無法重述的情形。我逐漸發現赫伯特・韋斯特本人比他做的任何事情都更加可怕，因為我意識到他曾經正常的對延長生命的科研熱情已經悄然墮落，變成了徹底病態和食屍鬼式的好奇以及對陰森景象的隱祕愛好。他的興趣蛻變成了地獄般的邪惡嗜好，他痴迷於殘忍而令人憎惡的違背自然的事物。他冷靜而得意地欣賞著人造的畸形怪物，正常人見到了會因為恐懼或厭惡而倒地死亡。在蒼白的知性外表底下，他變成了一個歌頌人體試驗的挑剔的波特萊爾，一個統治著無數墳墓的倦怠的埃拉伽巴路斯。

他面對危險毫不退縮，他犯下罪行時毫不動搖。他證明了他的理論，理性生命能夠被重新喚醒，他轉而尋求征服新的世界，嘗試在實驗中復生與身體分離的肢體，我覺得他的瘋狂達到了頂點。他在有機體細胞的獨立生命特性和與自然生理系統分離的神經組織方面有一些狂野的獨創性想法。他獲得了駭人的初步成果，從難以描述的熱帶爬行類動物近乎孵化的蛋裡製造出永生不死、人工飼育的組織。他極為迫切地想證明生物學上的兩個猜想：首先，在沒有大腦的情況下，脊髓和各個神經中樞能否產生任何程度上的有意識和有理性的行為；其次，用手術方法從一個鮮活有機體上分離的各個部分之間是否存在任何形式的無形聯繫。兩項研究都需要大量剛喪命的人類肉體，這就是赫伯特．韋斯特參加世界大戰的原因。

不可言說的詭異事情發生在一九一五年三月末的一個午夜，地點是聖埃盧瓦戰線後的戰地醫院。時至今日，我依然懷疑那或許只是一場精神錯亂的譫妄噩夢。韋斯特在類似穀倉的臨時辦公地點東側有一間私人實驗室，他申請稱他在研究用全新的先進手段治療目前無法醫治的傷殘病例，上頭於是把房間分配給了他。他像屠夫一樣在他那些沾滿血汙的器物之間工作，我永遠也無法習慣他使用和分類某些東西的輕率態度。他有時候確實能在士兵身上做出堪稱奇蹟的手術，但他主要的喜悅來自不那麼公開和慈愛的另一些事情，這些事情會弄出各種需要大量解釋的怪聲，哪怕在瀕死者的慘叫低語中，那些聲音也顯得非常特殊。其中包括時常響起的左輪手槍發射聲——在戰場上當然並不稀奇，但在醫院裡就格外稀奇了。韋斯特醫生復生的實驗對象不該長時間存在或被別人看見。除了人類組織，韋斯特還使用了很多爬蟲類的胚胎組織，他通過後者獲得了一些極為怪異的成果。它比人類組織更適合維持無器官屍塊的生命力，而這正是我的朋友目前的主要活動。實驗室某個黑暗的角落裡，他在一個奇特的孵化加熱器上養著滿滿一缸這種爬行類細胞物質，它們駭人地增殖、膨脹著生長。

我要說的那天夜裡，我們得到了一個極好的新實驗對象：這個男人既體格健壯，又智力超群，因此必定擁有高敏感性的神經系統。說來頗為諷刺，正是他幫助韋斯特搞到了委任狀，在今天之前還一直是我們的同事。更有甚者，他曾經在韋斯特的指導下祕密研究過一些復生理論。埃里克·莫蘭德·克拉彭-李爵士，少校，傑出服務勳章獲得者，我們部隊最優秀的外科醫生。戰事嚴峻的消息傳到司令部後，他被匆忙調往聖埃盧瓦防區，坐上了由英勇的羅納德·希爾中尉駕駛的飛機，卻在目的地上空被擊落。墜機的情形驚人而可怕，希爾的屍體已經難以辨認，偉大的外科醫生的頭部幾乎與身體分離，但除此之外完好無損。韋斯特貪婪地搶走了那具沒有生命的死物，罔顧它曾經是他的朋友和同僚。我顫抖著目睹他徹底切下頭部放進噩夢般的大缸，用柔軟多汁的爬行動物組織防止它腐敗，以用於未來的實驗，然後在手術臺上處理失去頭部的軀幹。他給它注射新鮮血液，連接無頭頸部上特定的靜脈、動脈和神經，從一具身穿軍官制服但未確認身分的屍體上取下皮膚，縫合在可怖的創口上。我知道他想幹什麼，他想知道這個高度組織化的身軀在沒有頭部的情況下，能否顯露出任何將埃里克·莫蘭德·克拉彭-李和其他人區別開的精神生活的徵兆。這具沉默的軀體曾經是復生理論的一名學徒，此刻為了證明這套理論，即將被駭人地喚醒。

直到今天，我依然記得赫伯特·韋斯特如何在不祥的電燈下將復生藥劑注射進無頭軀體的手臂。我無法用語言形容那一幕景象——要是勉強嘗試，我大概會昏過去，因為這個房間充斥著瘋狂，它塞滿了分門別類存放的人體部位，血液和屍體碎塊在黏滑的地板上幾乎能沒過腳腕，暗影幢幢的角落裡，藍綠色鬼火般明滅的黯淡火焰烘烤著孵化缸，駭人的爬行類畸形組織在裡面增殖和冒泡。

正如韋斯特反覆評論的那樣，實驗對象擁有極為出色的神經系統。情況基本上都在預料之中，隨著微弱的抽搐動作開始出現，我能看見韋斯特臉上的狂熱和興奮。我猜他準備好了見證他那個越來越堅定的觀念：意識、理性和人格能夠獨立於大腦存在，人類並沒有居中連接一切的靈魂，而僅僅是由神經系統驅動的機器，每個部分或多或少都能自我獨立地存在。只要有一次成功的示例，韋斯特就可以將生命的奧祕扔進神話的範疇了。軀體抖動得越來越劇烈，在我們渴望的視線下，它開始以令人驚懼的方式撐坐起來。手臂令人不安地攪動，雙腿抬起來，各塊肌肉以令人厭惡的方式蠕動收縮。緊接著，無頭身軀展開手臂，毋庸置疑地做出表示絕望的動作——這種絕望中顯露出了智慧，足以證明赫伯特·韋斯特的全部理論。神經系統無疑回憶起了他生前的最後一個動作：掙扎著想從正在墜落的飛機上逃生。

隨後發生的事情，我將永遠無法確切地知道了。那很可能完全是驚嚇導致的幻覺，因為就在那個時刻，德軍的炮火如天災般突然而徹底地摧毀了那幢建築物——誰能否認呢？因為被證實僥倖逃生的只有韋斯特和我。在他最近失蹤之前，韋斯特也情願這麼認為，然而有時候他卻做不到，因為我們兩人產生相同的幻覺就未免太稀奇了。那個駭人的事件本身非常簡單，之所以值得關注僅僅是因為它的蘊意。

手術臺上的屍體爬起來，盲目而可怕地摸索著，而我們聽見了一個聲音。我不敢稱那個聲音為說話聲，因為它實在過於恐怖。然而它最恐怖的地方並不是音調，也不是傳達的內容——它只是在尖叫：「跳吧，羅納德，老天在上，快跳吧！」最恐怖的地方是它的來源。

因為它來自陰森角落裡遮蓋下的那口暗影蠕行的大缸。

6 墓穴軍團

一年前赫伯特·韋斯特醫生失蹤時，波士頓警方仔細盤問過我。他們懷疑我隱瞞了某些事情，甚至懷疑一些更嚴重的事情。但我無法告訴他們真相，因為他們不可能相信。他們清楚地知道韋斯特與常人可信範圍外的一些活動有牽連，因為他復生屍體的駭人實驗的規模早已過於巨大，不可能百分之百地保守祕密。但最後那場足以粉碎靈魂的災禍有著惡魔般幻想的氣質，連我都對我見到的事物是否真實有所懷疑。

我是韋斯特最親密的朋友和他唯一信任的助手。我們多年前在醫學院結識，我從一開始就參與了他恐怖的研究工作。他一直在逐步嘗試完善一種藥劑，將它注射進剛死去的屍體的血管裡就能恢復生機。這項艱苦的事業需要大量新鮮屍體，因而牽涉到最悖逆自然的各種行徑。更加令人震驚的是某些實驗的產物：曾經是屍體的駭人血肉被韋斯特復生，成為盲目、無腦、令人作嘔的活物。通常的結果就是這樣，而想要喚醒意識，實驗對象必須絕對新鮮，精密的腦細胞不能在任何程度上受到腐敗的影響。

對非常新鮮的屍體的渴求摧毀了韋斯特的道德觀念。新鮮屍體極難獲得，在一個可怕的場合下，他在實驗對象還生機勃勃地活著時抓住了他。一場搏鬥、一根針頭和一劑強效生物鹼將他變成了非常新鮮的屍體，那次實驗大獲成功，儘管只持續了令人難忘的短暫一刻，然而韋斯特的靈魂從此變得冷漠而枯萎，他冷酷的眼睛時常用駭人的視線打量感性出眾的大腦和格外強壯的身軀。到最後，我對韋斯特產生了強烈的畏懼情緒，因為他開始用這種眼神看我了。別人似乎沒有注意到他的視線，但覺察了我的恐懼，並在他失蹤後，據此提出了一些極其荒謬的猜測。

事實上，韋斯特心中的恐懼比我的更加強烈，因為他瀆神的研究導致他活得鬼鬼祟祟，畏懼每一處陰影。大部分是因為他害怕警察，但有時候他的擔憂更加幽深和模糊，關係到他為其注入病態生命力的某些難以形容的事物，而他沒有觀察到生命力從它們身上消失。他通常用左輪手槍終結那些實驗，但有幾次他的動作不夠快。其中包括第一個實驗對象，後來我們在它的墓穴上發現了被手爪刨開的痕跡。還有阿卡姆那位教授的屍體，它犯下了食人罪行，被捕獲後以不明身分扔進塞弗頓一家瘋人院的牢房，在那裡捶打了十六年的牆壁。其他有可能依然存活的實驗對象就不那麼容易描述了，因為在最後這幾年裡，韋斯特的科研熱忱墮落成了不健康和充滿妄想的癲狂，他不再將賦予生命力的技能用在完整的人體上，而是分離的屍塊，或者將屍塊組合成並非人體的有機物體。韋斯特消失的時候，他的研究已經變成了令人作嘔的惡魔行徑，很多實驗甚至不適合用文字提及。我和他以外科醫生身分入伍參加世界大戰，加強了韋斯特的這一面。

說起韋斯特對實驗對象懷著模糊的恐懼，我特別印象深刻的是它複雜的本質。一方面僅僅是因為知曉如此無可名狀之怪物的存在，而另一方面來自擔憂它們有可能在特定情形下對他造成的身體傷害。它們的失蹤加劇了他對這種可能性的恐懼。韋斯特只知道其中之一的下落，也就是被關在瘋人院裡的那個可憐東西。他還有一種更難以形容的恐懼——這種極為離奇的情緒來自一九一五年我們在加拿大軍隊裡做的一次怪異實驗。韋斯特在炮火連天的戰場上復生了埃里克・莫蘭德・克拉彭-李爵士，少校，傑出服務勳章獲得者，這位外科醫生同僚知道韋斯特的實驗，所以有可能複製實驗。韋斯特切除了屍體的頭部，研究軀幹內是否有可能存在接近智慧的生命。實驗剛取得成功，那幢建築物就被一顆德軍炮彈夷為平地。無頭軀幹有智慧地動了起來，而與此同時——寫出來連我都不敢相信——韋斯特和我都可憎地確信放在實驗室陰暗角落的離體頭部發出了清晰明白的聲音。從某種角度說，那顆炮彈是上帝的慈悲——但韋斯特始終不敢百分之百確定只有他和我僥倖逃生。他偶爾會做出令人毛骨悚然的猜測，想像一個能夠復生死者的無頭外科醫生有可能採取什麼行動。

韋斯特失蹤前的住所是一幢極為雅致的古老宅院，俯瞰波士頓最古老的墳場之一。他選擇此處純粹為了象徵意義和怪異的美學追求，因為那裡的絕大多數墓葬都出自殖民時代，對尋求新鮮屍體的科學家來說沒什麼用處。他請來自異鄉的工人在底層地下室祕密搭建了實驗室，裡面有個巨型焚化爐，用來避人耳目地徹底銷毀屋主的病態實驗和瀆神消遺產出的屍體、屍塊和嘲諷自然的合成人體。在挖掘地下室的過程中，工人發現了一些極為古老的石砌結構，它們無疑和古老的墳場有所聯繫，但埋得太深，對應不上那裡已知的任何墓葬。經過計算和思考，韋斯特認為它代表著艾夫里爾家族墓地下的某個密室，他們家族的一名成員於一七六八年下葬。工人用鐵鍬和鋤頭挖出了覆蓋著硝石的滴水牆壁，我在他細細研究時陪在他身旁，準備好了迎接因揭開埋藏數百年的墓穴祕密而產生的可憎的激動情緒。但韋斯特最近出現的膽怯情緒第一次征服了他與生俱來的好奇心，他背叛了自己正在墮落的本性，命令工人不要去碰那些石砌結構，重新用石膏封好，因此它們一直保存到了最後那個地獄般的夜晚，與祕密實驗室共用部分牆壁。先前我提到了韋斯特的墮落，在此我必須加以說明，那純粹是一種精神上的、不可捉摸的變化。從外表看，他直到最後也還是原先那個人：冷靜、淡漠、瘦小、黃髮、藍眼、戴著眼鏡，相貌始終那麼年輕，連歲月和恐懼都似乎無法改變這一點。就算在他想到被手爪扒開的墳墓並悄悄扭頭張望時，想到在塞弗頓的牢房裡啃咬和抓撓的食人怪物時，他看上去也還是鎮定自若。

赫伯特・韋斯特的末日始於一個夜晚，我和他待在合用的書房裡，他奇特的視線在報紙和我之間掃來掃去。皺皺巴巴的報紙上，怪異的頭條新聞擊中了他的心靈，難以言說的泰坦巨手穿過十七年歲月從天而降。50英哩外的塞弗頓精神病院發生了令人恐懼、難以置信的事情，市民因此而震驚，警方陷入困惑。當天凌晨夜深人靜之時，一群沉默的男人闖進精神病院，首領叫醒了看護人員。他有著咄咄逼人的軍人氣概，說話不動嘴唇，聲音與他抱著的一個黑色大盒子有著彷彿腹語術的關係。他毫無表情的面容英俊到了放射美感的地步，但當大堂裡的燈光落在上面的時候，負責人震驚得無以復加——因為這是一張蠟做的臉，眼珠是上色的玻璃。他遇到過某些無法形容的事故。一個塊頭更大的男人為他引路，他有著令人嫌惡的龐然身軀，青紫色的臉似乎被某種未知疾病吞噬了一半。他們的首領聲稱要領走十七年前從阿卡姆送來的食人怪物，負責人嚴詞拒絕，他卻打了個手勢，一場可怖的騷亂於是降臨。那些惡魔毆打、踐踏和啃咬每一個來不及逃跑的看護人員，殺死四人後成功地解救了食人怪物。有能力回憶前後經過的受害者都歇斯底里地發誓稱那些魔鬼的行為不像人類，更像蠟臉首領指揮下的不可思議的機器。救援人員聞訊趕到時，那些人和他們瘋狂索取的目標都早已消失。

從讀到這篇報導到午夜時分之間，韋斯特坐在那裡幾乎無法動彈。午夜時分，門鈴響了，他驚恐地跳了起來。僕人都在閣樓上睡覺，於是我出去開門。正如我告訴警方的，街上沒有車輛，只有一群模樣怪異的人抬著一個大箱子，其中之一用極為不自然的聲音嘟囔道：「快遞——郵資已付。」然後就把箱子擱在了門廳裡。他們邁著突兀的步伐魚貫而出，我目送他們離開，內心產生了一個奇特的念頭：他們拐彎走向這幢房屋背後毗鄰的古老墓地。我關上門，韋斯特從樓上下來，查看箱子。它大約2英呎見方，寫著韋斯特的姓名和現居地址。上面還有一行字：「寄自埃里克．莫蘭德．克拉彭-李，聖埃盧瓦，佛蘭德斯。」六年前，正是在佛蘭德斯，被炮彈擊中的醫院坍塌在克拉彭－李醫生復生的無頭軀體上，也掩埋了他或許發出了清晰聲音的離體頭顱。

韋斯特當時的情緒遠非興奮，他的情況要糟糕得多。他立刻說：「到此為止了——但咱們先燒掉——這東西。」我們抬著箱子下樓來到實驗室，一路上兩人都側耳細聽。我不記得太多細節了——你能夠想像我的精神狀態——但說被我推進焚化爐的是赫伯特・韋斯特的屍體，那就是個惡毒的謊言了。我們兩人將沒打開過的木箱塞進焚化爐，關上門，打開電源。盒子裡從頭到尾都沒有發出任何聲音。

是韋斯特首先注意到牆壁上封住古老石砌墓穴的石膏在掉落。我想逃跑，但他阻止了我。緊接著我看見一個黑色的窟窿，感覺到從中吹出食屍鬼般冰冷的風，又聞到腐敗泥土深處的骨骸氣味。沒有任何聲音，但電燈就在此時熄滅，我藉著地下世界的磷光看見了一群蹣跚行走的沉默身影，創造它們的只可能是瘋狂或更可怕的事物。它們的輪廓有人類的、半人類的、部分人類的和完全不是人類的，這個群體怪誕地混合了各種怪物。它們悄無聲息地從數百年前的牆壁上一塊接一塊搬開石塊。等洞口變得足夠寬敞之後，它們排成一行走進實驗室，領頭的那個人頂著一顆用蠟製作的美麗頭顱。他們一起撲向韋斯特，在我眼前把他撕成碎片，帶著屍塊走進被瀆神怪物占領的地下墓穴。有著蠟製頭顱的首領身穿加拿大軍官制服，它抱著韋斯特的頭部。這顆腦袋消失的瞬間，我看見眼鏡後的藍眼睛裡第一次駭人地燃燒著清晰可辨的瘋狂情緒。

僕人在清晨發現了不省人事的我。韋斯特消失了，焚化爐裡只有無法辨認的灰燼。警探盤問我，但我能說什麼呢？他們不會將塞弗頓的悲劇與韋斯特聯繫在一起，更不會與抬著箱子的那些人聯繫在一起，他們甚至否認後者的存在。我向他們講述墓穴的事情，他們指著完好無損的石膏牆壁放聲大笑。於是我就不再多說什麼了。他們暗示我是瘋子或殺人犯——也許我確實瘋了，但假如那該詛咒的墓穴軍隊不是那麼沉默，我或許反而不會發瘋。

寒風

你要我解釋為什麼我會害怕寒冷的氣流，走進冰冷房間時為什麼顫抖得比其他人更厲害，夜晚的涼氣悄然鑽過溫暖的秋日白晝而來時我為什麼會露出反感和嫌惡的神色。有人說我對寒冷的反應就像別人對惡臭的反應一樣，最不可能反對這個說法的就是我本人了。在此我將講述的是我平生經歷過的最恐怖的情形，它是否能對我的特殊習性構成足夠合理的解釋就留給你判斷了。

認定恐怖與黑暗、寂靜和孤獨之間存在不可分割的聯繫是錯誤的。我遇到它時是陽光燦爛的下午3、4點，大都市的嘈雜聲響不絕於耳，身處破舊而平凡的寄宿公寓之內，乏味的女房東和兩名健壯的男人陪伴著我。一九二三年春，我在紐約市只找得到枯燥無聊而且不掙錢的雜誌社工作，由於付不起像樣的租金，不得不輾轉於廉價寄宿公寓之間，尋找一個能滿足環境還算乾淨、家具看得過去和價格非常合理這三個條件的房間。情況很快發展到我只能在不同的倒楣地方之中選擇一個的程度了。還好過了一段時間，我在西十四街偶然撞見一幢房屋，它帶給我的反感少於其他我嘗試過的地方。

那是一幢四層樓的褐砂石宅邸，修建於十九世紀四〇年代末，木料和大理石上遍布汙漬，遭到汙損的榮光說明它是從有品位的富裕階層手中跌落凡塵的。房間相當寬敞，天花板很高，裝飾著難以想像的壁紙和華麗得荒謬的灰泥簷口，總能聞到令人抑鬱的霉味和一絲隱約的飯菜味。好處是地板乾淨，床單更換得尚可忍耐，熱水突然變冷或停止供應的次數不太頻繁，因此我將其視為一個勉強可以接受的棲身之處，待到日後我能重新過上真正的生活再說。女房東姓埃雷羅，是個邋遢的西班牙女人，面部毛髮濃密得像是長了鬍子，她從不用家長裡短來煩我，也不批評我在三樓的過道房間的電燈總是開到深夜。公寓裡的其他租客都如你能夠指望的那樣安靜、不愛交際，他們以西班牙人為主，鄙俗和粗魯的程度只比極端稍好一點。唯一煩人的東西就是樓下馬路上有軌電車搞出的刺耳響動。

第一件怪事發生時，我已經在此處居住了三週左右。一天晚上，大約8點鐘，我聽見水滴在地板上的聲音，忽然覺察到我在呼吸帶著氨水味的空氣已經有好一會兒了。我環顧四周，看見天花板溼漉漉的，正在滴水。滲水似乎是從臨街的屋角開始的。我急於從根源上阻止漏水，於是匆忙跑到地下室通知女房東，她向我保證很快就會解決這個問題。

「穆尼奧斯醫生，」她在我前面衝上樓，「他弄灑了他的化學品。他這個醫生，自己病得太嚴重——而且越來越嚴重——但又不肯找別的醫生幫忙。他這個病特別奇怪——成天泡難聞的藥浴，既不能激動，也不能去暖和的地方。他的家務事都是自己來做——他的小房間塞滿了瓶罐和機器，根本不做醫生的事情。但他曾經很厲害——我父親在巴塞隆納聽說過他——不久前還治好了水管工意外受傷的胳膊。他從不出門，只上屋頂，我兒子埃斯特萬給他送吃的、衣服、藥物和化學品。我的天，他用銨鹽來保持低溫！」

埃雷羅夫人爬上通往四樓的樓梯，身影看不見了，我返回自己的房間。氨水不再滴落，我擦乾淨地上的水跡，開窗通風，聽見樓上響起女房東沉重的腳步聲。除了汽油驅動的機器發出的特定聲音，我從未聽到過穆尼奧斯醫生的響動，他的腳步既輕柔又和緩。我想了一會兒究竟是什麼怪異的病痛在折磨這位先生，他倔強地拒絕外部幫助是不是某種毫無緣由的怪癖。我的結論頗為陳腐：顯赫一時的人變得窮困潦倒肯定伴隨著無窮無盡的苦惱。

若不是一天午前，我坐在房間裡寫作時忽然心臟病發作，我大概永遠也不會結識穆尼奧斯醫生。醫生早就警告過我這種惡疾的危險，我知道不能浪費任何時間。我想起女房東說過那位生病的醫生曾救治過受傷的工人，於是艱難地爬上樓梯，無力地敲響我樓上的那扇房門。回應我的是一個怪異的聲音，在右側一段距離外響起，用優美的英語詢問我是誰，以及我的來意；我回答了這兩個問題，我敲響的那扇門旁邊的房門打開了。

一股寒風吹向我。儘管那是六月末最熱的一天，我在跨過門檻時還是打起了哆嗦。這套公寓非常寬敞，富麗堂皇且有品位的裝飾不該屬於這個骯髒和低賤的地方，看得我大吃一驚：一張折疊式躺椅扮演著沙發的日間角色，紅木家具、奢華的掛毯、古老的油畫和豐盛的書架全都在說，這裡不是寄宿公寓的一間臥室，而是一位紳士的書房。我醒悟過來，我樓上那個靠走廊的房間——埃雷羅夫人所說的塞滿了瓶罐和機器的小房間——僅僅是醫生的實驗室，他本人住在與之相接的這個寬敞房間裡，它帶有實用的壁龕和室內的大間浴室，因此他可以把櫥櫃和礙眼的生活用品全都隱藏起來。穆尼奧斯醫生無疑出身不凡，擁有良好的教養和鑑賞力。

我面前的男人個子矮小，但體格極為勻稱，他身穿裁剪得體而合身的某種正式禮服，面容高貴，表情自負但不傲慢。他留著鐵灰色的滿嘴短鬚，老式的夾鼻眼鏡架在鷹勾鼻上，護住一雙黑色的大眼睛，給他以凱爾特人相貌為主的臉龐增加了幾分摩爾人的感覺。他濃密的頭髮修剪得很整齊，在高額頭上優雅地分開，說明他有定期拜訪理髮師的習慣。總體而言，你會覺得這位先生有著驚人的智慧和卓越的血統與教養。

儘管如此，當我在那股寒風中看見穆尼奧斯醫生時，卻產生了與其外表格格不入的強烈的反感情緒。只有他偏向淺灰色的膚色和冰冷的手指能為這種感受提供實在的基礎，然而考慮到他為人所知的疾病纏身，這兩者都應該可以原諒和理解。也有可能是那種怪異的寒冷讓我感到疏離，因為如此涼意在這麼炎熱的日子裡實在太不尋常，而不尋常往往會激發厭惡、懷疑和畏懼。

不過，我很快就在欽佩中忘記了反感的情緒，因為儘管他毫無血色的雙手冰冷而顫抖，但這位奇異的醫生立刻顯露出了極為高超的醫術。他一眼就明白了我需要什麼，以大師級的敏捷動作加以處理，同時用抑揚頓挫而優雅但缺乏音色的空洞嗓音安慰我，他自稱是死亡不共戴天的仇敵，他將畢生精力投入對抗和根除死亡的怪異實驗，在此過程中犧牲了全部財產、失去了所有朋友。這項狂熱的慈善事業似乎對他的心靈造成了一些影響，他聽我的心音，從較小的實驗室房間取來藥物，調配適合我病情的藥劑，提供的醫囑甚至稱得上喋喋不休。很顯然，他終於在這個粗鄙的環境裡難得一見地遇到了另一個出身良好的人，對於美好往昔的回憶淹沒了他，因而變得異乎尋常的健談。

他的聲音儘管奇特，但至少令人安心。流暢的文雅句子滔滔不絕地從他嘴裡說出來，我幾乎感覺不到他呼吸時的氣息。他提到他的理論和實驗，藉此讓我暫時忘記我發作的疾病。我記得他巧妙地寬慰我對心臟虛弱的擔憂，稱意志和思想比有機生命本身更加強大，即便身體有缺陷或遭遇最嚴重的創傷，甚至缺少了整整一組特定的器官，只要身體原本健康和鮮活，就有可能通過科學手段增強這些特質，從而重新激發神經系統的活力。他開玩笑地說，以後有機會可以教我如何在沒有心臟的情況下存活，或者至少維持某種形式的意識存在。至於他，他受到多種複雜病症的折磨，必須嚴格堅持一套複雜的生活方式，其中就包括保持低溫。環境溫度長時間的顯著升高會對他造成致命影響。氨水冷卻的吸熱系統維持他住處攝氏12到13度的低溫環境，我在樓下時常聽見的汽油引擎聲就來自系統的泵機。

只過了很短的一段時間，我的心臟病發作就奇蹟般地止住了，離開這個讓人冷得發抖的地方時，我成了這位才華橫溢的隱居醫生的擁護者和信徒。從那以後，我經常裹著厚大衣去拜訪他，聽他講述祕密完成的實驗和近乎恐怖的結果，查看他書架上那些非正統和令人驚詫的古老書籍時，我不禁有些顫抖。允許我補充一句，在他高超醫術的幫助下，我多年的頑疾最終差不多痊癒了。他對中世紀術士的咒語似乎不會斥之為無稽之談，因為他相信這些神祕的詞句組合能夠罕見地刺激一個人的精神，對有機脈搏已經停止的神經系統有著獨特的作用。他講述了瓦倫西亞年邁的托雷斯醫生的事蹟，我深受觸動：十八年前，托雷斯醫生在他那場大病的初期實驗中幫助過他，他目前的失調症就是那場大病留下的。那位年邁的執業醫師在救活他的同事後不久，本人就倒在了他與之抗爭的無情敵人手下，也許是因為過於勞累，因為穆尼奧斯醫生壓低聲音說（儘管並不詳細），治療方法非常極端，年長而保守的蓋倫信徒不會樂於見到過程中的一些景象和手法。

隨著時間一週週過去，我不無惋惜地注意到，正如埃雷羅夫人所說，我這位新友人的身體狀況正在緩慢但毋庸置疑地惡化。他臉上的鉛灰顏色越來越深，聲音變得越來越空洞和難以分辨，肌肉動作越來越不協調，思想和意志顯得越來越欠缺活力和主動性。他似乎沒有注意到自己這些可悲的變化，他的表情和言談都漸漸帶上了一種可憎的諷刺感，使得我又產生了最初見到他時的那種微妙的厭惡感。

他的脾氣變得古怪而反覆無常，他喜歡上了異國香料和埃及熏香，直到房間聞起來像是國王谷的法老陵墓。另一方面，他對寒冷的要求變得越來越強烈，在我的協助下，他擴建了房間裡的氨水管道，更改了製冷機器的泵機和餵料口設計，室溫一直降到攝氏1至4度，最終甚至是攝氏零下2度；浴室和實驗室當然沒那麼冷，以免水結冰導致某些化學反應無法完成。他隔壁的房客抱怨稱，連接門周圍的空氣寒冷刺骨，我幫他裝上厚實的掛毯，從而解決了難題。某種異乎尋常而病態的恐懼感似乎占據了他的心靈，一天比一天更加強烈。他時常談到死亡，但每當我轉彎抹角地提到墓地和葬禮，他就會爆發出空洞的大笑。

總而言之，他變成了一個令人不安甚至可憎的同伴。然而出於對他給我治病的感激之情，我無法拋棄他，把他留給他身旁的陌生人。我每天仔細打掃他的房間，照顧他的起居，裹著一件我專門為此購買的厚大衣。他的日常購物也基本由我完成，他向藥劑師和實驗材料供應商購買的一些化學品讓我既困惑又驚訝。

某種難以解釋的恐慌氣氛在他的公寓裡變得越來越強烈。如我所說，這幢房屋散發著一股霉味，但他房間的氣味尤其難聞——儘管使用了那麼多香料和熏香，還有他堅持拒絕我協助、一躺進去就不出來的藥浴的化學品怪味。我知道藥浴必然與他的病症有關，每次想到那有可能是什麼惡疾，我就不寒而慄。埃雷羅夫人看見他就在胸口畫十字，將他完全託付給了我，甚至不允許她兒子埃斯特萬繼續替他跑腿。我建議請其他醫生來看看他，每當此時，這位被病痛折磨的人會在他能夠做到的範圍內盡可能地大發雷霆。他顯然擔憂劇烈的情緒活動有可能對身體造成的影響，然而他的意志力和驅動力不但沒有削弱，反而變得愈加強大。他拒絕受困於床鋪之間，他狂熱的追求重新出現，取代了病症早期的倦怠，古老的敵人向他伸出魔爪，他似乎還想勇敢地抵抗死神。他以前還假裝要吃東西，這個行為對他來說就像個奇異的儀式，如今已經徹底放棄。現在他彷彿僅僅憑藉著精神力量來避免自己徹底崩潰。

他養成了撰寫某種長篇文件的習慣，並且小心翼翼地封存這些文件，命令我在他去世後將它們寄給他指定的一些人，其中大部分是東印度人士，也有一位著名的法國醫生，人們普遍認為他已經逝世，關於這個人流傳著一些極為難以置信的消息。他去世後，我沒有打開那些無法送達的信件，而是將它們燒毀。他的相貌和聲音後來變得非常可怕，幾乎沒有人能夠忍受他的存在。九月的一天，一名工人前來修理他的檯燈，不小心瞥見他一眼，結果嚇得癲癇發作。醫生將自己隔離在視線之外，開出非常有效的藥方，治好了他的發作。說來奇怪，這名工人經歷過世界大戰的種種恐怖情形，卻從未誘發過如此強烈的恐懼情緒。

十月中的一天，最恐怖的事情以令人驚駭的突兀方式發生了。那天夜裡大約11點，製冷設備的泵機壞了，因此在三個小時內，氨水製冷的過程變得無以為繼。穆尼奧斯醫生跺腳叫我上樓，我發瘋般地嘗試修理損壞的機器，而他用超越語言描述能力的欠缺生命、極為空洞的聲音咒罵不已。我的初步努力以失敗告終，後來在附近的日夜修車店找到一名機修師，他來到現場後同樣稱無計可施，必須等明天上午買來新的火花塞才能修理。垂死隱士的憤怒和恐懼增長到了怪誕的程度，像是能夠震碎他行將停止運轉的身軀。一陣發作使得他用雙手捂住眼睛，衝進浴室。他摸索著走出來時，已經用繃帶緊緊地纏住了頭部，從此我再也沒有見過他的雙眼。

公寓裡的寒氣明顯開始減退。凌晨5點，醫生躲進浴室，命令我去附近二十四小時營業的藥店和餐廳搞來所有的冰塊給他。有幾次我令人氣餒地歸來，在緊閉的浴室門口解釋原因，這時就會聽見裡面響起令人惶恐的濺水聲，一個低沉而嘶啞的聲音命令我：

「還要——還要！」

溫暖的一天終於開始，商店一家接一家開門。我請埃斯特萬幫忙去買冰塊，我去買火花塞，或者他買火花塞，我買冰塊。結果他屈服於母親的命令，嚴詞拒絕了我。

最後，我在第八大道的路口撞見一個衣衫襤褸的閒漢，僱他去一家我指定的小店買冰塊並送給病人，而我片刻不停地踏上另一段征程，尋找火花塞和有能力安裝它的工人。這個任務漫長得難以想像，我氣喘吁吁、腹中空空，徒勞地撥打電話，搭乘地鐵或地面車輛在各個地方之間奔走，一個又一個小時過去，我變得幾乎和那位隱士一樣怒不可遏。中午時分，我終於在遙遠的商業區找到了合適的配件店，大約下午1點30分，我帶著必要的工具和兩位強壯而機敏的機修師趕回寄宿公寓。我已經盡力了，只希望自己還來得及。

然而，暗黑的恐怖趕在了我的前頭。整幢樓已經陷入徹底的騷亂，人們用敬畏的聲音交頭接耳，還有一個男人用低沉的嗓音祈禱。空氣中瀰漫著惡魔般的氣味，房客聞到從醫生緊閉的房門底下飄出來的惡臭，數著手裡的《玫瑰經》念珠向我講述情況。我僱用的那名閒漢在第二次送冰進門後不久尖叫著跑了出來，眼神癲狂，很可能是因為見到了極為怪異的情況。他逃跑後當然不可能鎖門，但現在房門緊鎖，很可能是從室內鎖上的。除了某種黏稠液體滴淌時無可名狀的聲音，房間裡無聲無息。

我克制住啃噬靈魂深處的恐懼，與埃雷羅夫人和兩位工人商談片刻，建議他們撞開房門。但女房東想出辦法，從房間外通過某種鐵絲裝置轉動鑰匙。我們已經打開了那條走廊上其他所有房間的門，將每一扇窗戶都敞到了頭，然後用手帕捂著鼻子，顫抖著走進那個被詛咒的朝南房間，午後強烈的陽光曬得它暖洋洋的。

某種黑色、黏稠的痕跡從敞開的浴室門口延伸到走廊，然後到達寫字檯前，在那裡積累成可怕的一小灘。一隻可怖而盲目的手用鉛筆在一張紙上潦草地寫了幾句什麼，那張紙上沾著駭人的汙漬，留下汙漬的似乎就是草草寫下臨終遺言的手爪。痕跡隨後延伸到躺椅上，以無法用語言表達的方式在那裡終結。

躺椅上的東西是什麼——或者曾經是什麼——我不能也不敢在此吐露。女房東和兩名機修工發瘋般地衝出那個地獄般的房間，去最近的警察局前言不搭後語地講述他們的故事。而我戰戰兢兢地辨認出那張沾著黏稠汙物的紙上的字跡，然後劃了根火柴把字條燒成灰。在金黃色陽光的照耀下，轎車和卡車鬧哄哄地沿著人來人往的十四街爬坡，那些令人作嘔的文字所敘述的內容令人絕對無法相信，但我不得不承認，我當時信了。至於現在是否還相信，實話實說，我不知道。有些事情你最好不要多去思考，我能說的只有我憎惡氨水的氣味，突然吹來的寒冷氣流或許會使我昏厥。

「這就是結局了。」散發惡臭的潦草字跡寫道，「沒有更多的冰塊了——那個人看見我就逃跑了。每一分鐘都變得更溫暖，身體組織已經無法支持。我猜你應該知道——如我所說，器官停止工作後，意志力、神經系統和保存良好的身體會是什麼結果。那是個絕妙的理論，但不可能永遠維持現狀。其中存在我未能預見到的逐步劣化的難題。托雷斯醫生知道，但震驚害死了他。他無法忍受他不得不做的事情——他必須為我找一個奇特而黑暗的地方，根據我信件上的指示，看護我直到我甦醒。器官將再也不會重新開始工作。必須按照我的辦法處理，也就是用人工手段保持新鮮。如你所見，我在十八年前的那一刻就已經死去了。」

阿隆佐·泰普爾的日記

編者按：阿隆佐·哈斯布魯克·泰普爾，紐約市金斯敦人士，於一九〇八年四月十七日中午前後在巴塔維亞的里奇蒙旅館最後一次被人見到並認出。他是阿爾斯特省一個古老家族的最後一名在世成員，失蹤時五十三歲。

泰普爾先生曾受私人教育，畢業於哥倫比亞和海德堡大學，以學者身分度過一生。他的研究領域包括人類知識中多個晦澀且廣受恐懼的邊緣學科。他關於吸血鬼、食屍鬼和喧譁鬼現象的論文在被多個出版商退稿後由私人出版。一九〇二年，在一系列頗為激烈的爭論之後，他主動退出了通靈研究協會。

泰普爾先生曾在各個時期周遊世界，屢次長時間消失於公眾視野之外。人們知道他造訪過尼泊爾、印度、中國西藏和印支半島等人跡罕至的地點，一八九九年的大部分時間在神祕的復活節島度過。泰普爾先生失蹤後展開的大規模搜尋均以失敗告終，他在紐約市的遠房親戚已經開始分割他的財產。

在此呈現的日記據稱發現於紐約市阿提卡一幢鄉村大宅的廢墟之中，它在倒塌前背負著數個世代的奇特而險惡的名聲。這幢建築物年代久遠，先於白人在此地區大規模定居前修建，曾是怪異而鬼祟的范德海爾家族的居住地，這個家族在實施巫術的詭譎疑雲的籠罩下，於一七四六年從奧爾巴尼搬遷至此。建築物興建於一七六〇年前後。

人們對范德海爾家族的歷史知之甚少。他們與普通鄰居完全沒有來往，只僱用直接從非洲來美國、幾乎不會說英語的黑人僕役。孩子接受私人教育，去歐洲念大學。進入社會的家族成員很快就會從公眾視野中消失，但消失前往往會獲得邪惡的名聲，因為他們總會和黑彌撒團體和更加陰森的異教扯上關係。

圍繞著這幢人人恐懼的大宅建立起了一個人煙稀少的村莊，住戶以印第安人為主，後來也有鄰近鄉村的墮落成員。這個村莊有個意義模糊的名字：喬拉辛。後來在混血的喬拉辛村民中出現了一些獨特的遺傳特性，民族學研究者為此撰寫了數部專著。就在村莊背後，從范德海爾大宅能看見的地方，有一座陡峭的小丘，頂上有一圈怪異的古老立石，易洛魁人對它們始終懷著恐懼和厭惡的情緒。那些石塊的起源和意義至今依然是個未解之謎，但根據考古學和氣候學證據，它們建立的年代必然久遠得驚人。

從一七九五年前後開始，前來此地的拓荒者和後續定居的人們就時常聲稱，每年到了特定的時節，喬拉辛、那幢大宅和立石小丘就會響起怪異的喊叫和吟唱聲。儘管有理由相信，一八七二年前後，范德海爾全家（包括僕役在內）突然同時失蹤，那些怪聲也隨之不復存在。

大宅從此荒棄，原因是當後來的業主和感興趣的訪客試圖在裡面居住時，陸續發生了更多的災難性事件，其中包括三起原因不明的死亡、五起失蹤和四起突然出現的精神失常。由於未能找到范德海爾家族的繼承人，房屋、村莊以及周圍的大塊鄉野土地的所有權歸還州政府並重新拍賣。一八九〇年以後，新的業主（依次是已故的查爾斯·A·希爾茲和他兒子奧斯卡·S·希爾茲，水牛城人士）將整片產業置於徹底的忽略狀態之下，警告所有探究者不要進入那個區域。

過去四十年間，已知接近過大宅的人士只有神祕學研究者、警察、新聞工作者和來自國外的古怪人物。在最後這類人裡，有一位很可能來自交趾支那的神祕的歐亞混血兒，一九〇三年他在去過大宅後再次露面，意識變得空白，身體出現奇異的損毀，激起了廣泛的媒體報導。

一九三五年十一月十六日，泰普爾先生的日記由一名州警在某個出現退化現象的喬拉辛村民手中發現，這名州警受命前去調查范德海爾家族的荒棄宅邸坍塌的流言。日記簿長6英吋、寬3.5英吋，紙張堅韌，由結實得奇特的金屬薄板裝訂而成。老屋確實已經在十一月十二日的狂風中倒塌，原因無疑是年久失修和結構朽爛。整棟屋子解體得格外徹底，需要投入幾週時間才有可能仔細翻查廢墟。膚色黝黑、面如猿猴、形若印第安人的村民約翰·伊戈爾稱他在接近瓦礫表面之處找到了那本日記，所在之處應該曾是二樓前側的一個房間。

房屋裡的物品已經基本上不可辨認，但地下室有個結實得出奇的巨大磚砌地窖——人們不得不砸開它古老的鐵門，因為鎖具形狀奇特，堅固得非同尋常——依然完好，顯露出一些令人困惑的性質。舉例來說，地窖的磚牆上粗糙地刻滿了迄今為止尚未成功解譯的象形文字。另一個奇異之處是地窖後部那個巨大的環形洞口，因房屋倒塌所致的塌陷而堵死了。

最怪異的是鋪著石板的地面上有一些似乎不久前才留下的惡臭而黏稠的漆黑物質，它構成一條寬約一碼的不規則直線，一頭終結於被堵死的環形洞口。首先打開地窖的人聲稱那裡的氣味彷彿動物園的爬蟲館。

這本日記顯然是已告失蹤的泰普爾先生專門用來記錄他對令人恐懼的范德海爾宅邸的調查過程的，筆跡專家已經證明了它的真實性。在臨近日記結束的時候，字跡表露出情緒越來越緊張的徵兆，有些地方幾乎無法辨認。喬拉辛村民——他們的愚鈍和寡言讓研究這個區域及其祕密的所有學者感到氣餒——聲稱他們在記憶中無法將泰普爾先生和探訪可怖老宅的其他魯莽人士區分開。

日記的文本不加評論地轉錄如下。如何理解，以及除了寫作者的瘋狂外還能從中得到什麼，讀者必須自行判斷。只有歲月才能證明它在解開一個世代傳承的謎團中有著什麼樣的價值。另外還有一點值得關注，那就是系譜學家已經證實了已故泰普爾先生關於阿德里安．斯萊特的記憶。

日記

一九〇八年四月十七日

約下午6點抵達此處。被迫從阿提卡一路步行至此，不顧即將到來的風暴，因為沒有人肯租給我馬匹或馬車，而我又不會駕駛。這地方比我預料中更糟糕，儘管我渴望揭開祕密，但同時也畏懼可能會發生的事情。那個夜晚就快到了，古老而恐怖的瓦爾普吉斯魔筵之夜，自從在威爾士的那次遭遇過後，我就知道要尋找的是什麼，並且無論發生什麼，我都不會退縮。在某種深不可測的力量驅使下，我將畢生精力投入了對瀆神祕密的探尋。而我來到這裡不是為了其他目的，也不會抱怨命運的安排。

當我趕到時，儘管太陽離落山還早，但天色已經非常昏暗。我從未見過如此濃密的雷暴烏雲，全憑閃電的光芒來尋找腳下的道路。這村莊是個可憎的破落之地，寥寥無幾的居民比白痴好不了多少。他們中的一個人用奇異的態度向我行禮，就好像他認識我。我看不清附近的地形，只知道這是一個多沼澤的小山谷，長著古怪的棕色茅草和已經枯死的真菌，邪惡扭曲的參差樹木舉著光禿禿的枝杈將其包圍。村莊背後是一座模樣陰森的小丘，丘頂的一圈巨石環繞著中心的另一塊巨石。毫無疑問，這就是維[illegible]在奈[illegible]巫會上告訴我的邪惡萌發之地。

大宅位於莊園中央，園地裡長滿了形狀怪異的荊棘。我好不容易才穿過荊棘叢，待我從另一頭鑽出來時，建築物的古老和朽敗幾乎讓我望而卻步。它看上去汙穢而病態，真不知道彷彿患有痲瘋病的這麼一個龐然大物如何還能勉強站立。它是木結構的，儘管不同年代增建的紛雜廂房遮蔽了原有的輪廓，但我猜測它最初是按照新英格蘭的四方形殖民地風格、建造的。也許是因為它比荷蘭式石砌房屋更容易建造——

說起來，我記得迪爾克·范德海爾的妻子來自賽勒姆，是不可提及的亞巴頓·科里的女兒。屋子有個帶廊柱的門廊，我剛跑進去，暴雨就緊隨而來。這是一場惡魔般的暴風雨——天色漆黑如午夜，大雨傾盆，雷鳴閃電彷彿開天闢地之時，狂風像獸爪般攻擊我。大門沒有鎖，我取出手電筒，進入室內。地面和家具上的灰塵足有幾英吋厚，氣味彷彿肥土包裹的墳墓。門廳一直通向房屋內部，右手邊是一道彎曲樓梯。我艱難地爬上樓，選擇靠前側的房間紮營。這裡布置得挺齊全，但大部分家具已遭 損壞。日記寫於晚間8點，在此之前我吃了旅行包裡的冷餐。

今天過後，村裡人將給我送來補養，但他們頂多只肯走到莊園大門口為止，直到（如他們所說）「以後」。此處給我一種令人不快的熟悉感，希望我能盡快擺脫。

稍晚

我覺察到這幢房屋裡有數個鬼魂，其中之一對我顯露出確鑿無疑的敵意——這個惡毒的意志在尋求摧毀我的意志力並征服我。我連一瞬間都不能讓步，必須使用全部的力量抵抗它。它邪惡得令人悚然，絕對不是人類。我認為它必定是某些地外力量的盟友——那些力量來自時間背後的空間和宇宙之外。它如巨像般聳立，證實了阿克羅文獻中的記載。有一種無比巨大的尺度感與它聯繫在一起，我詫異於這些房間竟能容納它的龐然身軀——儘管它並不擁有有形的身軀。它的年齡必定古老得超越了語言描述——令人震驚、無法言喻的古老。

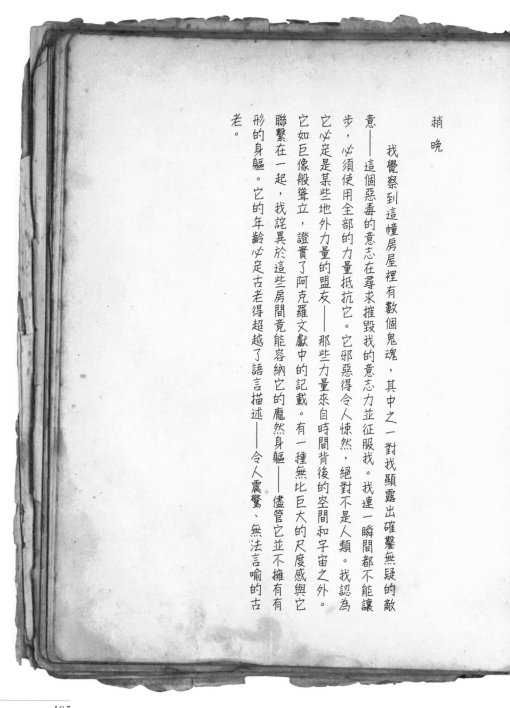

四月十八日

昨夜睡得很少。凌晨3點，怪異的鬼祟寒風開始滲透整個區域，並且越颳越大，直到房屋像被颶風襲擊般顫抖。我聽見前門嗒嗒作響，於是下樓查看，黑暗在我的想像中化作了半隱半現的形狀。剛走下樓梯平臺，我背後就被狠狠地推了一把——應該是風，但我敢發誓，在我飛快轉身的那個瞬間，見到了一隻龐大的黑色爪子正在消融的輪廓。我沒有失足，走完了整條樓梯，用沉重的門閂插上了正在危險地晃動的前門。

我不打算在天亮前探索這幢房屋，但此刻又無法重新入睡，恐懼和好奇合力燒灼我的內心，迫使我無法再推遲我的探尋了。我拿著大功率手電筒，在灰塵中艱難地走進房屋南側的大會客室，我知道家族的肖像都掛在那裡——正如維[illegible]所說。

不過通過某些更隱晦的管道，我也已獲知此事。有些肖像已經發黑、長黴和積灰，我難以甚至無法看清其中的面容，但在能看清的那些肖像裡，我確切地認出了范德海爾家族成員可憎的面部輪廓。其中幾幅肖像畫的似乎是我曾經見過的面容，但具體是哪些人的臉，我就不記得了。

可怖的混血兒喬里斯（生於一七七三年，母親是老迪爾克最小的女兒）的面部輪廓是其中最清晰的，我看清了他的綠眼睛和毒蛇般的面容。每次我關掉手電筒，那張臉就似乎在黑暗中隱約發光，最後我開始覺得它在散發模糊的綠色冷光。我越是端詳，就越是覺得它充滿險惡，所以轉過身，以免出現那張臉改變表情的幻覺。

然而我轉身後見到的東西更加可怕。那是一張陰鬱的長臉，有一雙靠得很近的小眼睛，豬玀般的相貌立刻證明了他的身分，儘管畫家已經盡可能把他的豬拱嘴畫得接近人類。這就是維[redacted]壓低聲音對我提及的。我驚恐地望著畫像，覺得那雙眼睛開始散發紅光——有一瞬間，畫像的背景像是變成了陌生而似乎毫無關係的景象：骯髒的黃色天空下，一片孤寂而荒蕪的沼澤地上長滿了怪模怪樣的黑刺李灌木叢。我對自己的精神狀態產生了擔憂，跑出這間該詛咒的陳列室，順著已經清開灰塵的拐角樓梯，返回我「紫營」的房間。

稍晚

我決定趁白天探索大宅裡彷彿迷宮的部分廂房。我不可能迷路，因為腳印在齊踝深的灰塵中非常清晰，必要時我還能通過其他可辨認的標記尋蹤。說來奇怪，我居然輕而易舉地搞清楚了那些錯綜複雜的蜿蜒走廊的結構。我順著向外伸展的北側長廂房走到盡頭，發現了一道上鎖的門，我用蠻力破開它。門裡是個非常小的房間，被家具塞得滿滿當當，牆板已經嚴重蟲蛀。我在房間外牆朽爛的牆板底下瞥見了一塊黑色的空間，仔細看是一條狹窄的密道，向下延伸到未知的黑暗深處。那條甬道坡度陡峭，沒有臺階或扶手，我想像著它往日裡的用途。

壁爐上方是一幅發霉的肖像畫，仔細查看之後，我發現畫裡是個年輕女人，身穿十八世紀末的禮服。她的面容具有一種古典美，卻帶著我想像中人類面容能夠做出的最像惡魔的邪惡表情。那張精心描繪的面孔顯露出的不僅是無情、貪婪和殘忍，而是超過人類理解範疇的某些駭人特質。我望著它，覺得畫家——或者緩慢的霉爛——給那張蒼白的臉賦予了某種病懨懨的慘綠色調以及近乎難以覺察的鱗片狀紋理。我爬上閣樓，發現幾大箱怪異的書籍，其中有很多書的外部形態以及使用的字母表對我來說都完全陌生。有一本書記錄了我從未知曉其存在的阿克羅咒文的數個變體。我尚未查看樓下那些積灰書架上的書籍。

四月十九日

此處無疑有一些肉眼不可見的鬼魂，儘管灰塵上除我本人的腳印外沒有留下任何印記。昨天我在荊棘叢中開闢出一條通往莊園大門口的小徑，村裡人把我的補養放在了大門口，但今天上午我發現那條小徑又合上了。非常奇怪的是，春天的活力幾乎沒有觸碰那片灌木叢。我再次感覺到身旁有某種房間幾乎不可能容納的巨物，並且這次不止一個鬼魂擁有如此尺寸。我現在知道了，根據昨天在閣樓發 現的那本書，阿克羅第三儀式能讓這些事物變得堅實和可見。我是否敢嘗試這種顯形術法還有待考慮。危險 過於巨大。

昨天夜裡，我開始在走廊和房間裡的陰暗角落瞥見猶如煙霧的幽影面孔和形體——這些面孔和形體過於駭人和可憎，我甚至不敢在此描述。它們從本質上說似乎類 似於前晚企圖推我下樓的巨爪——必定是我受到侵擾的想像力製造的幻覺。我在尋找的東西不可能類似這些事物。我 再次見到了那隻巨爪——它有時單獨、有時結夥出現——但我下定決心，對這種現象一概不理。

今天下午較早的時候，我第一次探查了地下室——

通過我在一間儲藏室裡找到的梯子，因為木樓梯已經全部朽爛。整個地下室結滿了硝石，一個個看不出形狀的土墩 標出各種器物解體的位置。對面牆邊有一條狹窄的通道，似乎從我在北側廂房發現的那個上鎖小房間底下延伸而來，它的盡頭是一面厚實的磚牆，帶有一道上鎖的鐵門，似乎是某種地窖的一部分。這面牆和這道門帶有十八世紀工藝的痕跡，應該與大宅年代最久遠的增建部分屬於同一個時代——無疑早於獨立戰爭。鎖明顯比鐵門本身更加古老，上面雕刻著一些我無法解讀的符號。

維[illegible]沒有提到過這個地窖。它比我先前見到的其他東西都更加令人不安，因為每當我接近它，都會產生幾乎無法抵抗的衝動，讓我想要聽見一些什麼。迄今為止，還沒有任何不尋常的聲音能證明我在這個充滿惡意的地方停留過。離開地下室的時候，我衷心希望樓梯還在原處，因為爬豎梯上去感覺緩慢得令人發瘋。我不想再次去地下室，但某些邪靈慫恿我入夜後再去一趟，這樣才能知道我想知道的一切。

四月二十日

我探尋了恐怖的深淵，卻只發現還存在更深的深淵。昨夜，那種誘惑變得過於強烈，我在最黑暗的凌晨時分拿起手電筒，再次前往結滿硝石、地獄般的地下室，我躡手躡腳地穿過不可名狀的土墩，來到可怖的磚牆和上鎖的鐵門前。我沒有發出任何聲音，克制住自己不去低聲念誦我知道的任何咒語，而只是側耳傾聽——瘋狂而專注地諦聽。

最後，我聽見了從隔絕內外的鐵扳另一側傳來的聲音——險惡的拍地聲和喃喃聲，像是來自某些龐大的黑夜怪物。隨後我又聽見了該詛咒的蠕行聲，像是巨蛇或海獸拖著多褶皺的畸形身軀爬過鋪平的地面。我嚇得幾乎癱瘓，望向生鏽的大鎖，見到了雕刻其上的陌生而神祕的象形文字。我不認識這些符號，它們的形態隱約類似蒙古文字，蘊含著褻瀆神靈、難以描述的古老意味。我偶爾覺得見到它們散發出綠色幽光。

我轉身想逃跑，巨爪的幻象卻出現在眼前——龐大的鉤爪似乎就在我的視線下膨脹，變得越來越真實。它們在地下室邪惡的黑暗中無限延伸，覆蓋鱗片的腕部影影綽綽浮現，越來越強大的某個邪惡意志引導它們可怖地摸索。這時我聽見從背後——那個可憎的地窖裡——爆發出了又一陣發悶的震響，猶如摸糊的雷聲一般從遙遠的地平線迴蕩而來。越發強烈的恐懼感驅使著我衝向影影綽綽的鉤爪，看見它們在手電筒強大的光束下消融。我咬著手電筒爬上樓梯，直到跑回樓上才停下。

我不敢想像自己最終的結局會是什麼。我以探尋者的身分而來，但此刻明白，有某些事物在尋找我。就算我想走，也已無法離開。今天上午我準備去大門口取給養，但發現荊棘扭曲著堵死了小徑。無論朝哪個方向走都一樣——屋後或是其他各個側面。一些地方的帶刺的棕色藤蔓挺直到了令人驚詫的高度，構成彷彿鋼鐵的圍欄，阻止我逃離此處。村民與這整件事情必然有關，因為當我回到室內，發現我的補養就在寬敞的門廳裡，但完全不知道它們是如何出現在這裡的。此刻我很後悔，真不該清掃灰塵。我打算在地上撒一些塵土，看看會留下什麼樣的腳印。

今天下午我去底樓後側那個陰森的大圖書室讀了一些書籍，在心裡形成了一些我無法提起勇氣講述的猜測。我以前從未見過《納克特抄本》或《埃爾特頓陶片》的文本，若不是來到此處，也不可能知道它們記載著什麼。我知道現在後悔已經來不及了，因為再過十天就是那個可怕的魔筵之夜。那些東西是為那個恐怖夜晚而留著我。

四月二十一日

我重新開始研究那些肖像。有些畫像標著名字，我發現其中之一讓我感到困惑，畫像中的女人面相邪惡，繪製於兩個多世紀前。標注的名字是崔金治．范德海爾．斯萊特，我明確記得我曾經見過斯萊特這個名字，知道它關係著某些重要的事情。當時這個名字並不顯得可怕，但現在無疑不一樣了。我必須在腦海中搜尋這條線索。

畫像中的眼睛糾纏著我。其中一些在堆積灰塵、朽爛和長滿黴斑的裹屍布裡會不會比其他的更加突出？蛇臉和豬臉的巫師在發黑的畫框裡可怕地瞪著我，另外幾十張混血面孔漸漸從暗影幢幢的背景中浮現出來。所有畫像都帶著家族共有的駭人特徵——它們出現在人身上而不是非人怪物身上，因而顯得更加恐怖。真希望它們不要讓我聯想起其他人的面容——我過去認識的一些人的面容。這是一條受詛咒的血脈，萊頓的科內利斯是他們之中最可怕的，就是他在他父親發現另外那把鑰匙後突破了障壁。我確定維只知道一小部分恐怖的真相，因此才毫無準備、措手不及。這條血脈在老克拉斯之前的情況如何？若是沒有代代相傳的邪惡饋贈或者與外部的某些聯繫，他在一五九一年也不可能做出那些事情。這條邪異血脈的其他分支又催生了什麼？他們是否散居於世界各地，等待著共同的恐怖傳承？我必須回憶起是在什麼地方特別注意到斯萊特這個名字的。

真希望我能確定這些肖像都一直待在畫框裡！因為幾個小時以來，我多次見到一些事物，它們像先前的巨爪和幽影一樣閃現，但完全複製了某些古老畫像中的面容。不知道為什麼，我始終無法同時瞥見一個鬼魂和它所酷似的肖像——要麼是光線永遠不適合觀察前者或後者，要麼就是鬼魂和肖像處於不同的房間內。

我曾經抱有幻想，鬼魂或許僅僅是想像力的碎片，但現在我無法確定了。其中有一些是女性的鬼魂，和上鎖小房間裡的畫像一樣擁有地獄般的美感；還有一些不像我見過的任何一幅畫像，但讓我覺得它們被繪製出的面容難以辨認地潛伏於我無法看清的那些畫像的黴斑和煤煙之下。我絕望而恐懼地發現，有少數幾個近乎物質化為固態或半固態的形態，其中一些給我以令人害怕和難以解釋的熟悉感。

有一個女人，她的美貌遠勝於其他眾人。她帶毒的魅力彷彿生長在地獄邊緣的甜蜜花朵。只要我仔細打量，她立刻就會消失，但很快又重新出現。她的面容帶著慘綠的色調，我時而覺得能在它光滑的皮膚上窺見疑似鱗片的紋理。她是誰？她會是一個多世紀前棲息於上鎖小房間裡的那個生靈嗎？

村民再次把我的補給留在前廳，這顯然將是以後的慣例。為了捕捉腳印，我在前廳撒了些塵土，但今天上午，整個前廳都被某種未知力量清掃得乾乾淨淨。

四月二十二日

今天我有了恐怖的發現。我再次探索結滿蛛網的閣樓，發現一個有著雕紋、已經朽爛的荷蘭造木箱，裝滿了褻瀆神靈的書籍和文書，它們比我此前在這裡發現的其他東西更加古老。其中有《死靈之書》的希臘語譯本、《伊波恩之書》的諾曼法語譯本和首版的老路德維希．普林的《蠕蟲的祕密》。但最可怕的莫過於那份古老的手稿裝訂本。它用中古拉丁文寫成，充滿了克拉斯．范德海爾怪異而潦草的筆跡，似乎是他一五六〇年至一五八〇年之間的日記或筆記。我解開發黑的銀質搭扣，展開泛黃的紙頁，一張彩色畫稿掉了出來——畫中的畸形魔怪狀如烏賊，長有尖喙、觸手和巨大的黃色眼睛，但輪廓中又和人類有著某種可憎的相似之處。

我從未見過如此令人噁心、猶如夢魘的形體。它的手掌、足部和頭部的觸手都是怪異的鉤爪，讓我想起在我的前進之路上可怖地摸索的龐然黑影，而畫像中這個完整的怪物坐在猶如王座的巨大基座上，某種隱約類似漢字的未知象形文字刻在基座的表面上。文字和畫像都散發出邪惡和邪異的氣息，強烈而無孔不入，我無法想像它有可能是任何一個文明或紀元的產物。那個畸形魔怪必定是無限空間之中、過去未來萬古歲月之內全部邪惡的焦點——那些可怖的符號是有意識的汙穢咒文，被賦予了它們自己的病態生命，隨時能從羊皮紙上掙脫出來，毀滅閱讀者的心智。至於那個怪物和那些象形文字的內涵，我毫無頭緒，但能感受到作圖者為了無可名狀的目的，以地獄般的精確描繪了這兩者。睨視著我的那些符文，我越是研究，它們與地下室那把不祥鐵鎖上的符號的相似性就變得越來越清晰。我把那張畫像留在了閣樓上：身旁假如有這麼一個東西，睡眠是絕對不可能到來的。

整個下午和傍晚，我仔細閱讀老克拉斯．范德海爾的手稿，讀到的內容足以給我人生中剩下的時間蒙上陰影並使其變得恐怖。這個世界以及先前其他世界的創生在我眼前展現。我知道了香巴拉城，雷姆利亞人在五千萬年前修建了它，直到今天依然屹立於東方的荒漠中，受到心靈力量的高牆的保護。我知道了《德基安之書》，其前六章先於地球而存在，當金星諸領主乘坐飛船前來教化我們的星球時，它就已經很古老了。我第一次見到某個名字被寫在紙上，其他人曾經用耳語向我講述過這個名字，我曾以更私密和可怖的方式了解過它——這個被避諱和畏懼的名字是「鄢獲」。

手稿中有數個段落需要一段關鍵文字（「密鑰」）才能解讀。最終我從多處記敘中得出結論：老克拉斯不敢用一部手稿記錄他所有的知識，將一些特定的要點留在了另一部裡；若是缺少其中一部，兩部手稿都將無法完全解讀。因此我下定決心，只要另外一部手稿還在這幢該詛咒的大宅中的某處，我就非要找到它不可。儘管我已徹底淪為囚徒，但還沒有失去對未知事物的畢生熱忱。我決定要在末日到來前盡可能深入地探究宇宙的奧祕。

四月二十三日

整個上午都在搜尋第二本日誌，中午時分在上鎖小房間的一張寫字檯裡找到了。和前一本一樣，也是克拉斯·范德海爾用粗鄙的拉丁文寫成的。它似乎由支離破碎的筆記組成，與前一本的各個段落形成參照關係。我大致翻了一下，立刻瞥見了那令人憎惡的名字——鄢獲，隱匿的迷失之城，埋藏著萬古久遠的祕密，關於它的模糊記憶比潛伏於全人類心智背後的暗影還要古老。這個名字重複了許多遍，前後的文本中點綴著粗略描繪的象形文字，這些符號明顯類似於我見過的那張地獄般畫像中基座上的符號。這本日誌裡無疑有著解讀那個觸手魔怪及其禁忌意義的密鑰。我帶著它爬上嘎吱作響的樓梯，前往遍布蛛網的恐怖閣樓。

我嘗試打開閣樓門，卻發現它前所未有地卡住了。我試了幾次，它一次次地抗拒我的力量，最後終於打開時，我清晰地感覺到某種不可見的龐然巨物忽然鬆開了它——那個巨物拍打著非物質的翅膀騰空而去，發出的聲音清晰可辨。我找到那幅可怖的畫像，覺得它不在我上次放下的原處。我使用第二部手稿中的密鑰解讀，很快意識到它並不是通向祕密的直接途徑，而只是一條線索，其背後的祕密過於黑暗，防護必須足夠嚴密。我需要幾個小時甚至幾天來破解其中可怕的意義。

我能活到獲知祕密的那一刻嗎？黑色的幽影臂膀和手爪越來越頻繁地侵襲我的視線，而且比從前巨大得多。非人類的摸糊鬼影不來糾纏我的時間也越來越少，它們雲霧般的軀體龐大得無法被房間容納。轉瞬即逝的怪誕面容與形體和嘲笑著我的畫像怪影時常在我面前成群出現，攪得我頭昏腦脹、不知所措。

說真的，地球上有一些可怖的原初奧祕最好不要去了解和驚擾。那些恐怖的祕密與人類毫無關係，人們知曉後只會犧牲自己的心靈平靜和精神健全。那些神祕的真相會讓知曉者變成同族中的異類，使得他孤獨行走於世間。同樣地，比人類更加古老和大能的可怕事物也有一些存活至今，它們褻瀆神靈並在萬古時光中迷途，來到了它們不該存在的年代。那些畸形魔怪在難以想像的墓穴和遠離人間的洞窟裡無休止地沉眠，不受理性和因果的定律拘束，等待著知曉它們暗黑禁忌符號和祕密口令的瀆神者將其喚醒。

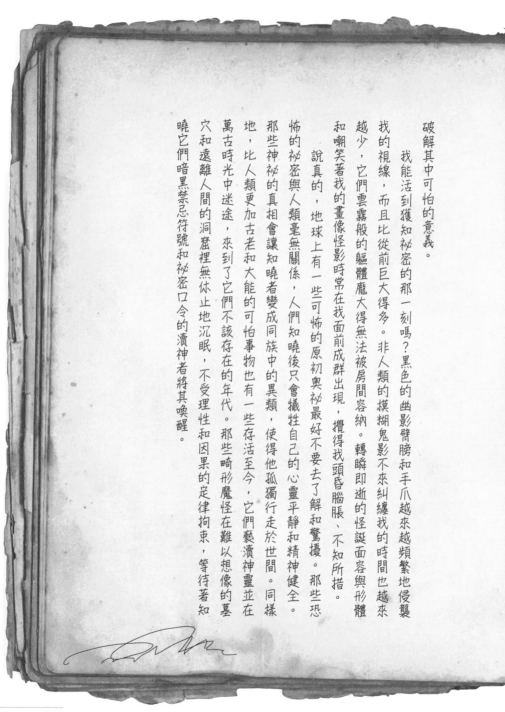

四月二十四日

一整天在閣樓研究畫像和密鑰。日落時分，我聽見從未遭遇過的奇異聲音從遙遠的地方傳來。側耳細聽後，我意識到它們必定來自那有著立石圈的怪異山丘。那些山丘突兀地矗立於村莊背後、大宅向北的一段距離以外。我聽說過大宅裡有一條小徑通往山丘上古老的巨石陣，猜測范德海爾家族在一年中特定的時節會頻繁地使用它。然而在今天之前，這整件事都被深深地埋藏在我的腦海裡。此刻我聽見的異響是尖細的笛聲混雜著某種怪異而駭人的嘶嘶聲或哨音——那是一種奇特而陌生的音樂，地球上歷代的記載中都不曾提到過它。樂聲非常微弱，很快就消散了，但這件事促使我開始思考。北側的長廂房——建有那條祕密甬道，底下就是上鎖的磚砌地窖——正是朝著小丘的方向伸展的。其中是否存在某些我一直未能意識到的聯繫？

四月二十五日

關於我被囚禁的現狀，我有了一個令人不安的怪異發現。某種險惡的魅惑力量將我拉向那座山丘，我發現荊棘叢在我前方分開，但只在那個方向上如此。一道已經倒塌的大門之後，灌木叢底下隱藏著無疑曾經存在的古老小徑的痕跡。荊棘叢包圍了小丘，又蔓延到半山腰，但立著巨石的丘頂卻只有一層奇特的苔蘚和矮化的茅草。我爬上山丘，在那裡待了幾個小時，注意到一股陰風好像總是繞著禁忌巨石吹拂，偶爾似乎會以清晰得怪異但又神祕莫測的方式竊竊私語。

那些石塊的色澤和紋理都與我在其他地方見過的任何事物毫無共同之處。它們既不是棕色也不是灰色，而是某種結合了險惡綠色的骯髒黃色，似乎擁有類似變色龍的可變性。它們的紋理怪異得類似有鱗的蛇皮，觸感難以解釋得令人作嘔——冰冷而黏滑，就像蟾蜍或其他爬蟲類生物的皮膚。中央立石不遠處有個奇特的石圈洞口，我無法解釋其用途，但很可能是早已堵死的深井或隧道的入口。我企圖從遠離大宅的方向走下山丘，卻發現荊棘叢像以前一樣攔住了我，只有通向大宅的小徑可供通行。

四月二十六日

今天傍晚再次爬上山丘，發現風中的耳語聲變得愈加清晰。接近狂暴的嗡鳴聲與真正的說話聲相去不遠，形成了一種摸糊的齒擦音，讓我想起從遠處傳來的怪異笛聲。日落之後，北方地平線上出現了一道怪異的光芒，那應該是早來的夏季閃電，漸暗天空的高處隨即響起奇特的炸響。這個現象當中有一些不知名的因素使得我深感不安，我無法擺脫這樣一種印象：炸響結束於某種非人類的嘶嘶說話聲，而說話聲又逐漸化作無所不在的粗嘎狂笑。是我的神志終於開始動搖，還是我不適當的好奇心從暮光　深淵激起了某些聞所未聞的恐怖之物？魔筵之夜越來越近。我將面臨什麼樣的結局？

四月二十七日

我的夢想終於成真了！無論我將付出生命、靈魂還是肉體作為代價，我都必須進入那道門！解譯圖像中那些至關重要的象形文字的進度很慢，但今天下午我發現了最終的線索。傍晚時分，我知道了它們的含義——這個含義只能通過唯一方式解釋我在這幢房屋裡遭遇的那些事物。

屋子底下有一個被遺忘的古神。我尚不知道它具體葬身於何處，但它會向我展示我必將進入的那道門，賜予我將會需要的失落符號和詞句。我無從猜測它在這裡埋藏了多久。除了在丘頂豎起石塊的那些人，還有後來找到此處並建起這幢房屋的那些人，世界早已遺忘了它。毋庸置疑，正是在搜尋這個古神的過程中，亨德里克・范德海爾才在一六三八年來到新尼德蘭。除了找到或繼承了密鑰的極少數人會在恐懼的祕密低語中提到它，這顆星球上的居民對它毫無了解。人類的眼睛從未見過它，除非大宅裡已經消失的那些巫術師探究得比我想像中更加深入。

懂得這些符號以後，我也掌握了「恐懼的失落七印」並隨之通曉了駭人和不該言說的「恐懼之詞」。現在我需要完成的只剩下詠唱，它將使被遺忘的古神「遠古門戶守護者」改變形態。詠唱讓我驚詫莫名，構成它的是令人厭惡的怪異喉音和令人不安的齒擦音，不像我曾經遭遇過的任何一種語言，包括《伊波恩之書》最黑暗的章節。日落時分我探訪小丘時嘗試大聲吟誦，激起的回應僅僅是遠方地平線上隱約傳來的險惡隆隆聲，還有一團稀薄的塵雲像邪惡活物般蠕動和蜷曲。也許我沒有準確地發出那些陌生的音節，也許只有在魔筵之夜——大宅裡的不明力量囚禁我無疑就是為了那地獄般的魔筵——偉大　的變形才會發生。

今天上午，怪異的恐懼感像魔咒般困住了我。有一瞬間我似乎想起來曾在何處見過斯萊特這個令我苦惱的名字，那一刻醒悟帶來的前景使我心中充滿了不可言喻的恐懼。

四月二十八日

今天，不祥的黑色陰雲籠罩著丘頂的巨石陣。我曾有幾次留意到過這樣的烏雲，但今天的輪廓和排列方式有了全新的含義。它們狀如巨蛇，與我在屋內見到的邪惡幽影有著怪誕和奇異的相似之處，並且圍成一圈，懸浮於古老的巨石陣上空——不斷旋轉，像是被賦予了險惡的生命和目標。我敢發誓，雲層中還傳出狂暴的喃喃聲。大約十五分鐘後，它們緩緩飄向東方，就像迷途畢團的組成單位。那難道就是可怖的古神，只有所羅門王才知道它們的歷史？那些巨大的黑色生靈數以群計，腳步一度震撼大地？

我一直練習將無名古神變形的詠唱，但哪怕僅僅是低聲念誦那些音符，怪異的恐懼感也會攥住我的心靈。我拼湊起所有的證據，發現通向答案的唯一途徑就是穿過那個上鎖的地窖。建造地窖是為了某種該下地獄的目的，必須掩蓋通向那超越記憶的古老巢穴的祕密隧洞。只有瘋子才有可能猜測是什麼樣的衛兵永遠存活其中，一個又一個世紀依靠某種未知食物滋養生命。這幢房屋裡原本的巫術師從地球內部召喚它們，正如那些令人震驚的肖像和此處留下的記憶所揭示的，巫術師對後者的習性實在過於熟悉。

最讓我煩惱的是詠唱的能力有所限制。它能喚起無名古神，但沒有提供控制被召喚之物的手段。當然了，我知道一些通用的符文和手勢，但對這麼一個古神是否有效還有待證明。然而，若是能夠成功，回報足以抵消風險——另外，就算我想退縮也不行，因為某種未知的力量無疑在督促我繼續儀式。

我還發現了另一個障礙。為了穿過上鎖的地窖，我必須找到那地方的鑰匙。那把鎖過於堅固，不可能鑿開。毫無疑問，鑰匙就在附近的某處，但魔筵之夜即將到來，留給我的時間非常短暫，我必須堅持不懈地徹底搜尋大宅。打開鐵門上的鎖需要勇氣，因為誰能說清裡面潛伏著什麼樣被囚禁的恐怖之物呢？

稍晚

過去一兩天，我一直盡量避開地窖，但今天下午晚些時候，我再次下樓走進了那片禁忌區域。剛開始萬籟俱寂，但不到五分鐘，鐵門另一側就再次響起了險惡的拍地聲和喃喃聲，比以前任何一次都更為響亮和可怕，我同時還辨認出了意味著某種龐大海獸的蠕行聲——這次更加迅捷，強烈得令人緊張，像是那東西企圖撞開鐵門，朝我站立之處而來。

隨著踱步聲越來越響、越來越焦躁，也越來越險惡，我第二次造訪地下室時聽見的那種凶險而難以識別的震響在門的另一側再次響起——發悶的聲音像是模糊的雷聲從遙遠的地平線迴蕩而來。但此刻的音量被加大了上百倍，音色中帶著令人恐懼的新寓意。我頂多只能將這個聲音比作已經消逝的蜥蜴類時代的可怕怪獸的咆哮聲，那時遠古的恐怖生物還在地表橫行，瓦魯西亞的蛇人剛鋪下邪惡魔法的基石。此刻這個令人震驚的聲音讓人聯想到的就是這樣的咆哮聲——但增強到了震耳欲聾的響度，已知有機生物的喉嚨不可能發出這樣的聲音。我敢打開門鎖，直面潛伏於門內的怪物帶來的衝擊嗎？

四月二十九日

找到了地窖的鑰匙。中午時分，我在上鎖的小房間裡偶然發現了它，就埋在古老的寫字檯一個抽屜裡的各種雜物底下，就像有人在追悔莫及時想要盡量隱藏它。一張揉皺的舊報紙包著它，報紙的日期是一八七二年十月三十一日。報紙底下還墊著一層乾製的皮膚——顯然是某種不明爬行類生物的皮革——上面寫著一段中古拉丁文，潦草的字跡與我找到的兩本筆記上的一樣。如我所料，鎖和鑰匙比地窖本身古老得多。老克拉斯·范德海爾安裝那把鎖是為了他或他的後代應該去做的某件事，至於鑰匙本身究竟有多古老，這是我難以估量的。解讀這段拉丁文留言時，攫住靈魂的恐懼和無可名狀的敬畏再次讓我顫抖。

「怪異古神的祕密，」潦草的字跡寫道，「它們的神祕話語與早於人類的隱祕事物有關。地球上的任何一個居民都不該了解那些事物，否則就將永遠破壞他內心的平靜。我真不該揭開這樣的祕密，在曾經存在過的一切活物之中，只有我以這具血肉之軀造訪了鄢獲，那萬古久遠、被遺忘的失落之城，誰也不該洩露它的所在地。我在那裡得到並帶走了我當欣然忘記然而卻無法忘記的知識。我知道了該如何跨越不該被跨越的溝壑，將不該被驚醒或召喚的『那個東

西』從地球深處喚醒。派來跟隨我的事物將永不沉眠，直到我或我以後的任何人發現並做完應該被發現並做完的事情。

「我醒悟並帶回來的『那個東西』，我將無法與它分離。《隱祕事物之書》裡就是這樣記載的。被我喚起的『那個東西』用它可怖的形體纏繞著我，假如我的生命不足以支付代價，還將纏繞我未來出生或未出生的子孫後代，直到付清代價為止。它們的結合將怪誕離奇，它們召喚的幫手將令人恐懼，直到最終達到目的。必須前往未知而偏遠的土地，建造一幢房屋從外部守護。

「這把鑰匙能打開我在萬古久遠的禁忌恐怖之城鄢獲得到的那把鎖。我或我的後代必須將這把鎖掛在『那個東西』日後棲身之處的門上。願亞迪斯的諸位領主護佑我或他——將鎖掛在那裡並轉動鑰匙的人。」

他的留言到此結束——讀完之後，我覺得似曾相識。此時此刻，我寫下這些文字，鑰匙就擺在我面前。我盯著它，內心既有恐懼也有渴望，我找不到詞句能夠用來形容它的外形。它和門鎖一樣，也是略顯綠色、啞光的未知金屬質地，最接近這種金屬的東西是被銅綠磨滅光澤的黃銅。它的外觀陌生而奇異、沉重而碩大，棺材形狀的一端無疑是用來開鎖的。手柄大致呈現出一個非人類的怪異形象，其具體的輪廓和身分已經無法辨認。任意握住它並保持一段時

間，我似乎就會在冰冷的金屬裡感覺到某種陌生而反常的生命——那是某種胎動或脈搏，但極其微弱，通常情況下不可能覺察到。在這個形象之下雕刻著一行萬古久遠的模糊銘文，我已經非常熟悉這種褻瀆神靈、類似漢字的象形文字了。開頭尚可分辨——「我的復仇潛伏」——後面的文字就磨損得看不清了。發現鑰匙的時機中暗含著某種宿命感，因為明晚就是地獄般的魔筵之夜了。但是說來奇怪，儘管駭人的前景徹底籠罩著我，斯萊特這個名字的問題卻讓我越來越煩躁。我為什麼要害怕發現它和范德海爾家族之間存在聯繫呢？

瓦爾普吉斯前夜

—四月三十日

這個日子終於到了。昨天半夜我醒來，看見天空散發著可憎的綠色輝光。我見過這種病態的綠色——在此處某些畫像的眼睛和皮膚上，在令人驚駭的鎖和鑰匙上，在小丘頂上的怪誕巨石上，在我意識深處成百上千個其他角落裡。空氣中飄蕩著刺耳的低語聲——就像那令人恐懼的巨石陣周圍的怪風中嘶嘶作響的哨音。有些事物在冰寒的乙太空間對我開口說：「時辰已到。」這是個險惡的預言，我嘲笑自己的恐懼。我難道不擁有「恐懼之詞」和「恐懼的失落七印」嗎？它們的力量能夠駕馭宇宙或未知的黑暗空間中的任何棲息者。

我將不再猶豫。

天空非常黑暗，就彷彿可怖的暴雨即將來臨——這場暴雨比近兩週以前我抵達此處的那一晚的暴雨還要猛烈。我聽見怪異而不尋常的含糊叫聲從不到1英哩外的村莊傳來。事實正如我的猜想，這些已經退化的可憐愚人也是祕密的一部分，他們正在丘頂舉行可怕的魔筵儀式。大宅裡的幽影聚集得更加緊密。黑暗中，鑰匙在我面前幾乎自行散發出綠色光芒。我還沒有去地窖，最好再等待一下，以免呢喃聲和拍地聲、蠕行聲和發悶的震響在我打開那扇恐怖鐵門前就讓我喪失勇氣。

至於我將遭遇的和我必須做的事情，我連個大致的念頭都沒有。我會在地窖裡找到我的使命，還是必須更深入地走進我們星球的永夜心臟？有些事情我還不理解——或者更確切地說，寧可不去理解——但這幢可怖的房屋讓我越來越強烈地覺察到一種令人恐懼、難以解釋、與往日有關的熟悉感，尤其是從上鎖小房間通向地下的那條甬道。但我自認為已經知道，建有地窖的那一側廂房為何會朝著小丘的方向延伸。

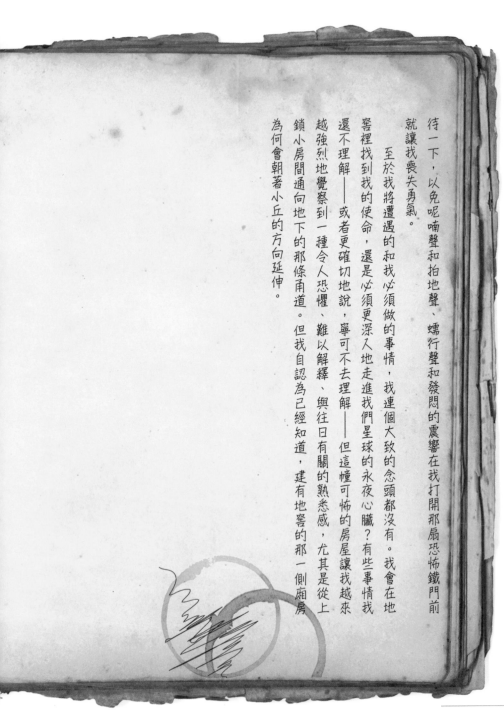

下午6點

我從北側的窗戶向外看，見到一群村民聚集在山丘上。他們似乎對越來越低垂的烏雲渾然不覺，忙著在中央巨石周圍挖掘。我意識到他們正扒開那個很像堵塞多年的隧道入口的石圈洞口。接下來會發生什麼？這些人保留了多少古老的魔筵儀式？鑰匙發出可怕的光芒——這不是我的想像。我敢按照它正確的方式來使用它嗎？還有一件事情讓我極為惶恐。我坐立不安地在圖書室裡翻閱一本書，見到了一直在嘲諷我的記憶的那個名字的完整形式：崔金治，阿德里安．斯萊特之妻。阿德里安帶領我走到了回憶的懸崖邊緣。

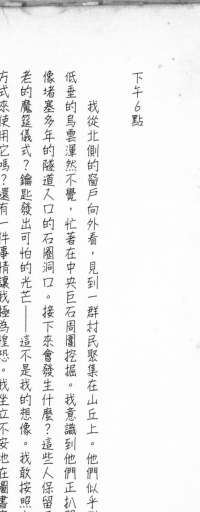

恐怖之物已被釋放，但我絕對不會屈服。暴風雨以萬魔殿般的狂怒勢頭襲來，閃電三次擊中小丘，但混血的畸形村民依然聚集在巨石陣內，我能在幾乎片刻不停的閃電中看見他們。龐大的石塊令人驚駭地屹立在那裡，散發著摸糊的綠色輝光，即便沒有閃電也能揭示其自身的存在。雷聲震耳欲聾，每一聲似乎都可怖地在某個難以確定的方向喚來回應。就在我寫下這些文字的時候，山丘上的怪物開始詠唱、嚎叫和嘶喊，以半猿猴的退化方式摸仿古老的儀式。大雨像洪水般傾瀉，但他們以惡魔般的狂喜姿態蹦跳和發出聲音。

「咿呀！莎布－尼古拉斯！孕育萬千子孫的黑山羊！」

最可怕的事情在大宅內發生。即便待在樓上，從地窖飄來的聲音仍能傳進我的耳朵。那是地窖裡的拍地聲、喃喃聲、蠕行聲和發悶的震響……

記憶來來去去。阿德里安．斯萊特的名字奇異地捶打我的意識。迪爾克．范德海爾的女婿——他的孩子，老迪爾克的孫女，亞巴頓．寇里的曾孫女……

稍晚

上主垂憐！我終於知道我在哪裡見過那個名字了。我知道了，恐懼讓我無法動彈。一切都完了……

我用左手緊張地攥著鑰匙，感覺鑰匙開始變得溫暖。微弱的胎動或脈搏有時候非常清楚，我幾乎能感覺到活生生的金屬在蠕動。它來自鄢獲，為了一個恐怖的目標，來到我的手中——我知道了，但為時已晚，范德海爾家族的稀薄血脈通過斯萊特家族淌入我的家族——將駭人的使命傳遞給我，要我去實現那個目標……我的勇氣和好奇心已經衰竭。我知道鐵門背後隱藏著什麼恐怖之物。就算克拉斯·范德海爾是我的祖先，難道我就必須為他無可名狀的罪孽付出代價嗎？我絕對不會——我發誓，絕對不會！……

不遲了——我無法阻止自己——黑色手爪

已經顯形——將我拖向地窖—

丹尼斯．巴里去了某個地方，究竟是哪個遙遠而可怖的鬼域，我不得而知。他在活人中間的最後一個夜晚，我和他待在一起，那個東西撲向他的時候，我聽見了他的慘叫。但米斯郡（注）所有的農夫和警察還有其他任何人，無論他們搜尋得多久、多廣泛，都永遠也不可能找到他了。如今我只要聽見青蛙在沼澤地裡鳴叫，見到月光照耀荒僻的地點，都會不寒而慄。

我和丹尼斯．巴里在美國結為好友，他在美國發跡，歸鄉後買回了沉睡小鎮基爾德里沼澤旁的家族古堡，而我為此獻上衷心的祝福。他的父親來自基爾德里，他希望能在先輩棲身之處享用他的財富。他的祖先曾統治基爾德里，建造了這座古堡並在其中居住，但那是非常遙遠的過去了，因此古堡已經空置和朽敗了多個世代。巴里返回愛爾蘭後經常與我通信，講述在他的照護之下，灰色的古堡如何一個塔樓一個塔樓地恢復往昔的榮光，常青藤如何像許多個世紀前那樣緩慢地重新爬上修復的牆壁，農夫如何為了他用從海外帶來的金錢讓過去的好日子回到此處而祝福他。但過了一段時間，他遇到了麻煩，農夫不再祝福他，像躲避厄運一樣離他遠去。後來他寄給我一封信，請我前去探望，因為他待在古堡裡感到很孤獨，除了新僱的僕役和從北方帶來的工人，他連個說話的人都沒有。

沼澤是所有麻煩的起因。我抵達古堡的那天晚上，巴里這樣對我說。我在夏季的日落時分來到基爾德里，金色的天空照亮綠色的山丘與樹叢，還有藍色的沼澤。沼澤中有座遙遠的小島，島上怪異的古老廢墟閃耀著奇特的光輝。日落的景色非常美麗，但巴利洛克的農夫警告我不要靠近基爾德里，稱那裡受到了詛咒，因此當我見到古堡高聳的塔樓鍍上烈火的顏色時，一時間幾乎不寒而慄。基爾德里不通火車，因此巴里派車在巴利洛克車站接我。村民遠遠避開那輛車和從北方來的司機；他們得知我要去基爾德里，紛紛臉色蒼白地低聲提醒我。當天晚上，我和巴里重新聚首後，他告訴了我原因。

農夫遠離基爾德里是因為丹尼斯・巴里打算抽乾大片沼澤的水。儘管熱愛故鄉愛爾蘭，但美國並非沒有給他留下印記，他討厭見到一塊荒棄的美麗空地，泥炭應該被挖掘切分，土地應該被開墾種植。基爾德里的民間故事和迷信傳統對他毫無影響，農夫先是拒絕幫忙，後來發現他已經下定決心，於是詛咒他，帶著僅有的丁點財產搬去巴利洛克，他對此只是放聲大笑。他從北方請來工人代替他們，僕役請辭時，他也同樣更換了他們。但待在陌生人之中，巴里感到很孤獨，因此邀請我來和他作伴。

當我聽說是恐懼趕走了基爾德里的居民時，也和我的朋友一樣響亮地放聲大笑，因為那些恐懼有著最模糊、最狂野和最荒謬的特性。恐懼來自有關沼澤和一個冷酷的守護靈的荒誕傳說，守護靈就居住在日落時我見到的遙遠小島上的怪異的古老廢墟裡。據說月光黯淡的時候，島上會有光點舞動；夜晚溫暖的日子，會突然颳起寒風；身穿白衣的

注 位於愛爾蘭東部。

幽魂懸浮於水面之上，幻想中的石砌城市深埋於沼澤地的表面之下。在這些怪異的傳說裡，最奇特同時也因為眾口一詞而顯得格外突出的，則是稱若有人膽敢觸碰或抽乾這片廣袤的紅色沼澤，就會有詛咒等著降臨到他頭上。農夫說，有些祕密絕對不該被揭開。自從傳說中的史前年代，瘟疫折磨巴弗諾的子孫之後，那些祕密就埋藏在這個地方。據《侵略者之書》記載，這些希臘人的子孫全埋葬在塔拉，但基爾德里的老人說，有一座城市在守護它的月亮女神的拯救下逃過劫難。當內米德人從錫西厄乘著三十艘大船洶洶而來時，只見到它已被隱藏在了森林覆蓋的丘陵底下。

這就是逃離基爾德里的村民講述的無聊傳說，我聽完之後，並不覺得丹尼斯．巴里拒絕聽從他們有什麼可大驚小怪的。另一方面，他對古老的事物有著強烈的興趣，打算在抽乾積水後仔細探查那片沼澤。他曾多次探訪小島上的白色廢墟，它們的年代顯然非常久遠，輪廓與愛爾蘭的絕大多數古跡幾乎沒有相似之處，並且由於毀壞得過於嚴重，已經難以表現出往昔的榮光。排水工作隨時準備開始，來自北方的工人很快就會剝掉禁忌沼澤那綠色苔蘚和紅色石楠花的外衣，淌過貝殼的涓涓細流和燈芯草環繞的藍色寧靜池塘將不復存在。

白天的旅程消耗了我的體力，款待我的人又和我一直聊到深夜，因此聽巴里講完這些事情，我已經非常睏倦。一名男僕帶我去我的房間，位於一座偏遠的塔樓中，從那裡可以俯瞰村莊、沼澤邊緣的平原和沼澤本身。我從窗口能望見月光灑在寂靜的屋頂之上。農夫逃離這些房屋以後，來自北方的工人便住進了那裡。我還能望見教區教堂的古老尖塔。沼澤中那座沉寂的小島上，遙遠的古老廢墟閃爍著鬼魂般的白色幽光。就在我墜入夢鄉的時候，我覺得我似乎聽見微弱的聲音從遠方傳來，那是彷彿音樂的狂亂聲音，在我內心激起怪異的情緒，給夢境染上奇特的色彩。第二天早晨醒來，我認為那僅僅是一場夢，因為在夢中我見到的幻象比深夜任何一種狂野的笛聲都要瑰麗。巴里講述的故事造成了影響，我的意識在沉眠中盤旋於綠色山谷中的一座莊嚴城市之上，大理石的街道和雕像、別墅和廟宇、雕紋和銘文無不訴說那獨特的榮光只可能屬於希臘。我向巴里講述這個夢，兩人都為此大笑，但我笑得更響亮，因為他的北方工人讓他困惑不已。他們第六次集體睡過了頭，醒來得非常緩慢，昏頭轉向，舉手投足間像是根本沒休息，然而我們知道他們昨晚很早就上床了。

那天上午和下午，我單獨徜徉於陽光照耀的村莊之中，偶爾與閒散的工人交談，巴里則忙著制訂抽乾沼澤的最終計畫。工人不像應有的那麼高興，大多數工人都因為他們做的某些夢而感到不安，但無論怎麼嘗試回憶都是徒勞。我向他們講述我的夢，他們卻不感興趣，直到我提起自己聽見的怪異聲音。這時他們奇怪地看著我，說他們似乎也記得聽見了怪聲。

巴里和我共進晚餐，宣稱他將在兩天後開始排水作業。我很高興，儘管我不願見到苔蘚、石楠花、小溪和池塘如此消失，但同時也越來越強烈地想揭開厚厚的泥炭層，探索底下隱藏的古老祕密。那天夜裡，我關於笛聲和大理石柱廊的夢境迎來了一個突如其來、令人惶恐的結局：我看見瘟疫降臨在山谷城市之中，森林覆蓋的山坡在駭人的山崩中掩埋了街道上的死屍，只有高處山頂上的阿爾忒彌斯神廟倖免於難，年邁的拜月女祭司克萊伊斯冰冷而沉默地躺在那裡，象牙的冠冕戴在她的銀髮之上。

如我所說，我突然在驚惶中醒來。有一段時間，我不知道自己究竟是醒著還是在睡覺，因為笛聲依然尖細地在我耳中鳴響。我望向地面，看見冰冷的月光和哥德式窗戶的窗格，確定我自己是醒著的，身處基爾德哩的城堡之中。我聽見底下某個樓梯平臺上的落地鐘敲響了兩點。然而，怪誕的笛聲依然從遠處傳來，瘋狂而奇異的音色讓我聯想起潘神在遙遠的梅納琉斯山上的舞蹈，阻止我重新入睡。不耐煩之下，我一躍而起，在房間裡踱來踱去。偶然間，我來到向北的窗口，望著寂靜的村莊和沼澤邊緣的平原。我並沒有眺望夜景的興趣，因為還想睡覺，但笛聲折磨著我，我只能做點或者看點什麼。然而我怎麼可能猜到接下來會目睹何等的景象？

任何一個目睹過的凡人都不可能忘記的奇觀出現在月光遍灑的空曠平原上。應和著迴蕩在沼澤之上的尖細笛聲，混雜的人群寂靜而怪異地擺動身體，古時候西西哩人在庫阿涅河畔的豐收之月下向德墨忒耳狂歡獻祭也不過如此。開闊的平原、金色的月光、影影綽綽的人影以及籠罩一切的尖銳而單調的笛聲，營造出的效果幾乎讓我無法動彈。然而我在恐懼中依然注意到，那些不知疲倦、機器一般跳舞的人裡有一半是應該正在睡覺的工人，而另一半是怪異而輕盈的白衣生靈，在自然環境中幾乎難以分辨，很像傳說中的那伊阿得斯——身穿白衣，心懷叵測，來自沼澤中鬼魂出沒的泉水。我不知道在孤獨的塔樓窗口盯著這一幕看了多久，然後忽然陷入無夢的酣睡，直到早晨被高掛的太陽喚醒。

我醒來後的第一個念頭是向丹尼斯．巴里陳述我的擔憂和目睹的景象，但見到陽光透過東側格窗照進房間，我立刻確定自認見到的東西毫無現實性可言。奇異的幻覺曾經蠱惑過我，我從未軟弱到願意相信它們的地步。因此這次我也僅僅找那些工人問了話，他們都睡得很晚，對昨夜毫無記憶，只說在朦朧的夢境中聽見了尖細的怪聲。如同幽魂的笛聲讓我深感煩惱，我猜測或許是秋天的蟋蟀過早地出現，打破了夜晚的寧靜，侵擾人們的夢境。當天晚些時候，我看見巴里在圖書室研究他為明天開始的大工程制訂的計畫，第一次感覺到了一絲將農夫驅離家園的那種恐懼。出於某些未知的原因，我畏懼破壞古老的沼澤及其黑暗祕密的念頭，不敢想像在積累數百年、深度不可估量的泥炭下潛藏著何等可怖的景象。應該讓這些祕密重見天日的想法似乎不太明智，我開始構思離開古堡和村莊的藉口，甚至進行到了向巴里隨口提起這個話題的那一步，但聽見他發出特有的洪亮笑聲，我又忍不住退縮了。就這樣，太陽燦爛奪目地在遠處的丘陵落山，火焰般的夕陽將基爾德哩染成紅色和金色，這一幕彷彿一個凶險的預兆。

那天夜裡的事情是現實還是幻覺，我將永遠也無法確定。那無疑超越了我對大自然和宇宙的一切夢想。但另一方面，我也無法用常理解釋之後人們才發現的失蹤事件。我很早就躺下了，滿心惶恐，在塔樓詭異的寂靜中長時間無法入睡。外面非常黑，儘管天空晴朗，但月亮正處於月虧期，而且直到下半夜才會升起。我躺在床上，想著丹尼斯·巴里和天亮後將會降臨在沼澤頭上的命運，發現自己產生了一種近乎瘋狂的衝動，想摸著黑跑出去，跳上巴里的汽車，發瘋般地開出這片險惡的土地，直到巴利洛克才停下。然而還沒等我的恐懼昇華為行動，我就墜入了夢鄉，在夢境中俯視山谷裡冰冷的死亡城市，駭人的陰影如裹屍布般纏繞著它。

喚醒我的也許是尖細的笛聲，但睜開眼睛的時候，首先注意到的並不是笛聲。我背對俯瞰沼澤的東側窗戶躺在床上，下弦月應該在那個窗口升起，因此我預料到會在面前的牆上見到光線，然而我期待的無論如何不是此刻出現的這幅景象。光線確實在前方的牆板上閃爍，但絕對不是月亮能夠映出的光芒。從哥德式窗戶照進房間的是血紅色輝光，可怖而刺眼，整個房間被非塵世的怪異光華照得亮如白晝。我在如此處境下的第一反應非常奇特，然而只有故事裡的角色才能時時刻刻做出戲劇性和有遠見的事情。我沒有望向沼澤，尋找這種光芒的來源，而是在驚恐中讓視線遠離那扇窗戶，我笨手笨腳地穿上衣服，昏昏沉沉的腦袋裡只有逃跑的念頭。我記得拿上了左輪手槍和帽子，但在事情結束前就弄丟了，既沒有扣動前者的扳機，也沒有戴上後者。過了一段時間，紅色輝光的魔力終於勝過我的恐懼，我挪到東側窗戶前向外張望，令人瘋狂的笛聲片刻不停地嗚咽，迴蕩在古堡內，籠罩著小村莊。

耀眼的光芒如洪水般淹沒了沼澤，血紅色的險惡光線從遙遠小島上怪異的古老廢墟傾瀉而出。我無法描述廢墟此刻的面貌——我必定是發瘋了，因為它矗立在島上，壯麗宏偉而毫無朽敗跡象，並被廊柱環繞。反射火焰的大理石柱頂刺向天空，似乎是一座山頂神廟的頂端。笛聲尖嘯，鼓聲開始響起，我敬畏而恐懼地望著這一幕，覺得大理石和輝光的幻象好像怪誕地勾勒出了黑色的躍動人影。眼前的景象懾服了我，完全奪走了我的思考能力，要不是左側的笛聲忽然變得更加響亮，我大概會無休止地永遠看下去。奇異地混雜著狂喜的恐懼使我顫抖，我來到向北的窗口，從這裡能看見村莊和沼澤邊緣的平原。即便我剛從大自然界限之外的景象前轉過身，底下瘋狂的奇景依然讓我再次瞪大了雙眼，因為怪誕紅光照亮的平原上有一支生靈的隊伍正在行進，除了在噩夢之中，你在任何地方都不可能見到這麼一支隊伍。

裹著白衣的沼澤幽魂半滑行半飄浮地緩緩退向靜止的水面和島嶼上的廢墟，它們奇異的隊列暗合某種古老而莊重的儀式性舞蹈。在不可見的魔笛吹出的可憎笛聲引導下，它們揮舞半透明的手臂，以神祕的節奏召喚著走得東倒西歪的成群工人，工人像狗一樣跟著它們，步伐盲目無腦、跌跌撞撞，彷彿受到笨拙但無法抵抗的惡魔意志的牽引。那伊阿得斯正在靠近沼澤，沒有改變行進路線，而另一支蹣跚行走的隊伍像醉酒者般搖搖晃晃地從我窗戶底下的一道門走出城堡，目不視物地摸索著穿過前院和城堡與沼澤之間的村莊，匯入平原上跌跌撞撞行走的工人隊伍。儘管在我腳下很遠的地方，我還是立刻知道了他們就是從北方來的僕人，因為我認出了廚子那醜陋而笨重的身影，他一向滑稽的模樣此刻變得極為可悲。笛聲吹奏得令人恐懼，我再次聽見了小島廢墟方向傳來的鼓聲。那伊阿得斯已經來到水邊，一個接一個地融入古老的沼澤，而排成一列的跟隨者沒有放慢腳步，笨拙地跟著它們走下水塘，消失在冒著邪惡氣泡的小漩渦之中，我在血紅色的光線中只能勉強看清。隨著最後一名可憐的夢遊者——那位肥胖的廚子——沉重地消失在陰森的水塘裡，笛聲和鼓聲戛然而止，廢墟射出的炫目紅光同時熄滅，留下厄運籠罩的村莊孤獨而淒涼地沐浴在新升起的月亮那黯淡的光芒之中。

此刻我已經陷入無法用語言描述的混亂之中。我不知道自己是發了瘋還是精神健全，是還在沉睡還是已經清醒，但最終拯救了我的是慈悲的麻木。我猜我做了很多荒唐的事情，例如向阿爾忒彌斯、拉托娜、德墨忒耳、珀爾塞福涅和普路同祈禱。恐怖的境況喚醒了我內心最深處的迷信，我還記得年輕時學過的古典知識滔滔不絕地湧出我的嘴唇。我覺得我剛剛目睹了一整個村莊的死亡，知道自己單獨和丹尼斯．巴里待在城堡裡，後者的膽大妄為引來了如此厄運。想到他，又一陣恐懼讓我身體痙攣，使我倒在地上，但沒有昏厥，只是身體軟弱無力。這時我感覺到月亮升起的東側窗口颳來一股寒風，聽見腳下很遠處響起陣陣尖叫。尖叫聲逐漸變得強烈，有一種我不能形諸筆端的特性，只要想到就會讓我眩暈。在此我只能說，那叫聲來自我曾經視為朋友的一個怪物。

這段驚駭的時間到了某個階段，寒風和尖叫肯定喚醒了我，因為等回過神來，我正在發瘋般地跑過漆黑的房間和走廊，穿過前院，來到可怖的黑夜中。黎明時分，人們在巴利洛克附近發現我精神恍惚地遊蕩，徹底壓垮我的並不是先前見到或聽到的任何東西。在我逐漸走出陰影的時候，我時常喃喃講述在逃跑時發生的兩件奇事，它們本身並不顯得特別重要，但只要我單獨待在沼澤旁或者月光下，就會無止境地糾纏我的心靈。

沿著沼澤邊緣逃離該詛咒的古堡時，我聽見了一種新的聲音——很普通，但不同於我在基爾德里聽見過的一切聲音。從我到來後沒有在那些死水潭裡見到過任何動物生命，但此刻其中卻聚集著一大群黏滑的巨蛙，它們不間斷地發出尖銳的笛聲，音調奇特得不符合蛙類的體型。它們浮腫的身體在月光下閃著綠光，似乎在仰望光線的源頭。我順著一隻尤其肥胖和醜陋的巨蛙的視線望過去，見到的第二件事物粉碎了我的理智。

我的眼睛似乎在遙遠小島上怪異的古老遺跡和黯淡的下弦月之前瞥見了一束模糊而微顫的光芒，但沼澤的水面上沒有它的倒影。我狂熱的想像力似乎在那條蒼白的小徑上見到了一團緩緩蠕動的稀薄幽影。這團模糊而扭曲的幽影像是在隱形惡魔的牽引下掙扎。在我當時的癲狂狀態下，我在那團可怕的幽影裡見到了某種畸形的相似性——某種令人作嘔、難以置信的嘲弄戲仿——褻瀆神靈的寫照原型正是曾經名叫丹尼斯．巴里的那個人。

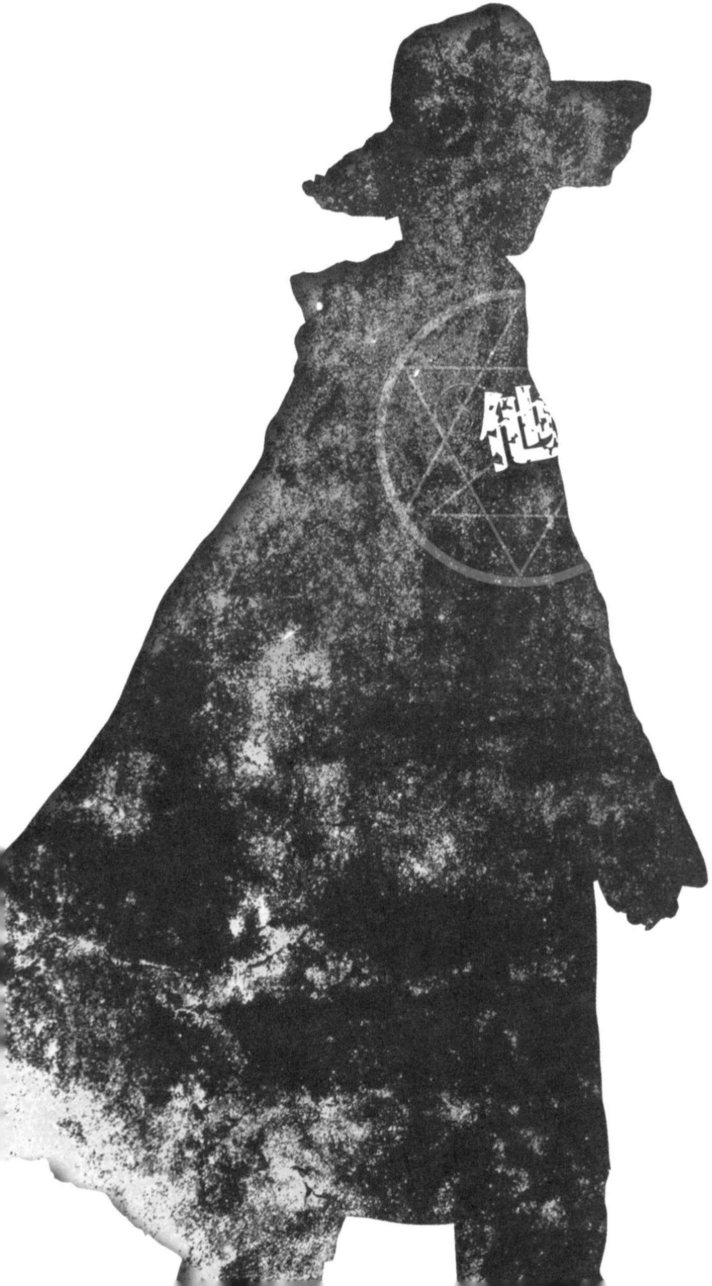

我在一個不眠之夜見到了他。當時我絕望地四處亂走，企圖拯救我的靈魂和夢想。來紐約事實上是個錯誤，我想尋找的是震撼靈魂的奇景和靈感，為此走遍了猶如迷宮的古老街道，它們從被遺忘的庭院、廣場和碼頭漫無止境地曲折延伸到同樣被遺忘的庭院、廣場和碼頭。我望著龐然聳立的現代化高樓和尖頂，它們像巴比倫巨塔一樣陰鬱地聳立於下弦月之下，我得到的卻只有恐懼和受壓迫的感覺，它威脅著要主宰、癱瘓和湮滅我。

醒悟是逐漸到來的。剛來到這座城市的時候，我從一座大橋上見到它氣勢恢弘地聳立於水面上，令人難以置信的尖峰和稜錐屋頂如花朵般優雅地從紫色霧靄中升起，與金色的火燒雲和傍晚最早的幾顆星辰嬉戲。微光閃爍的潮水之上，一扇又一扇窗戶點亮燈光，光點在潮水中起伏和滑行，低沉的號角奏響奇妙的和弦，水面化作另一片星光閃爍的如夢蒼穹，飄蕩著絲絲縷縷的仙樂，卡爾卡松、撒馬爾罕、埃爾多拉多和所有半傳說的輝煌城市的奇蹟都匯集其中。之後沒多久，我被人領著行走在那些古老的道路上，它們多麼貼近我的幻想——狹窄而蜿蜒的小巷和通道，身旁是成排的喬治王時代的紅磚建築，小窗格的天窗在柱廊支撐的大門之上散發光彩，門口停著鎏金轎車和鑲板馬車——我期盼已久的事物終於成為現實，在最初的興奮中，我以為自己終於找到了夢寐以求的珍寶，假以時日它們會讓我成為一名詩人。

然而，成功和快樂都未能如願到來。刺眼的陽光只揭示出貧窮和疏離，月光下顯得可愛和散發古老魔法的攀纏蔓延的石板，此刻就彷彿象皮病一樣醜惡不堪。擁擠的人群熙熙攘攘地穿過猶如排水溝的街道，他們都是矮胖黝黑的外國佬，面容冷酷，皺眉狹眼，這些精明的外國佬沒有夢想，與周圍的景象毫無親緣關係，在早先定居此處的藍眼居民看來，他們什麼都算不上，而藍眼居民從心底裡熱愛整潔的綠色小巷和白色的新英格蘭尖屋頂村舍。

因此，我得到的不是詩歌，而是令人顫慄的茫然和無法言喻的孤獨。我終於認清了以前沒有人敢於低聲說出的可怖真相——不能提及的祕密中的祕密——這座喧鬧的石砌城市並不像倫敦之於老倫敦、巴黎之於老巴黎，是老紐約這個活物的延續，事實上它已經完全死亡，它蔓生的屍體只做過不完美的防腐處理，奇異的生物在此滋生，這些東西與尚存活時的它毫無關係。發現此事之後，我再也不能愜意地入睡。我逐漸養成了白天遠離街道、只在夜晚外出探險的習慣，因此得到了一些聽天由命的平靜，黑暗能夠喚回宛如鬼魂一般在此盤桓的那一丁點過往，古老的白色門扉憶起曾經在此穿過的堅毅身影。在這種鬆弛的心境下，我甚至寫了幾首詩，但依然不願返回家人的懷抱，免得被人視為狼狽爬回故鄉的失敗者。

就這樣，一個不眠之夜，我在散步時遇到了那個人。當時我走在格林威治一個隱蔽而怪誕的庭院裡。先前出於無知，我選擇這個區域落腳，因為聽說它是詩人和藝術家天賜的家園。古舊的小巷與房屋、不期而遇的小廣場與庭院確實愉悅了我，後來才發現所謂的詩人和藝術家只是吵鬧的冒牌貨，他們的趣味華而不實，生活是對詩歌和藝術的純粹美感的徹底否定。我之所以還住在此處，僅僅是因為喜愛那些歷史悠久的事物。我想像它們處於黃金時代的樣子，格林威治當時還是個平靜的村莊，沒有被城市吞噬。破曉前的那幾個小時，狂歡者都已經沉睡，我喜歡徜徉於神祕而蜿蜒的街巷之間，沉思世世代代在此積澱的奇異奧祕。這麼做能讓我的靈魂保持活力，給我難得一見的那種美夢和幻象，滿足深埋於我內心的那個詩人。

八月裡一個多雲的凌晨，我遇到了那個男人。當時我正在探索一連串互不相連的天井，它們現在只通過橫亙其間的建築物中沒有照明的走廊連接在一起，但曾經構成過一個風景如畫、連綿不斷的街巷網路。我在語焉不詳的傳聞中聽說了它們的存在，意識到它們不會被繪製在如今的任何地圖上。遭到遺忘的現狀反而讓我感到親近，因此我以加倍的熱情尋覓它們。此刻找到之後，我的熱情再次加倍，因為它們的排列方式中有某些因素隱約暗示這僅僅是許多如此事物中的一個，黑暗而沉默的類似網路不為人知地鑲嵌於漠然高牆和荒棄公寓樓之間，缺乏光照地潛伏於拱廊背後，說外語的異國人群沒有覺察到它們的存在，只有不歡迎大眾和陽光的鬼祟而拘謹的藝術家在守護它們。

他自作主張地與我交談時，我正在打量築有鐵欄杆的臺階和帶門環的大門，格子窗裡映出來的蒼白光芒無力地照亮了我的臉，才使他注意到了我的情緒和視線。他的面容處在陰影中，一頂寬簷帽完美地搭配著他身上過時的斗篷。然而在他向我開口之前，我就隱約感到了不安。他的身影非常纖細，枯瘦得幾乎像一具乾屍。他的聲音出奇的柔和與空洞，但並不特別低沉。他說他多次注意到我在四處遊蕩，推測我和他一樣熱愛逝去歲月的遺跡。我難道會不願意接受一個深諳此種探索的老手的指引嗎？他對本地的了解無疑遠超一名顯而易見的新來者有可能獲得的知識。

他說話的時候正處於一扇閣樓孤窗映出的黃色光芒照耀下，讓我得以瞥見了一眼他的臉。那是一張高貴甚至英俊的蒼老面容，帶著就他的年齡和這個地方而言不同尋常的血統和教養的印記。然而這張臉一方面令我愉悅，另一方面也有某些特質使我不安——也許是因為它過於白皙，或者過於缺乏表情，或者完全與此處格格不入，因而無法讓我感到自在和舒服。話雖如此，我還是跟他走了。在那些沉悶的日子裡，只有對往昔美景和奧祕的追求還能讓我的靈魂保持活力，我以為這是命運罕有的恩賜，讓我遇到一名同類，而他的探索似乎比我深入許多倍。

夜晚的某些因素使得穿斗篷的男人安於沉默，因為他領著我走了漫長的一個小時，沒有說任何不必要的話，只以最簡短的方式講述古老的名稱、日期和改變，基本上只用手勢帶領我擠過狹窄的縫隙，躡手躡腳地穿過走廊，攀爬一面又一面磚牆，有一次甚至手腳並用地爬過一條低矮的拱形通道。這條通道長而曲折，儘管我很想記住地理方位，卻完全喪失了這種可能性。我們見到的事物非常古老和驚人，至少在我藉以觀察它們的些許散射光線下是這樣，我將永遠不會忘記搖搖欲墜的愛奧尼亞式立柱、有豎槽的半露壁柱、帶甕頭的鐵柵欄柱、有著華麗過梁的窗戶和裝飾性的扇形窗，隨著我們繼續深入這座由未知古跡構成的無盡迷宮，它們顯得越來越奇巧和怪異。

我們一路上沒有遇到任何人。時間漸漸過去，亮燈的窗戶變得越來越稀少。剛開始的時候，我們見到的路燈是燒油的，有著古老的菱形花紋。後來，我注意到有些路燈裡點著蠟燭。經過一個毫無光亮的可怖天井時，我的嚮導不得不用他戴手套的手領著我穿過徹底的黑暗，走進一面高牆上的一扇狹窄木門。我們踏入的這段小巷只有七幢房屋前各一盞的風燈提供照明——我不敢相信自己的眼睛，它們竟然是殖民時代的鐵皮風燈，頂帽呈圓錐形，側面開著孔洞。這是一條陡峭的上坡小巷，比我想像中紐約這個地區有可能存在的坡度更加陡峭，一座私人宅院被常青藤覆蓋的牆壁完全堵住了坡頂，藉著黯淡的天光，我只能看見牆壁另一側白色的穹頂和搖曳的樹頂。牆上開著一扇低矮的拱形門，黑橡木的門板上遍布飾釘，男人用一把笨重的鑰匙打開門鎖。他領我進門，帶著我在徹底的黑暗中走過一段似乎是礫石小徑的路面，最後爬上幾級石階，來到房屋的正門前。他打開門鎖，請我進去。

走進屋子後，我幾乎昏了過去，因為嚴重霉爛產生的難聞氣味撲面而來，那只可能是幾百年腐朽衰敗的結果。款待我的屋主似乎沒有注意到，出於禮節我也保持沉默。他領我爬上弧形樓梯，穿過走廊，進入一個房間，我聽見他在我們背後鎖上了房門。然後他拉開窗簾，露出三塊窗格拼成的窗戶，在天空微光的襯托下，我也只能勉強分辨出窗戶的輪廓。隨後他走向壁爐，用鐵塊擊打燧石，點燃十二枝大燭臺上的兩根蠟燭，他對我打了個手勢，開始用輕柔的嗓音說話。

在微弱的光線中，我發現這是一間家具精美、鑲嵌牆板的寬敞圖書室，年代可以追溯到十八世紀的前二十五年，門上有奢華的三角楣飾，多利安式的簷板令人喜愛，刻著美麗花紋的壁爐飾架頂上是渦卷與甕的浮雕。裝滿書籍的書架上方，每隔一段距離就掛著一幅精美的家族成員肖像畫。歲月磨滅了畫像的光澤，它們因而變得神祕而朦朧，但與我面前的男人都有著毋庸置疑的相似之處。他示意我坐進優雅的齊本德爾桌旁的一把椅子，像是有些尷尬般猶豫片刻，然後隔著桌子在我對面坐下。他慢吞吞地脫掉手套、寬簷帽和斗篷，站在那裡彷彿戲劇中的角色，身穿全套喬治王時代中期的服裝，他的長髮編成辮子，褶邊翻領圍著頸部，穿齊膝馬褲和絲綢緊身褲，腳上是一雙我先前沒有注意到的搭扣皮鞋。他緩緩坐進一把有七弦琴形狀靠背的椅子，目光炯炯地看著我。

摘掉帽子後，他看上去極為老邁，但先前幾乎沒有顯露出來，我猜測最初讓我感到惶恐的會不會是這種難以覺察的奇特長壽的特徵。他滔滔不絕地開口，小心翼翼壓低的柔和而空洞的聲音不時顫抖。我有好幾次未能聽懂他講述的內容，但聽得越久，驚愕和我勉強克制的警惕情緒就越發強烈。

「如你所見，先生，」屋主開口道，「我這個人有一些非常古怪的癖好，在擁有你這樣的智慧和愛好的人面前，我不必為我這身服裝表示歉意。回想以前更美好的日子時，我沒有顧及是否要遵從他們的習俗，適應他們的衣著和禮儀。只要不刻意張揚，我這小小的放縱不會冒犯任何人。是好運幫助我保住了祖先的鄉間莊園，儘管它先後被兩座城鎮吞併：首先是格林威治，一八〇〇年以後它在此興建；然後是紐約，一八三〇年前後它擴張至此。家族出於許多理由想保留此處的原貌，我在履行如此義務時也不曾疏忽。一七六八年繼承此地的鄉紳研習過某些知識，獲得了一些發現，全都與棲息於這個特定地點的力量有所聯繫，它們必須受到最嚴密的守護。我現在將向你展示這些知識和發現的一些奇特效果，但請你務必保密。我認為我可以信任自己對他人的判斷，不必懷疑你的興趣和忠誠。」

他停頓片刻，我只能點頭。我說過我心生警惕，然而對我的靈魂來說，沒有什麼比紐約在陽光下袒露出的物質世界更加致命，無論這位老者是個無害的怪人還是個危險知識的研習者，我都別無選擇，只能聽他說下去，用他或許會展示的任何事物來滿足我的好奇心。於是我聽了下去。

「在……我的祖先……看來，」他繼續用柔和的嗓音說，「人類的意志力似乎含有一些非凡的特性，這些特性不但能夠毋庸置疑地指揮一個人自己和其他人的行為，而且也能影響自然界各種各樣的力量和物質，甚至有可能控制超越大自然本身的許多元素和維度。不妨這麼說，他蔑視諸如空間和時間之類重要事物的神聖性，為曾經紮營於這座山丘上的某些混血紅皮印第安人的儀式賦予了奇異的用途。修建房屋的時候，這些印第安人表示憤慨，像瘟疫一樣執著地懇求能在月圓之夜探訪此處。接下來的許多年，他們每個月想方設法翻越圍牆，避人耳目地施行某些術法。後來在一七六八年，新來的鄉紳撞見他們的所作所為，見到的景象使他驚呆。事後他和印第安人商討，用自由來往他的土地的權利換取他們行為的確切含義，他得知他們的祖輩從紅皮祖先那裡學到了一部分習俗，從立法會議時代的老一代荷蘭人那裡學到了另一部分。該感染天花的老傢伙啊，鄉紳肯定灌了他們世上最糟糕的朗姆酒——天曉得是不是存心的——因為他問出祕密後僅僅過了一個星期，知道祕密的活人就只剩下他一個。先生，你是第一個被告知這個祕密的外來人，若不是你如此熱衷於追尋逝去的事物，我也不會冒險向你洩露這麼多關於……那力量……的內情。」

我不寒而慄，老者的用詞越來越偏向口語，而且是另一個年代慣用的語言。他繼續說了下去。

「但你必須明白，先生，從雜種野蠻人那裡得到的知識僅僅是……鄉紳……多年來積累的諸多學識的一小部分而已。他的牛津大學可不是白上的，在巴黎與一位年長的鍊金術士兼占星家交談也並非一無所獲。總而言之，他了解到整個世界只是蒙蔽我們智識的雲翳，粗鄙村夫的視線無法穿透它，智者卻能輕易吸進呼出，就好像它是上等維吉尼亞菸草燃燒的煙霧。我們要的東西，可以留在我們身邊；我們不要的東西，可以掃除乾淨。我不敢說這樣的想法完全禁得起考驗，但足以偶爾製造出相當美妙的奇觀。若是我沒猜錯，假如能更清楚地目睹另外一個時代，比你的想像力更好地滿足你，你一定會非常高興。因此，請克制住一切恐慌的情緒，看一看我打算向你展現的事物。來，到這扇窗戶前，不過請務必保持安靜。」

老者抓住我的手，帶著我走向惡臭房間長邊上的兩扇窗戶中的一扇，他沒戴手套的手指剛碰到我，我就變得渾身冰冷。他的手儘管乾燥而有力，卻像是用冰雕刻的，我險些甩開他拉住我的那隻手。但與此同時，我再次想到了現實的空虛和恐怖，於是鼓起勇氣準備去往他引導我前去的任何一個地方。來到窗口，他拉開黃色絲綢窗簾，將我的視線引向外面的黑暗。有好一會兒，我只在底下極遠之處見到了無數舞動的小光點。緊接著，彷彿在回應老者做的一個陰森手勢，一道沒有雷聲的閃電照亮了整個視野，我望見了一片茂盛植物的海洋——未經污染的植物，而不是正常神志以為會見到的屋頂之海。哈德遜河在我右手邊閃著頑皮的光芒，前方遠處是一大片鹽沼地的病態微光，膽怯的螢火蟲如星辰般點綴其中。閃電隨即熄滅，邪惡的笑容浮現在年邁巫師猶如蠟像的面龐上。

「那是我之前的時代——新來的鄉紳之前的時代。祈禱吧，咱們再嘗試一次。」

我精神恍惚，連這座該詛咒的城市那可憎的現代性都沒有讓我這麼眩暈過。

「我的上帝！」我悄聲說，「你能隨心所欲地這麼做嗎？」他點點頭，露出曾經長著黃色毒牙的黑色殘根。我抓住窗簾，以免倒在地上。他用可怖的冰冷手爪扶住了我，重複他那個陰森的手勢。

閃電再次劃破天空，但這次照亮的景象並非完全陌生。那是格林威治，是往日的格林威治，到處都能看見一個屋頂或一排房屋就是如今的樣子，但伴隨它們的是可愛的綠色小巷、田野和青草茵茵的公園。沼澤地依然在遠處閃爍微光，但更遠處能看見當時紐約的所有尖頂：三一教堂、聖保羅教堂和紅磚教堂俯瞰它們的姐妹，木柴燃燒的薄靄籠罩著整個場景。我難以呼吸，但主要不是因為眼前的景象本身，而是我的想像力駭人地推測出的種種可能性。

「你能——你敢——走得更遙遠嗎？」我用敬畏的聲音說，我猜他有一瞬間被我的情緒感染了，但邪惡的笑容隨即重新浮現。

「更遙遠？我見過的東西能把你變成瘋狂的石像！向後，向後——向前，向前——看，你這個哭唧唧的低能兒！」

他低聲吼出最後這幾個字，同時再次打手勢。天空中的閃電比前兩次更加炫目。整整三秒鐘，我瞥見了無比混亂的景象，在這幾秒鐘內，我見到的事物日後在睡夢中永遠折磨著我。我見到奇異的飛行物體如害蟲般遍布天空，它們底下是地獄般的黑色城市，龐大的石砌梯臺和瀆神的金字塔凶蠻地刺向月亮，魔光在不計其數的窗戶內灼燒。我看見這座城市的黃皮狹眼居民身披橙色和紅色的可怖長袍，令人嫌惡地簇擁在空中的廊道上瘋狂舞動，狂熱的銅鼓咚咚聲、汙穢的響板嗒嗒聲和沙啞號角的癲狂呻吟匯集成無休止的哀嚎，起起落落就彷彿不潔的瀝青海洋泛起的波濤。

如我所說，我見到了這一幕景象，心靈的耳朵聽見了伴隨它的褻瀆神靈、猶如魔窟的嘈雜怪聲。死屍城市曾經在我內心攪起的全部恐懼慘嘯著化作現實，我忘記了必須保持安靜的訓誡，一聲一聲又一聲地尖叫，我的神經終於崩潰，牆壁在我周圍顫抖。

閃電的光芒黯淡下去，我看見屋子的主人也在顫抖。我的尖叫讓他憤怒得面容扭曲如毒蛇，但震驚和恐懼隨即抹去了其他的表情。他蹣跚走開，像我先前那樣抓住窗簾，瘋狂地擺動頭部，就像被獵殺的動物。上帝作證，他確實有理由這麼做，因為我尖叫的回聲剛消散，就響起了另一個聲音，這個聲音蘊含著無比凶險的含義，僅僅是因為情緒已經麻木，我才保住了精神和神志健全。上鎖的門外傳來了鬼祟而持續不斷的嘎吱響聲，那是一群光著腳或腳裹獸皮的人踩著樓梯上樓的聲音。在微弱燭光下，閃亮的黃銅門閂發出了被蓄意撥動的咔嗒聲。老者在散發霉味的空氣中抓撓我，對我吐口水，又搖搖晃晃地抓著黃色窗簾，從喉嚨深處大吼大叫。

「滿月——你這該死的——你……你這亂叫的狗——你叫來了他們，他們來抓我了！穿軟皮鞋的——死人——上帝懲罰你們，紅皮的魔鬼，不是我給你們的朗姆酒下毒的——我不是保住了你們遭天花的魔法嗎？——你們喝死了自己，詛咒你們，你們卻要責怪鄉紳——放過我，你們！——別碰那門閂——我這兒沒有你們要的——」

就在這時，三下從容不迫的敲門聲震動了門板。發狂術士的嘴角冒出白色的泡沫，他的恐懼變成了冰冷的絕望，為他對我的憤怒重新甦醒留出了空間。我扶住桌角免得倒下，他踉蹌著朝我走了一步，右手依然抓著窗簾，左手試圖撓我。窗簾先是繃緊，繼而從高處的窗簾杆上掉了下來。先前逐漸變亮的天空預示這是一個滿月之夜，此刻月光如洪水般湧入房間。在泛著綠色的光芒中，蠟燭的火光變得黯淡，腐朽的表象在散發霉味的房間裡擴散——早已蟲蛀的牆板、沉陷的地板、破碎的壁爐、搖搖欲墜的家具和襤褸的掛毯。也許出於同一個原因，也許是因為他的恐懼和激動，腐朽也擴散到了老者身上。他衝到我身邊，企圖用禿鷲般的鉤爪襲擊我，我看見他皺縮下去，身體發黑。他眼睛周圍的面部變得焦黑而乾皺，只有眼睛本身還保持完整，膨脹著發出咄咄逼人的熾熱光芒。

敲門聲再次響起，變得更加執著，這次還帶著金屬撞擊的聲音。我面前的黑色怪物只有頭上的眼睛還能看得出形狀，在沉陷的地板上無力地朝我蠕動而來，偶爾懷著不朽的惡意虛弱地吐出一點口水。門外的撞擊變得迅猛，在腐朽的門板上砸得木屑四濺，我看見閃爍寒光的戰斧劈開木頭。我沒有動彈，因為無法動彈，只能頭暈目眩地看著房門四分五裂，湧入房間的是一大團無定形的漆黑物質，如星辰般點綴著許多懷著惡意的閃亮眼睛。它黏稠地傾瀉而入，彷彿石油如洪水般淌出朽爛的艙壁。它在地上擴散，碰翻了一把椅子，從桌子下流淌過整個房間，撲向眼睛依然瞪著我的黑色頭顱。它圍繞著頭顱併攏，徹底吞沒了它，隨即開始退卻。它沒有碰我，帶著已經消失在視線外的戰利品流出黑漆漆的門洞，沿著我看不見的樓梯下樓，樓梯和先前一樣嘎吱作響，只是換了個方向。

這時地板終於垮塌，我驚叫著滑進底下黑暗的房間，蜘蛛網嗆得我難以呼吸，恐懼使我幾乎昏厥。綠色的滿月隔著破碎的窗戶灑下光芒，讓我看見通往走廊的門半敞著。我從滿是石膏碎塊的地上起身，從坍塌的天花板下掙脫出來，看見那股可怖的黑色洪流在前方淌過，幾十隻惡毒的眼睛在其中閃閃發亮。它在尋找通往地下室的門，找到後就鑽進去消失了。此刻我感覺到低一層的這個房間的地板和樓上房間的地板一樣開始塌陷，而上方響起一聲轟然巨響，隨後在西側窗外倒下的東西無疑是最高處的穹頂。我從瓦礫堆裡掙脫，穿過走廊跑向前門，發現前門打不開，於是掄起一把椅子砸破窗戶，然後發狂般地爬出去。無人照料的草坪上，月光舞弄著足有一碼高的野草。圍牆很高，門全都鎖著。我把幾個箱子摞在一個角落裡，爬上去抱住牆頂的巨大石甕。

我筋疲力盡地望向上方，見到的只有奇異的高牆、窗戶和古老的複斜式屋頂。來時的陡峭小街已經不見蹤影，儘管月光明亮，但從河畔滾滾而來的濃霧很快遮蔽了我能見到的光景。忽然，我抱住的石甕開始顫抖，彷彿被我毀滅性的眩暈感染了。片刻之後，我的身體栽向地面，落進我一無所知的命運的懷抱。

找到我的人說我儘管斷了好幾根骨頭，但還是爬了很長一段路，因為地面上的血跡一直延伸到他不敢去看的地方。隨後的大雨很快洗掉了通往我的受難之地的這條痕跡，報告能陳述的僅限於我從某個未知地點逃出來，現身於佩里街旁一條短巷的入口處。

我從未考慮過要回到那些陰森如迷宮的街巷之中，即便我能指引任何神志健全的人去那裡，也絕對不會這麼做。至於那古老的怪物是誰或什麼，我一無所知。請讓我再次重申，這座城市已經死了，充滿了我們無從猜測的恐怖之物。我不知道他是否離開，但我返回了家鄉新英格蘭。傍晚時分，芬芳海風輕輕吹拂那裡的純潔小巷。

夜洋

我去埃爾斯頓海灘不僅為了享受陽光與海浪的愉悅，更是為了舒緩我疲憊的精神。這個小鎮在夏季是個遊人如織的度假勝地，一年中剩下的大多數時間都門庭冷落，而我在這兒不認識任何人，故而不太需要擔心可能會受到的打擾。如此情況正合我意，因為除了鋪展於我臨時住所前那一望無際的洶湧海浪和平靜沙灘外，我什麼都不想見到。

離開城市時，我夏季的漫長工作已經告一段落，產出的大幅壁畫入選了競賽。我花費大半年完成這幅畫，終於洗淨畫刷之後，我不再抗拒屈服於健康的呼召，暫時投向休憩與隱居的懷抱。事實上，在海灘上待了一個星期，我只會偶爾想起那幅畫作，而不久以前它還顯得和生命一樣至關重要。我早已不再習慣性地苦惱於色彩和裝飾的千百種繁複組合，也不再擔憂和懷疑我是否有能力在現實中描繪出心中的場景，任由自己的技法將構思出的模糊概念變成仔細繪製的圖畫。然而後來在那片孤寂海灘上闖進我腦海的念頭，只可能來自那些苦惱、擔憂和懷疑背後的心結。因為我向來是一名探尋者、一名夢想家和一名沉浸在探尋和夢想之中的思考者。誰敢說如此天性不會啟動我休眠的感官，讓我看到不為人知的世界和生物呢？

儘管我很想說出究竟見到了什麼，我卻知道有千萬種令人發瘋的限制束縛著我。就像飄進幽深夢境時一閃而過的幻象，比起將其融入現實進行衡量，用內心之眼見到的事物在如此形式中對我們來說總是更加鮮活和意味深長。若是想以文字來敘述夢境，色彩就會消失殆盡。我們用來書寫的墨水似乎蘊含著過多的現實因素，因此會沖淡夢境，我們會意識到終究無法將那段不可思議的記憶形諸詞色。就彷彿我們內在的自我掙脫了白晝和客觀現實的約束，在被囚禁的情緒之中盡情狂歡，但是假如嘗試詮釋這些情緒，它們就會轉瞬即逝地熄滅。在夢境和幻象裡有著人類最偉大的創造，因為它們不必背負線條或色調的鐐銬。被遺忘的景象——比童年那金色世界還要更難以捉摸的國度——跳出來統治沉睡中的意識，直到清醒將其驅散。它們之中或許有一些觸及了我們所渴求的光輝與嚮往之物，隱約揭示了揣測中應當存在但從未對我們展現過真容的無上美麗之物，它們之於我們就如同聖杯之於中世紀的聖徒。想依靠藝術來塑造這些事物，想在暗影與蛛網纏結的國度裡求得一些朦朧的成果，你需要高超的技巧和同等水準的記憶力。因為儘管我們每個人都會做夢，能抓住其蟬翼但又不撕破它的人卻寥寥無幾。

我的敘述並不具備如此的技巧。倘若我能做到，也只能向你揭示我隱約感知到的微末事實，就好像一個人窺視沒有光線的場域，瞥見被黑暗遮蔽了所有行動的一些身影。我的壁畫很快就會如計畫的那樣與許多其他作品一起出現在建築物中，我在這幅壁畫裡同樣竭力捕捉這個難以捉摸的暗影世界的一絲痕跡，產出之物或許勝過了我已經取得的成就。我留在埃爾斯頓是為了等待那幅壁畫的評判結果，久違的閒散日子給我帶來了新的視角，我發現——除了創作者的火眼金睛總會看到的種種缺陷——我確實想方設法用線條和色彩重現了從無盡的想像世界攫取來的一些碎片。這個過程極為艱難，耗盡了我的全部力量，損害了我的健康，因而我才會在等待期間來到這片海灘。

由於希望完全不受打擾，我租下了離埃爾斯頓村莊有一段距離的一幢小房屋（屋主因此喜出望外）。現在正處於旺季的後半段，村莊裡擠滿了行將散去的喧鬧遊客，對我來說毫無吸引力可言。屋子沒有刷油漆，外加被海風侵蝕泛黑，它連村莊的附屬物都算不上，只是如停滯座鐘的鐘擺一般被甩在海灘上，孤零零地矗立在野草叢生的沙石山丘頂端。它像一頭孤獨的溫血動物，面向大海蹲在那裡，骯髒得不透光的窗戶瞪視著荒僻的土地、天空以及廣袤的大海。假如事實本身就已經足夠離奇，在敘述中夾雜太多想像就沒什麼益處，反而會誇大事實，生造出不必要的情景。但見到這幢小房屋的時候，我只覺得它很孤獨，和我本人一樣，它也意識到了自身在汪洋大海面前的無意義本質。

我在八月末住進此處，比預想中早來了一天，遇到一輛貨車和兩名工人正卸下屋主提供的家具。我當時並不知道自己會待多久，送家具的貨車離開後，我放下簡單的行李，鎖上房門（在租來的房間裡住了幾個月，終於擁有一幢房屋讓我感到像個國王），走下雜草叢生的山丘，來到海灘上。房屋很方正，只有一個大房間，沒什麼可探索的。四面各有兩扇窗戶，光照充足。面向大海的那面牆上像是事後忽然想起來般硬塞了一扇門。房屋修建於十年前左右，但由於遠離埃爾斯頓村莊，即便在熱鬧的夏季也很難租出去。屋子裡沒有壁爐，總是空蕩蕩、孤零零地從十月閒置到仲春。儘管它在埃爾斯頓以南還不到 1 英哩處，但顯得頗為荒涼，因為海岸線有一道彎，從村莊方向看過來，只能見到蔥翠的沙丘。

等我安頓好，第一天已經過去了一半，剩下的時間我用來享受陽光和來來去去的海浪——它們的靜謐和壯麗讓繪製壁畫顯得那麼遙遠和令人厭煩。然而這完全是長時間關注一整套習慣和行為之後的自然反應。工作已經完成，假期正式開始。這個事實暫時還沒什麼實感，但已經在我抵達的那天下午顯露於周圍的所有事物之上了，尤其是一成不變的環境終於徹底不同。明豔的陽光照著變幻莫測的波濤——由神祕力量推動的波浪曲線點綴著彷彿萊茵石的光點——營造出某種效果。水彩畫家也許能夠捕捉到海灘上落在大海與沙地相接之處的耀眼光芒的堅實質感。雖然大海有著自己的色調，但無與倫比的光華難以置信地完全懾服了它。附近一個人都沒有，我獨自欣賞著這一幕奇觀，舞臺上沒有任何外來物體干擾我的視線。我的各種感官以不同方式受到觸動，有時候咆哮的大海類似於燦爛的光線，熠熠生輝的是波濤而非太陽，這些事物每一樣都那麼生機勃勃和引人注目，來自它們的印象混雜在一起。說來奇怪，無論是那天下午還是以後的每一天下午，我始終沒見到有人在我那幢方形小屋附近洗海水浴，儘管弧形海岸線上有著寬闊的沙灘，比村莊附近滿是閒雜人等的沙灘更加宜人。我猜一方面是因為距離，另一方面是小鎮以南沒有其他房屋。為何存在一段未經開發的海灘，我無從想像，因為北面的海岸線上散落著許多房屋，用無神的眼睛凝望大海。

我游泳一直游到下午將盡，小憩片刻後步行前往小鎮。進入鎮區時，黑暗隱沒了大海的身影，我在昏暗路燈下見到的芸芸眾生甚至沒有意識到有一個被陰影包裹的龐然巨物就潛伏在咫尺之外。街上有塗脂抹粉、身穿俗麗衣服的女人，有不復年輕的厭倦男人——這些愚鈍的行屍走肉，棲息在海淵的唇邊，沒有看見也不願去看頭頂上和四周的奇景，那是不計其數的輝煌星辰和浩瀚無邊的夜晚海洋。我沿著夜幕下的海濱走回那幢寒酸的小屋，手電筒的光束照向無法穿透的赤裸虛空。天上沒有月亮，光束如火柴棍一般橫跨不安分的潮水築起的浪牆。我將微不足道的光束投在這個國度之上，它本身已經無比廣袤，但仍僅僅是塵世深淵的黑暗邊界而已，我認識到自己渺小得不可想像，加上潮水的嘩啦嘩啦聲響，某種難以形容的情緒油然而生。那夜幕遮蔽的深淵啊，永不間斷地發出遙遠而惱怒的呢喃聲音，而黑暗中的船隻在我看不見的地方孑然而行。

我來到坡頂的住處，意識到從村莊回來的這1英哩步行途中沒有遇到任何人，但某種模糊的印象讓我覺得孤寂大海的魂靈始終陪伴著我。我覺得它人格化為一個沒有向我展現身影的形體，悄無聲息地在我的感知範圍之外行動，宛如守候在沒有燈光的布景背後的演員，等待著很快就要召喚他們上場的臺詞，到時候腳燈會突然亮起，他們會在我們的眼前行走和說話。我將這種幻想趕出腦海，摸出鑰匙進入小屋，光禿禿的牆壁忽然給我以安全的感覺。

我的小屋完全脫離村莊，彷彿它沿著海岸線漫遊至此卻無法返回了。每天晚上吃過飯後回到這裡，我不會聽見任何煩人的喧鬧聲響。我通常只在埃爾斯頓的街道上待很短一段時間，但有時也會散著步到了那裡進去轉轉。塞滿了度假城鎮的古董店和華而不實的劇院在這裡同樣不計其數，但我從不走進那些店鋪，只有餐廳對我來說還算有點用處。真是令人驚詫，人們竟然會找到那麼多無聊的事情來消磨時間。

最初一連好幾天都陽光普照。我很早起床，望著灰濛濛的天空被日出的承諾點亮，站在那裡見證預言的實現。破曉時分很冷，比起讓白晝的每個小時都亮如正午的璀璨陽光來說，此刻的色彩還很黯淡。第一天的磅礴陽光委實燦爛，接下來的每一天都彷彿時間之書裡的金黃紙頁。我注意到過於強烈的陽光讓沙灘上的很多人感到不悅，然而那正是我尋求的目標。暗無天日地辛苦勞作幾個月之後，置身於簡單事物（風、陽光和水）主宰之處而產生的倦怠狀態對我造成了顯著的影響。我渴望讓如此的療癒過程延續下去，因此把全部閒置時間都花在戶外的陽光之下。這麼做使我的心境變得淡漠而順從，對吞噬一切的黑夜產生了某種安全感。黑暗與死亡有著類似之處，正如光明之於生命。百萬年前的我們與大海母親更加親近，日後會演化成人類的動物沒精打采地躺在陽光照耀下的淺水裡，通過如此的傳承關係，就像那些尚未踏上潮溼土地的早期半哺乳類動物一樣，我們在疲憊時依然會投向那些原始的事物，浸泡在它們催人入睡的安全感之中。

波浪的單調性質使我心神安寧，除了見證大海的無數種情緒，我沒有其他事情可做。大海片刻不停地變化著——色彩和形態在水面掠過，就像熟悉的面容上的微妙表情。通過並非完全已知的感官，它們同時映入我們的心海。大海不平靜的時候，她想起曾經越過無底深淵的古老船舶，我們心中悄無聲息地泛起對某條早已消失的地平線的嚮往。然而隨著她的遺忘，我們也會遺忘。儘管我們從小就認識了她，但陌生的氛圍永遠籠罩著她，就彷彿她是一道門戶，背後是某個潛行於宇宙之中的存在，因為過於龐大而不具備形態。早晨的海洋閃閃發亮，反射著青白色的薄霧，鑽石般的浮沫在表面擴散，如同一個人沉思怪異事物時的眼神。她編織出精緻而複雜的大網，色彩斑斕的魚類飛馳其間，你會覺得那是個懶散的龐然巨物，很快就會從古老得無法追溯的深淵中起身，大踏步走上陸地。

我愜意地度過了好幾天，很高興選擇了這幢孤獨的房屋。它像一頭小獸，蹲伏於磨圓的沙土懸崖之上。這種生活充滿了愉快而漫無目標的樂趣，我開始沿著潮水的邊緣（海浪會留下不規則的溼潤輪廓線，轉瞬即逝的泡沫勾畫出它的邊界）長距離行走。有時候我會找到偶然被大海拋上沙灘的奇特貝殼。我那幢寒酸小屋俯瞰的海岸向內彎曲，從海中被沖上岸的東西龐雜得令人驚訝，我猜洋流在村莊的沙灘分岔後最終會抵達這個位置。總而言之，只要我的衣服上有口袋，裡面就會裝滿形形色色的漂流物，其中大部分我會在撿起來後一兩個小時就扔掉，心想真不知道為什麼會揣在身上。然而有一次我發現了一小塊骨頭，無法辨認它的性質，只知道肯定不屬於魚類。我留下了它。另外還有一顆大金屬珠，上面精細的雕紋非同尋常。它描繪的是一隻像魚類的生物，背景花紋是海草，而非通常的花卉或幾何圖案，儘管被海浪沖刷了許多年，但紋路依然清晰。我從未見過與此類似的東西，推測它大概是埃爾斯頓前些年的流行飾物，因為這樣的風潮總是去去來來。

住了一個星期左右，天氣開始逐漸變化。天色轉暗過程中的每個階段之後都緊跟著另一個更加昏暗的階段，到最後，籠罩著我的整個天空彷彿從白晝變成了夜晚。比起我用眼睛見到的事物，它在我意識中留下的一連串印象反而更加明顯，因為小屋孤零零地矗立在灰色的天空下，狂風不時裹挾著溼氣從海上颳來。長時間的烏雲密布取代了太陽，灰色雲霧層層疊疊，陽光被截斷在不可知的厚度之外。太陽大概還是和以往一樣綻放光芒，但光線無法刺穿那鋪天蓋地的面紗。海灘會連續幾個小時淪為無色牢籠裡的囚徒，就彷彿夜晚的某些事物滲透進了白晝的時光。

海風讓人精神抖擻，飄忽不定的風向在洋面上捲出一個個小漩渦，海水變得越來越涼，我無法再像以前那樣一直待在水裡，於是養成了長時間健走的習慣，在無法游泳的時候保持我好不容易才養成的鍛鍊習慣。這樣的健走比先前的散步覆蓋了更廣闊的海濱區域，由於海灘在俗麗的村莊之外綿延數英哩之遠，夜幕降臨時我時常發現自己孤零零地站在漫無邊際的沙地上。每次發生這種事情，我就急匆匆地沿著濤聲中的海岸線疾行，免得進入內陸區域迷路。有時候健走結束得太晚（越往後越頻繁），回到那幢蹲伏的小屋時，我會覺得它像是村莊的前鋒，極不安穩地待在狂風侵蝕的懸崖上，黑黢黢的身影背後是海邊日落的病態天色，比起充足陽光照耀下的樣子，它顯得分外孤獨。在我想像力的作用下，它像一張含著疑問的沉默面容，轉向我，期待我採取某些行動。如我所說，這裡很荒涼，剛開始我因此感到高興。然而落日留下彷彿血跡的殘影，沉重的黑暗如無定形的墨汁一般逐漸擴散，在這種短暫的傍晚時刻，某種奇異的事物籠罩了小屋：一隻精怪，一種情緒，一個印象，來自呼嘯的狂風，有著龐然威壓的天空，忽然變得陌生的沙灘上流淌著逐漸陰沉的海浪。雖說沒有確切的理由，但每當這種時刻，我就會感到不安，儘管孤僻的天性使得我早就習慣了此處古老的寂靜和大自然古老的聲音。這種憂慮沒有長時間地糾纏我，我也無法明確說出它們究竟是什麼，現在想來，大概是海洋那無所不包的孤獨逐漸影響了我的意識，有某些活動或知覺在阻止我完全獨處的隱約感受（但也僅限於此），讓這種孤獨顯得略微有點可怕。

小鎮黃色路燈下的喧鬧街道和不真實得古怪的活躍狀態似乎非常遙遠，每次去鎮上吃晚飯的時候（我不信任完全由我蹩腳的廚藝炮製出來的餐食），我都變得越來越毫無理由地惶恐不安，希望能在夜色深沉前回到小屋，但我還是經常在10點左右才進家門。

你會說這樣的行為不合邏輯。既然我以如此幼稚的方式恐懼黑暗，那就應該徹底避開它。你會問既然那裡的孤獨讓我感到憂鬱，為什麼不乾脆一走了之。我無法回答這些問題，只能說無論我感到多麼不安，無論是在陽光漸暗的短暫時刻，還是在夾雜鹽粒的刺人寒風或彷彿龐然衣衫般在我身旁風化崩裂的黑暗大海的包裹之中，那種不安都有一半來自我本來的內心，它只會短暫地現身，並不對我造成長時間的影響。陽光猶如鑽石光芒的白晝重新到來，頑皮的浪花匯成藍色的尖峰拍打溫暖的海灘，黑暗情緒的記憶不真實得難以置信，但僅僅一兩個小時後，我會再次感受到那些情緒，陷入絕望的晦暗領土。

內心的情感也許僅僅反映了大海的情緒，因為儘管我們的見聞有一部分被思想的解讀染上了顏色，但我們有更多的感情只由外部的物質力量塑造。大海能夠將我們與她的諸多情緒捆綁在一起，用浪尖上的一道陰影或一縷光線這麼微妙的符號對我們悄聲訴說，以如此方式表達她的哀怨或欣喜。她總是在懷念古老的事物，儘管我們很可能無法理解，但她還是將這些記憶賜予我們，希望我們能分享快樂或痛苦。由於我放下了工作，不見我認識的任何人，因此或許能察覺到她用色彩表達的神祕寓意，而其他人肯定會視而不見。那一整個夏末，海洋主宰著我的生活。她要我把生命奉獻給她，換取她帶給我的療癒。

那年在海灘上有人淹死，這是我完全出於偶然聽說的（我們對與己無關和非親眼所見的死亡就是如此冷漠）。我知道事情的經過令人生厭。遇難者——其中有幾位是水性超乎常人的泳客——有時會在多日以後才被發現，水底駭人的報復力量毀壞了他們腐爛的屍體，彷彿大海將他們拖進深不見底的巢穴，在黑暗中碾磨撕裂，直到確認他們再也派不上任何用場，這才把支離破碎的屍首推上海岸。似乎沒有人知道這些死亡事件的原因。慘劇過於頻繁，在膽怯者心中激起恐慌，因為埃爾斯頓的回頭浪並不猛烈，也因為這裡以鯊魚從不光顧而著稱。我不知道屍體身上是否存在遭受襲擊的痕跡，然而來自沒有光線、停滯不動之處的死神在海浪間流竄和襲擊獨行的遊客，由此帶來人們熟悉且不喜歡的那種恐懼。我們必須盡快為這樣的死亡事件找到罪魁禍首，即便鯊魚並不在埃爾斯頓出沒。鯊魚僅僅構成一個值得懷疑的原因，據我所知也從未證實過牠們的出現，在這個度假季剩餘的日子裡繼續下海的泳客主要警惕的是多變的潮水，而非或許存在的海獸。

秋天確實已經不遠，有些人以此為藉口離開死神狩獵的大海，向聽不見波濤聲的內陸土地尋求安全。八月結束後，我在海灘上待了許多天。

從新一個月的四號開始，暴雨隱然威脅本地。六號，我在潮溼的海風中出發去健走，天空中排布著看不清形狀的烏雲，它們沒有色彩，低垂於鉛灰色的躁動大海之上。風沒有任何特定的方向，而是不安分地擾動著，造成了即將天翻地覆的感覺——大自然孕育的這個生命很可能就是難產多時的暴雨。我在埃爾斯頓用過午餐，儘管天空彷彿龐然巨籃正在合攏的蓋子，我依然冒險沿著海灘前行，遠離了鎮子和消失在視線外的小屋。籠罩天地的灰色裡增添了腐肉般紫色的斑點——色彩陰鬱，但出奇璀璨——這時我發現自己離任何一個遮風擋雨之處都有數英哩之遠，但並不覺得這有什麼重要的。儘管天色暗沉，還夾雜著彷彿不祥之兆的點點輝光，我卻處於一種堪與輝光相比擬的奇特的超脫情緒之中，這種情緒如閃電般劃過忽然對曾經模糊的形狀和意義變得警惕和敏感的身體。一段朦朧的記憶悄然浮現：眼前景象與我小時候聽到一個故事時幻想的景象有著相似之處。在那個被我遺忘多年的故事裡，有個峭壁林立的海底王國，魚形怪物在那裡生活，它們的黑鬍子國王深愛著一個金髮女人，她年輕時就和這個黑色怪物立下婚約，怪物頭戴主教般的法冠，面容彷彿枯瘦的猿猴。我幻想的景象只留下了一角：沒有色彩、彷彿天空的海水映襯著王國的水下峭壁。儘管故事的大部分情節已拋諸腦後，但此刻見到的峭壁與天空的類似對比讓我出乎意料地想起了它。幻想出類似此刻景象的那一年早已消逝，只餘下一些散亂印象的碎片。故事的某些段落或許潛藏在令人煩惱的記憶片段背後，被一些本身幾乎毫無價值的景象喚醒，對我的感官展現出特定的意義。在稍縱即逝的瞬間感知（條件比客體本身更具意義）之中，我們往往會捕捉到孤立的景象或布局——微不足道的一幅小風景，午後道路拐彎處一個女人的裙子，早晨蒼白的天空下一棵挑釁歲月的堅韌樹木——它們蘊含著某些珍貴的事物，我們必須銘刻在心的美好性質。然而以後再看見相同的景象或布局，或者從另一個視角見到，我們會發現它在我們眼中已經失去了價值和意義。也許這是因為我們見到的事物並不擁有那種難以捉摸的特質，只是讓意識想起了依然迷失在記憶之外的其他什麼東西。我們的困惑意識啊，它無法完全掌握一閃而過的情緒的起因，只能抱住激發情緒的客體，發現那裡沒什麼值得大驚小怪的事物，就會感到吃驚。我見到發紫的雲層時就是這樣。它們有著修道院塔樓在暮靄中的莊嚴和神祕，但面貌也酷似古老童話中的水底懸崖。我忽然想到這幅遺忘多年的圖像，望著細碎的骯髒泡沫和彷彿用黑色裂紋玻璃澆鑄而成的海浪，內心不禁期待會看見那個猿猴面孔的可怖身影，它頭戴銅綠覆蓋的古老法冠，從被遺忘海溝中的王國向著猶如天空的海浪而去。

我沒有見到這樣的怪物走出想像國度，但隨著寒風轉向，像颯颯作響的利刃般劃破蒼穹，我在匯聚成朦朧一片的陰雲和海水之中只能見到一個灰色物體，像一塊漂流木一樣被浪花投來投去。它與我隔著相當遠的一段距離，沒多久就消失了，因此未必是木頭，也可能是一頭鼠海豚躍出不平靜的海面。

我很快意識到自己花了太多的時間凝視即將來臨的風暴，因為壯觀的景象而聯想起我早年的幻想。冰冷的雨點開始砸落，對這個鐘點來說過於黑暗的天色因而變得愈加陰沉。我在灰色的沙灘上疾行，感覺到冰冷的水滴打在背上，衣物一轉眼就被澆了個透溼。剛開始我還跑了一陣，企圖逃離從不可見的天空垂下的由無色水滴連成的長鍊，但很快意識到無論如何也不可能乾著身子抵達任何地方，於是放慢步伐，就像在晴朗天空下散步那樣回家。儘管沒什麼理由要緊趕慢趕，但也不至於像平時一樣悠閒，任由溼衣服冷冰冰地貼在身上。黑暗越來越濃重，海風也越來越大，我難以自制地顫抖起來。儘管滂沱大雨帶來了種種不便，但糾纏成團的紫色烏雲和我身體在刺激下做出的反應中也潛藏著某種興奮。埃爾斯頓海灘彷彿一條灰色的迴廊，我在其中艱難跋涉，情緒一半是因抗爭大雨而起的雀躍歡騰（雨水順著我的身體流淌，充滿了鞋子和衣袋），另一半是對那病態的莊嚴天空的奇異讚賞。天空搧動黑色的翅膀，盤旋於變幻不定的永恆大海之上。我比預計中更早地見到了蹲伏的小屋，它的身影出現在遮天蔽日的翻騰暴雨中，砂石懸崖上的所有野草都伴隨著狂風搖曳，像是願意將自己連根拔起般跳進風中飛向遠方。大海和天空完全沒有變化，一路陪伴著我的景象依然如故，只是多出來了一幢小屋，而它隆起的屋頂似乎被狂風暴雨壓彎了脊樑。我跑上不安穩的門前臺階，進入乾燥的房間，脫離了啃咬著我的寒風，潛意識裡吃了一驚，導致我愣神了幾秒鐘，雨水像小河般從我的每一寸身體流淌而下。

屋子的正面有兩扇窗，左右各一，幾乎正對著大海。暴雨和即將到來的夜晚聯手，幾乎把大海遮得嚴嚴實實。我從這兩扇窗戶向外看，同時從方便衣架和堆滿東西無法坐人的椅子上取下五花八門的衣服穿上。強烈得超乎自然的暮色藉著暴雨的掩護在某個不知名的時刻悄然降臨，從四面八方包圍了我。在雨中的灰色沙灘上待了多久，此刻究竟是幾點幾分，我一概不知。搜尋片刻後，我找到了懷錶——幸好忘了帶在身上，因此沒有像衣服一樣被淋溼。昏暗的光線中，錶針若隱若現，只比周圍的數字稍微顯眼一丁點，我只能猜測此刻是什麼鐘點。過了一會兒，我的視線刺穿朦朧夜色（室內比模糊的窗戶外更加陰沉），看清了現在是6點45分。

我進屋的時候，沙灘上空無一人。自然而然地，我認為那天晚上不可能見到任何人下海游泳。然而當我再次望向窗外，卻有幾個肯定是人影的東西點綴在暗如煤煙的風雨夜色之中。我數了數，有三條人影在以某種難以理解的方式移動，靠近屋子的地方還有另外一條——未必是人，也可能是被海浪推上岸的木頭，因為波濤正在凶猛地拍打沙灘。我震驚異常，思考這些勇敢的人為什麼要在如此暴風雨中留在室外，隨即想到他們或許和我一樣，無意中被暴雨困住，只好向挾著雨點的狂風投降。文明人的好客精神一時間勝過了我對獨處的熱愛，出門站在狹小的門廊上（代價是又淋溼一身衣服，因為大雨欣喜而狂暴地撲向了我），朝那些人揮手打招呼。然而不知道他們是沒有看見還是不明白我的意思，並沒有做出回應的手勢。他們朦朦朧朧地站在夜幕中，像是略感驚訝，又像在等待我的進一步行動。他們的姿態蘊含著某種神祕莫測的茫然，可能代表一切也可能什麼都不代表，小屋在病態的日落時分也會呈現出這種樣子。我突然感覺到這些一動不動的身影潛藏著一種險惡的特質，使得他們選擇這麼一個暴雨之夜停留在杳無人蹤的沙灘上。我立刻關上了房門，內心湧動的惱怒情緒徒勞無功地掩飾著更深層的恐懼感，這種強烈的恐懼感是從我意識深處的陰森角落湧出來的。片刻之後，我走到窗口，外面除了不祥的夜色什麼都看不見了。我隱約間有點困惑，更有些害怕——就像一個人很快就要被迫走過一條黑暗的街道，雖然此刻還沒見到值得畏懼的東西，但他擔心自己可能會遇到什麼——我認為我很可能沒見到任何東西，只是被昏暗的天色欺騙了眼睛。

那天夜裡，這幢小屋的與世隔絕氣氛分外強烈，儘管我知道北邊剛好脫離視線的海灘上，數百幢房屋聳立在風雨和黑暗之中，積水的街道猶如擦亮的玻璃反射著模糊的黃色燈光，就像油膩膩的森林水塘倒映著哥布林的眼睛。然而我無法見到它們，在這樣的壞天氣裡甚至無法到達那裡（因為沒有汽車或其他交通工具，除非在暗影幢幢的黑暗中步行，否則就無法離開這幢蹲伏的小屋），我突如其來地意識到，事實上只有雨霧中的沉鬱大海陪伴著我，它在我看不見和不知道的地方起起落落。大海的聲音變成了某種沙啞的呻吟聲，就像一個人受了傷，在嘗試起身前先勉強挪動身體。

我用一盞髒兮兮的燈驅逐無處不在的晦暗——夜色爬進我的窗戶，坐在角落裡不懷好意地睨視著我，就像一頭耐心的野獸——我不打算冒著風雨去鎮上，於是自己做飯。上床的時候，夜似乎已經非常深了，然而實際上還不到9點。黑暗來得早而鬼祟，在我停留於此的剩餘時間裡，始終難以捉摸地糾纏著我見到的每一幕景象和每一個動靜。某種事物從黑夜中鑽了出來——這種事物永遠無法被確定，攪動我內心某種休眠的感官。我就像一隻小動物，時刻警惕著敵人發出的颯颯聲響。

狂風吹了幾個小時，傾盆大雨無休止地拍打將我與它隔開的薄弱牆壁。大海的呢喃給我以平靜的感覺，我想像無定形的巨浪在缺乏生氣的嗚咽風聲中彼此推擠，將含鹽的苦澀海水潑灑在沙灘上。然而我在這單調而無休止的自然聲響中找到了一個催眠的音符，過了一段時間，這個聲音引著我陷入與夜晚一樣缺乏色彩的灰色沉眠。大海繼續它瘋狂的獨白，風是它的喃喃絮語，但無意識的高牆隔絕了這些聲音，夜洋一時間被驅逐出了我沉睡的心靈。

黎明帶來了虛弱的太陽——當地球老去，假如還有人類存在，他們見到的就會是這樣的太陽：這顆太陽比已經穿上壽衣的垂死天空更加疲憊。它是從前自我的微弱迴響，我醒來的時候，阿波羅正在奮力刺穿參差不齊、變幻不定的雲團，時而將一抹淡金色的光芒如漣漪般灑在房間西北面的牆上，時而變得黯淡，直到僅僅是一個發光的圓球，就像被遺忘在天國草坪上的難以想像的玩具。過了一段時間，風雨（大概持續了一整夜）終於沖刷乾淨了剩下的那點紫色陰雲，昨晚它就像古老童話中的洋底峭壁。時間像作弊般跳過了日落和日出，那一天與前一天合二為一，彷彿兩者之間的暴雨沒有將漫長的黑暗帶進這個世界，而是膨脹與緩和成了一個漫長的下午。太陽得到了勇氣，奮盡全力驅散衰敗的雲霧——雲霧已經瓦解得像是骯髒的窗玻璃——終於將它逐出了自己的領地。汙染天空的絲絲縷縷漸漸撤退，淡藍色的白晝步步緊逼，圍困著我的孤獨蜷縮進角落裡觀察著我，但它沒有徹底消失，而是蹲伏在那兒默默等待。

太陽恢復了亙古不變的燦爛，重新照得波浪泛起點點粼光，藍色的水花在沙灘上嬉戲，人類誕生前它們就是這樣，待到人類在時間的墳墓中被遺忘，儘管再也不會有人欣賞，但它們依然會在那裡歡快地蹦跳。這些靠不住的保證影響了我，就像一個人相信了敵人臉上的友善微笑。我向外推開房門——傾瀉而入的陽光中，它是一塊黑斑——我看見雨水沖走了海灘上的全部印記，就彷彿在我之前從未有人打擾過這片平坦的沙地。長時間不安的壓抑過後，精神陡然變得暢快，我感覺——以完全順從的方式，沒有任何自我意志——我本人的記憶也被清洗得乾乾淨淨，一生積累的不信任、懷疑和惡疾般的恐懼不翼而飛，就像水位特別高的海潮捲起水邊的汙垢，將它們帶出你的視線。空氣中有一股鹽漬青草的味道，就像舊書發霉的紙頁，混雜著熾熱陽光曬著內陸草場而散發出的甜香，氣味像提神飲料般鑽進我的身體，滲透和滋潤我的血管，將它們難以捉摸的本質直接輸送給我，讓我頭暈目眩地懸浮於漫無目標的清風之中。太陽與這些事物合謀，像昨夜的大雨一樣灑落在我身上，彷彿千億根耀眼的矛槍從天而降。太陽彷彿也想幫助隱藏背景中的可疑存在，後者在我的視線外潛行，只有我意識邊緣偶爾傳來的颯颯聲響、茫然身影凝望虛無海洋的模樣才會暴露它的蹤跡。太陽，一個刺眼的球體，孤零零地遊蕩在永恆的渦流之中；陽光照耀我揚起的面龐，就像成群結隊的金色飛蛾。太陽，沸騰的白熱火焰聖杯，神聖而無法被理解，向我洩露一個祕密，卻隱瞞了一千個應許的幻象。太陽確實能夠昭示其他世界的景致，既可靠又迷離，假如我知道前往彼岸的道路，很可能會踏上那奇異的狂喜旅途。這些事物來自我們本身的天性，因為生命從不展現她的祕密，哪怕僅僅是一個瞬間，唯有通過我們自己對那些含有暗示的景象的理解，根據被蓄意誘發出的情緒，才會覓得喜樂或晦暗的心境。但我們每時每刻都只能且必須屈從於她的欺騙，暫時相信這次我們也許能找到被她隱藏的歡欣。就這樣，在惶惑黑夜（它邪惡的暗示比人身威脅更加讓我不安）之後的一個早晨，帶著清新甜香的微風在我耳畔低語，講述與地球只有微弱關係的古老祕密，講述由於我或許能夠親身體驗一二而變得更加強烈的歡愉。太陽、清風和它們帶來的氣味向我訴說諸神的慶典，諸神的感官比人類敏感百萬倍，他們的喜樂也微妙和綿長百萬倍。太陽和清風在暗示，假如我能全心全意投向它們璀璨的欺騙性力量，這些事物就可以屬於我。而太陽，一位踞伏的神祇，赤裸著他的天國血肉，猶如過於強盛、肉眼不能直視的神祕爐火，在我剛剛經受磨礪的情緒映照下幾乎顯得聖潔。太陽那縹緲的光芒彷彿雷鳴，萬物都必須愕然敬拜。在茂密叢林中疾馳的獵豹也必須暫時駐足，凝望穿透葉片的散射光束，受太陽哺育的一切生物都必須讚頌它藉著如此白晝而傳達的光輝資訊。等太陽在永恆時間的盡頭消失，地球將迷失於無盡虛空的黑暗之中。那個早晨，我在其中分享生命的烈火，從貪婪歲月的巨口中搶來片刻歡愉。那個早晨，難以描述的不可能以名稱定義的奇異事物的誘惑在騷動。

我走向村莊，思考著早該好好沖洗一下的村莊在大雨後會是什麼樣子。我看見前方大約20英呎處有個一隻手似的小東西，纏繞著它的溼氣在陽光照耀下閃爍微光，如黃色陳年佳釀般浸泡著它，沙地上的泡沫剛好碰到它。我見到它確實是一塊腐爛的肉體，震驚和厭惡在我被驚呆的意識中油然而生，勝過了剛產生的滿足情緒，催生出一種駭然的懷疑——難道真的是一隻手嗎？魚或一條魚的殘屍當然不可能呈現出這個形狀，況且我覺得分辨出了泡得軟爛的手指。我不想觸碰這麼骯髒的東西，用腳把它翻過來，它卻黏在了我的皮鞋上，以腐爛之物的握力死死地抓住皮鞋。這東西已經幾乎脫了形狀，但依然像極了我害怕它或許是的東西。我把它推進一道沸騰大浪那欣然幫忙的懷抱中，波濤以散漫的大海邊緣少有的敏捷動作將它帶出我的視野。

也許我該上報這一發現，然而它的性質過於曖昧，我無法採取符合理性的行動。由於棲息在海中的畸形生物已經啃掉了它的一部分，它恐怕不足以構成可辨認的證據，揭示出一樁不為人所知但有可能已經發生的悲劇。我自然而然地想到了不計其數的溺亡者，還有不利身心的其他一些事物，其中有一部分只是可能性而已。無論被風暴拋上海岸的碎塊是什麼，它屬於魚類還是類似人類的什麼動物，我在此之前都從未向別人提起過，畢竟也沒有任何證據能證明它不僅僅是被腐爛扭曲成那個形狀而已。

我走向小鎮，心情煩悶，因為美麗的潔淨海灘上出現了那樣一個東西，儘管這是死神那淡漠本質可怖的典型表現，它會把腐爛與美麗混在一起，說不定還更加偏愛前者呢。我在埃爾斯頓沒聽說最近有人溺亡或在海上遭遇其他不幸，在停留期間閱讀的唯一一份當地報紙也沒提到這種事情。

很難用文字描述接下來幾天我所處於的精神狀態。我向來容易屈服於病態的情緒，內心陰沉的苦痛可能由外來因素誘發，也可能從靈魂深淵迸發而出，折磨我的那種情緒不是恐懼或絕望，甚至與這兩者毫無相似之處，而是對生命的駭人短暫和潛藏污穢的某種感知——這種情緒一部分來自我對我的內在本質的反思，一部分來自或許曾經是手、被啃咬過的腐爛物體所誘發的陰鬱心境。在那些日子裡，我的腦海充斥著暗影籠罩的懸崖和幢幢湧動的黑影，就像童話故事使我想起的不為人知的古老國度。在幻滅帶來的短暫痛苦之中，我感受到了這個浩瀚宇宙的龐然與黑暗，我存在的那些日子，人類存在的那些日子，比起粉碎的星辰來說不值一提。在這個宇宙裡，所有的掙扎都是徒勞，連哀悼的情緒本身也毫無用處。我曾經將時間花在諸如恢復健康、喜樂和肉體愉悅之類的事情上，現在（就好像上週的那些日子屬於一個徹底終結的年代）卻陷入怠惰的狀態，就像一個已經不在乎生死的人。對無法逃避的厄運的可悲而疲憊的恐懼吞噬了我，我感覺這種情緒會變成徹底的憎恨，憎恨對象是窺伺凡間的群星和期待著將我的屍骨裹挾其中的黑色龐然巨浪——漠然而令人驚駭的莊嚴的夜晚海洋的報復。

大海的黑暗和動盪中有某種東西刺穿了我的心，使我生活在無法歸因、難以覺察的折磨之中，這種折磨就像吸血惡魔，起源不明，怪異而缺乏動機，但依然無比強烈。變幻無常的紫色雲團、奇特的銀色金屬珠、逝而復生的黏滯泡沫、眼神空洞的孤寂小屋和傀儡般的庸俗小鎮，這些事物鋪陳於我的眼前。我不再去鎮上，因為它似乎只是對生命的滑稽模仿。它和我本人的靈魂一樣，呆立在包裹一切的黑暗大海面前——大海在我眼中逐漸變得可憎。在這些影像的中央，棲息著一個腐敗而潰爛的物體，人類軀體的輪廓還依稀可辨，你不太會懷疑它曾經是什麼東西。

這些匆匆寫下的文字永遠無法描述那種駭人的孤寂（我甚至不敢奢望能夠平息它，它藏得太深，簡直鑲嵌在了我的心臟裡），它潛行於我體內，喃喃訴說兜著圈鬼祟摸近的可怖而未知的那些事物。這不是瘋病，而是過於清晰、毫無遮掩地感知到了超越這個脆弱存在的黑暗，照亮那裡的太陽瞬息生滅，不比我們的太陽更加牢靠：這是對虛無的領悟，極少有人能夠體驗，而且體驗後就再也無法接觸周圍的生靈。我認識到無論怎麼折騰，無論用我靈魂殘餘的全部力量如何戰鬥，也不可能從懷著惡意的宇宙那裡贏得哪怕一英吋的土地，或者生命的主宰託付給我的哪怕僅僅一個瞬間。我害怕死亡，同樣害怕生命，我背負無可名狀的恐懼，但不願懷著它從這裡退場，我等待著在意識高牆外的無垠區域活動的終極恐怖之物。

就這樣，秋天找到了我，我從大海得到的東西又迷失在了大海裡。海灘上的秋天是個陰沉的季節，缺少紅葉或其他習以為常的標誌。令人畏懼的大海不會改變，會改變的只有人。大海裡只有冰寒徹骨。我不再願意下水——柩衣般的天空變得愈加陰沉，就彷彿漫長冬季的大雪正等待著落在慘澹的波濤上。雪一旦開始飄灑就不會停止，會在白色、黃色或猩紅色的太陽下永遠飄灑，也會在最後那顆只屈從於頹敗黑夜的紅色小圓球下永遠飄灑。曾經友善的大海對我吐出意味深長的水泡，用奇異的眼神注視我。但究竟是如此景象反映了我內心的鬱結而變得陰森，還是周圍的事物導致了我內心的消沉，我無從分辨。陰影既籠罩著海灘也籠罩著我，就像一隻鳥悄無聲息地從空中飛過——誰都不可能預料到鳥用眼睛盯著我們，直到地上的景象複製了天空中的景象，我們突然抬起頭，才會看見先前從未看見的東西在頭頂上盤旋。

那是九月末的一天，鎮上的娛樂場所早已歇業，瘋狂和輕浮曾經在那裡主宰被恐懼折磨的空虛生靈，愚鈍的傀儡在那裡表演夏季的滑稽戲。傀儡被扔到一旁，最後時刻擠出來的笑容或愁容還戴在臉上，全鎮只剩下了不到一百人。林立於海岸邊那些華而不實、用灰泥裝飾門臉的建築物總算可以不受打擾地在寒風中崩裂剝落。隨著時間越來越接近我提到的那一天，猶如陰間破曉的灰色魔光逐漸籠罩我的內心，我覺得某種黑暗的巫術將在其中完成。對如此巫術的恐懼當然比不上我持續不變的可怖猜疑——有某種畸形巨怪潛伏於世界這個舞臺背後的隱約感覺——與其說它是真實存在的恐懼，不如說它是一種推測：我無休止地等待著似乎越來越近的那個恐怖日子。允許我重複一遍，那是九月末的一天，但具體是二十二號還是二十三號我不太確定。在回憶那些不完整的前後經過時——普通人無論如何都不該被這樣的事情折磨，之所以這麼說，都是因為它們所蘊含的該遭天罰的暗示（僅僅是暗示而已）——諸如此類的細節逃離了我的腦海。由於一種本能的精神憂懼，我知道這個時間——如此認知來自靈魂深處，我難以解釋。白晝的每一分每一秒我都在期待夜晚，大概是因為焦躁不安，白晝就像水面漣漪反射的浮光掠影般一閃而過，一天之中發生的所有事情我都毫無印象。

從那場不祥的暴風雨將陰影投射在海灘上以來已經過了很久，在毫無切實理由的猶豫之後，我下定決心要離開埃爾斯頓，因為氣候變得寒冷，而先前的愉快情緒也不可能再回來了。我收到一封電報（在西聯辦公室放了兩天後工作人員才找到我，因為沒幾個人知道我叫什麼），電報稱我的設計已被接受，在競賽中勝過了其他對手，於是我定下離開的日期。換了今年的早些時候，這個消息也許會讓我心潮澎湃，現在我卻以奇異的淡漠態度接受了它。它似乎完全獨立於我周圍這個不真實的環境，與我本人同樣沒什麼關係，就彷彿它發生在一個我不認識的人身上，而我出於意外知道了他的消息。即便如此，它依然促使我結束度假的計畫，離開海邊的這幢小屋。

我在此處的停留還剩下四個夜晚的那天，最後的那些事件發生了，其含義更多地隱藏在環繞它們的陰森而險惡的印象背後，而不是明顯威脅人身安全的事物之中。當時黑夜已經籠罩了埃爾斯頓和海灘，一堆髒碟子既代表我最近的餐食，也是我不夠勤快的證據。黑暗來臨的時候，我剛好坐在面對大海的窗戶前抽菸，黑暗彷彿液體，逐漸充滿天空，帶來浮游的月亮，月亮怪誕地越飄越高。平靜的大海與閃閃發亮的沙灘界限分明，樹木、人類甚至任何形式的生命都毫無蹤影。明月高懸，它的視線忽然讓我看清了我的周圍究竟有多麼廣闊。只有幾顆星辰的光芒照進我眼中，彷彿在用它們的渺小來襯托月輪和無休止躁動的潮水的偉大。

我待在房間裡，不敢在這麼一個散發著無形的凶險氣息的夜晚走向大海，但能聽見它在呢喃訴說難以置信的祕密知識。不知從何而來的風吹拂著我，它是某個怪異的悸動生命的呼吸，那個生命是我的一切感受和懷疑的化身，在天空的深淵之中或沉默的海浪底下攪動。這個神祕之物在何處從古老而恐怖的沉睡中甦醒，我不得而知，但我就彷彿站在某個迷失於夢境的人身旁，知道後者很快就會醒來，我蜷縮在窗前，拿著幾乎燒到盡頭的香菸，面對升起的月亮。

天空中的光芒照在那毫無波瀾的景致上，外面漸漸變得越發明亮，而我像是越來越受到某種因素的強迫，期待著目睹隨後會發生的事情。暗影被徹底驅離了海灘，我覺得它們帶走了會在即將發生的事情中庇護我的意識的東西。還留在海灘上的事物非黑即白：無情的燦爛光芒之下，依然盤踞著成團的黑暗。無邊無際的舞臺上，清晰得可怖的月輪（無論過去如何，現在都已經沒有生命了，背負著非人類生靈的冰冷墳塋，同樣冰冷地走過比人類更加古老的塵封歲月的廢墟）和大海（也許騷動著某些不為人知的生命和禁忌的知覺）與我對峙。我起身關上窗戶，部分因為內心的催促，但我覺得主要是為了暫時轉移意識的流向。我站在閉合的窗格前，此時沒有聲音傳入我的耳朵。幾分鐘就像一個永恆。我在等待不可言說的生命給出啟示，就像我恐懼的心和窗外毫無動靜的景致。先前我把燈放在房間西側角落裡的箱子上，但月光更明亮，偏藍的光束侵入了燈光黯淡的地方。沉寂月輪的古老光芒落在海灘上，萬古以來始終如此，我在等待，期許和焦慮折磨著我，期許因為遲遲無法實現而變得加倍猛烈，焦慮是因為不確定即將到來的是何等怪異的結局。

蹲伏的小屋外面，白色的月光照亮了幾個模糊的幽影，它們如鬼魂般虛幻的動作似乎在嘲弄我的盲目，正如我無法聽見的聲音在奚落我飢渴的聽覺。我一動不動地呆站了無數個瞬間，就彷彿時間女神和她敲響的大鐘都被掃進了虛無。但另一方面，也並不存在我應該恐懼的東西：月光雕鑿出的幽影不自然地沒有輪廓，沒有在我的眼前遮蔽任何事物。夜晚寂靜無聲——儘管關著窗戶，但我依然知道——所有星辰都哀傷地掛在側耳傾聽的莊嚴天幕上。我當時的任何動作或者此刻的任何文字都不可能揭示出我所處的困境，說清我被恐懼懾服的大腦如何受困於無論經受何種折磨都不敢打破沉默的血肉軀體。我彷彿在等待死神，確信無論如何都不可能驅走威脅我靈魂的危險之後，我拿著已經被遺忘的香菸蹲伏下去。寂靜的世界在廉價而骯髒的窗戶外熠熠生輝，我到來前就擱在房間一角的一對骯髒船槳陪著我的靈魂一起守夜。油燈一直燒著，散發出屍體般色澤的噁心光芒。我時不時地看它一眼，絕望地用它為我分心，我見到無數氣泡在裝滿煤油的基座裡鼓起和消失。說來奇怪，燈芯沒有散發任何熱量，忽然間我意識到這個夜晚同樣既不溫暖也不寒冷，而是奇異地缺少溫度，就彷彿所有物理力量都暫時停止作用，構成穩定存在的全部法則都土崩瓦解。

不多時，一道漣漪將銀色的海水送到岸邊，聽不見的波濤迴蕩在我恐懼的心靈中。水裡有個東西在碎浪之外浮出海面。那個身影也許是一條狗、一個人或更奇異的什麼東西。它不可能知道我在看，或者根本不在乎，但它像一條形態扭曲的怪魚，游過倒映星辰的海面，然後潛入水下。過了一會兒，它再次出現，這次離岸邊更近，我看見它肩上扛著某些東西。這時我知道了，它不可能是其他動物，肯定是人類或類似人類的東西，但從黑暗的海洋向著陸地而來。它游泳的動作輕鬆得可怕。

我恐懼而消極地望著它，目不轉睛的視線就像一個人在等另一個人死去，知道自己無能為力。游泳者靠近了岸邊，但向南的海灘距離很長，因此我無法分辨它的外形或面部特徵。它奇異地邁開大步，動作敏捷，濺起反射月光的泡沫水花，走出大海，消失在了內陸方向的沙丘之間。

前幾個瞬間剛剛消散的恐懼此刻突然復活，重新占據我的心靈。假如我敞著窗戶，若是有東西從窗戶進來，我覺得那樣會非常恐怖，因此不敢開窗。房間裡密不透風，但刺人的寒意還是籠罩了我。

我已經看不見那個身影了，然而我覺得它在附近的暗影中徘徊，或者隔著一扇我看不見的窗戶駭人地窺視我。於是我懇切而瘋狂地轉動視線，望向每一扇窗戶，擔憂我會真的瞥見侵入者注視我的面容，但又無法讓自己停止這令人毛骨悚然的查探。儘管我觀察了好幾個小時，但海灘上似乎沒有出現其他的東西。

那個夜晚就這麼過去了，異常的感覺隨之開始消退——這種異常的感覺像酒杯裡的邪惡啤酒，令人屏息地在一個瞬間內漲到杯口邊緣，又難以捉摸地停頓下來，然後逐漸回落，帶走了它所承載的未知消息。它就像允諾要揭示可怖而輝煌的記憶的群星，哄騙我們頂禮膜拜，但從不洩露任何內情。一個古老的祕密冒險接近人類出沒之處，慎重地潛行於認知的邊緣以外，而我令人恐懼地與它擦身而過。然而最終我還是一無所獲，僅僅瞥見了一眼那詭詐的東西。無知猶如層層面紗，遮蔽了我這一眼的視線。那個游泳者向著海岸而來，而非進入大海，假如我過於靠近它，我甚至無法想像展露身姿的將是什麼事物。假如啤酒漫過了酒杯邊緣，真相如美酒的瀑布般傾瀉而出，我無法想像將會發生什麼事情。夜洋遮掩了它哺育的一切。我不該知道更多的真相。

時至今日，我依然不明白自己為何會如此迷戀大海。但另一方面，恐怕誰也無法解答這種疑問——它們的存在就是在蔑視所有解釋。有很多人不喜歡大海和拍打金色沙灘的波浪，其中不乏智者，他們認為我們這些喜愛古老和無底深淵的神祕的人很奇怪。然而對我來說，大海的所有情緒中都有某種無法擺脫、不可思議的魅力。它飄散在如慘白屍體的憂鬱月光下翻騰的銀色水沫之中；它籠罩在永世拍打裸露海岸的沉默波濤之上；它存在於除游弋於暗夜深淵的未知身影之外再無生命存在之時。每當我目睹令人敬畏的巨浪以無窮力量奔湧，就會激起我心中類似於恐懼的狂喜。我必須在它的偉岸前認識到自己的渺小，才不至於憎恨那聚結的水流和它們壓倒一切的美麗。

廣袤而孤獨的海洋啊，萬物由它而來，也將回歸它的懷抱。在時間那不為人知的深淵盡頭，地球上將沒有任何生物，也不存在任何活動，只有永恆不變的大海除外。它將拍打黑暗的岸邊，雷鳴般地激起水沫，但垂死的世界上將不再有人看見虛弱的冰冷月光在打旋的潮水和粗糲的沙灘上嬉戲。深淵的邊緣將只有凝滯的浮沫，聚集在曾經棲息於水中的生物殘餘的外殼和骸骨周圍。沉寂而鬆弛的巨物將在空蕩蕩的海岸邊輾轉和翻滾，它們遲緩的生命已經斷絕。隨後一切將歸於黑暗，最終連照在遙遠波浪上的白色月光都會熄滅。萬物不復存在，無論是在陰沉的海面之上還是之下。但即便是最後的那個千年，還有其後的歲月，大海依然將在淒涼的暗夜中鳴響和激蕩。

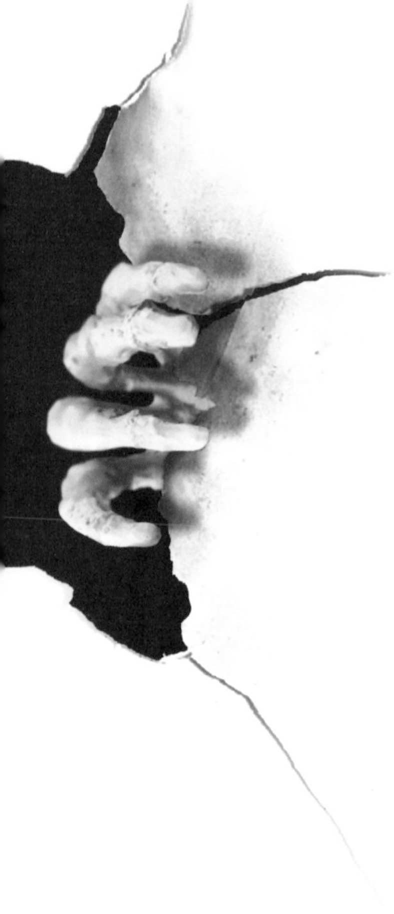

（全書完）

幻想藏書閣

克蘇魯神話 IV：恐懼（精裝）

作　　者／霍華・菲力普・洛夫克萊夫特
譯　　者／姚向輝
企畫選書人／張世國
責任編輯／張世國
版權行政暨數位業務專員／陳玉鈴
資深版權專員／許儀盈
行銷企劃／陳姿億
行銷業務經理／李振東
總 編 輯／王雪莉
發 行 人／何飛鵬
法律顧問／元禾法律事務所 王子文律師
出版／奇幻基地出版
城邦文化事業股份有限公司
臺北市 104 民生東路二段 141 號 8 樓
電話：(02)25007008　傳真：(02)25027676
網址：www.ffoundation.com.tw
e-mail：ffoundation@cite.com.tw
發行／英屬蓋曼群島商家庭傳媒股份有限公司城邦分公司
臺北市 104 民生東路二段 141 號 11 樓
書虫客服服務專線：(02)25007718・(02)25007719
24 小時傳真服務：(02)25170999・(02)25001991
服務時間：週一至週五 09:30-12:00・13:30-17:00
郵撥帳號：19863813　戶名：書虫股份有限公司
讀者服務信箱 E-mail：service@readingclub.com.tw
歡迎光臨城邦讀書花園　網址：www.cite.com.tw
香港發行所／城邦（香港）出版集團有限公司
香港灣仔駱克道 193 號東超商業中心 1 樓
電話：(852)25086231　傳真：(852)25789337
e-mail : hkcite@biznetvigator.com
馬新發行所／城邦（馬新）出版集團
【Cite(M)Sdn. Bhd】
41, Jalan Radin Anum, Bandar Baru Sri Petaling,
57000 Kuala Lumpur, Malaysia.
Tel: (603) 90578822　Fax:(603) 90576622
email:cite@cite.com.my

書衣插畫／果樹 breathing（郭建）
書衣封面版型設計／Snow Vega
排　　版／邵麗如
印　　刷／高典印刷有限公司
■ 2022 年（民 111）6 月 30 日初版一刷
■ 2024 年（民 113）3 月 12 日初版 3 刷

售價／ 550 元

國家圖書館出版品預行編目資料

克蘇魯神話 IV：恐懼 / 霍華・菲力普・洛夫克萊夫特著，姚向輝譯—初版—臺北市：奇幻基地出版；家庭傳媒城邦分公司發行；2022.（民111.7）

面：公分. –（幻想藏書閣：119）

ISBN 978-626-7094-68-6（精裝）

874.57　111008513

ISBN　978-626-7094-68-6

廣　告　回　函
北區郵政管理登記證
台北廣字第000791號
郵資已付，免貼郵票

104台北市民生東路二段141號11樓
英屬蓋曼群島商家庭傳媒股份有限公司城邦分公司 收

請沿虛線對摺，謝謝

奇幻基地

每個人都有一本奇幻文學的啓蒙書

奇幻基地粉絲團：http://www.facebook.com/ffoundation

書號：1HI119C　　書名：克蘇魯神話Ⅳ：恐懼（精裝）

請於此處用膠水黏貼

奇幻基地

讀者回函卡

謝謝您購買我們出版的書籍！請費心填寫此回函卡，我們將不定期寄上城邦集團最新的出版訊息。

姓名：＿＿＿＿＿＿＿＿＿＿＿＿＿＿＿＿＿＿＿＿ 性別：□男 □女

生日：西元＿＿＿＿＿＿年＿＿＿＿＿＿＿＿月＿＿＿＿＿＿＿＿日

地址：＿＿＿＿＿＿＿＿＿＿＿＿＿＿＿＿＿＿＿＿＿＿＿＿＿＿＿＿＿＿

聯絡電話：＿＿＿＿＿＿＿＿＿＿＿＿傳真：＿＿＿＿＿＿＿＿＿＿＿＿

E-mail ：＿＿＿＿＿＿＿＿＿＿＿＿＿＿＿＿＿＿＿＿＿＿＿＿＿＿＿＿＿

學歷：□1.小學 □2.國中 □3.高中 □4.大專 □5.研究所以上

職業：□1.學生 □2.軍公教 □3.服務 □4.金融 □5.製造 □6.資訊

□7.傳播 □8.自由業 □9.農漁牧 □10.家管 □11.退休

□12.其他＿＿＿＿＿＿＿＿＿＿＿＿＿＿＿＿＿＿＿＿＿＿＿＿＿＿

您從何種方式得知本書消息？

□1.書店 □2.網路 □3.報紙 □4.雜誌 □5.廣播 □6.電視

□7.親友推薦 □8.其他＿＿＿＿＿＿＿＿＿＿＿＿＿＿＿＿＿＿＿

您通常以何種方式購書？

□1.書店 □2.網路 □3.傳真訂購 □4.郵局劃撥 □5.其他

您購買本書的原因是（單選）

□1.封面吸引人 □2.內容豐富 □3.價格合理

您喜歡以下哪一種類型的書籍？（可複選）

□1.科幻 □2.魔法奇幻 □3.恐怖 □4.偵探推理

□5.實用類型工具書籍

有更多想要分享給
我們的建議或心得嗎？
立即填寫電子回函卡

您是否為奇幻基地網站會員？

□1.是□2.否（若您非奇幻基地會員，歡迎您上網免費加入，可享有奇幻基地網站線上購書75 折，以及不定時優惠活動：
http://www.ffoundation.com.tw/）

對我們的建議：＿＿＿＿＿＿＿＿＿＿＿＿＿＿＿＿＿＿＿＿＿＿＿＿＿＿

＿＿＿＿＿＿＿＿＿＿＿＿＿＿＿＿＿＿＿＿＿＿＿＿＿＿＿＿＿＿＿＿

＿＿＿＿＿＿＿＿＿＿＿＿＿＿＿＿＿＿＿＿＿＿＿＿＿＿＿＿＿＿＿＿

請於此處用膠水黏貼

AS SEEN
BAXTER
MORNING
APRIL 22
Serpenti similior: nam
eft non mirum autem si in Oceano longe maior euadat.
marini re
Oceano, flaui quidam serpentes
nisi irritati, neminem lædunt. Quorum
Europæ iunctarum, dedit